遺愛基列

瑪莉蓮．羅賓遜——著　　施清真——譯

Marilynne Robinson

Gilead

獻給約翰與艾倫・薩瑪，
我心愛的父親與母親。

謝謝我的經紀人 Ellen Levine、
作家 Katharine Stall、Earle McCartney。

各界讚譽

《紐約時報》

《遺愛基列》是非常美麗的作品——高層次、重要、清晰……逐漸地，羅賓遜的小說教我們如何去閱讀：跟著故事的節奏慢下步伐，學著細膩感受故事的細節。

《華盛頓郵報》

非常地寧靜優美，縝密而幾經沉思的文字，讀起來優美且動人心弦。

《娛樂週報》

燦爛……偉大……文學的奇蹟。

《芝加哥論壇》

明亮閃耀……這是一本能細細品味的書。

《Elle 雜誌》

令人著迷……驚豔……《遺愛基列》是由情感浸於虔誠之火的作者寫成，一本具啟示的作品。

《時代雜誌》

抒情且深思……

《舊金山紀事報》

《遺愛基列》爲所有渴求愈趨珍貴的小說作品的讀者，提供了庇護所。敍說故事的同時，也探索著巨人的思想……一部非凡傑作。

《人物雜誌》

完美。

《新聞日報》

一流的作品。

《基督科學箴言報》

《遺愛基列》是安靜、深沉的生命禮讚，不容錯過。

安・派契特《紐約觀察家報》

我們應該緩慢、深思並反覆地閱讀《遺愛基列》……我想見到教堂內人手一冊、遍及全國，讓這本書能擺放在聖經與讚美詩之間；提醒著我去過高尚、道德的生活，也提醒著我寫作眞實、偉大的小說。

《新聞週刊》

寫宗教生活的好小說彌足珍貴。這本是其中之一。

《亞特蘭大立憲報》

對宗教沒有興趣的讀者，將會從聖詩到存在意義中找到快樂……以故事如何走向終局作爲稜鏡來去檢視，這是一個抓取生命光輝與充滿人生困境的故事。

《O雜誌》

寧靜且強而有力，動人的信仰故事。

《波士頓環球報》

擁有一系列瑪莉蓮・羅賓遜的作品，豐富了美國文化。

《洛諾克時報》

當我首次拿起這本書讀了幾頁，我震懾於其優美的語言，以及說進我心裡的率真。艾姆斯牧師說：「我的寫作如祈禱。」而我們如此幸運，能夠聽聞他的祈禱。

《威奇托鷹報》

《遺愛基列》是最珍貴的小說之一。其簡單、平和的文字充滿了深刻的智慧。

《信使報》

這是一本談及道德與訴諸情感的複雜小說……所有的文字皆有意義……一部應反覆閱讀、細細品味的經典。

《旗幟週刊》

純粹美麗的文字與猛烈的激情，《遺愛基列》展現令人驚豔的力量：愈是靠近，看似簡單的技巧，顯現出更多複雜與精細的結構。這是本細緻、偉大的作品，極爲動人的小說。

《費城詢問報》

《遺愛基列》散發著璀璨光芒。

《邁阿密先驅報》

有時，在安靜的段落行文之中，讀者會感覺到敍事者伸出手，輕放在我們頭上，以他的謙遜與崇高的生命作爲禮物，爲我們祝福。

《女性書評》

在這個時代，宗教信仰被政客侵略地誇耀著，當成策略性的媒體語言。讀一本述說道德與精神困境的誠實作品，能使人振奮……《遺愛基列》對地域的感官召喚、對歷史的頌揚成就非凡，並且因爲它的誠實、坦率，理解了良心，引人入勝。

《科克斯評論》

這部小說，如國土般廣闊、如思想那般寧靜、如禱文那般動人。無與倫比且卓越。

《天主教國家紀事報》

每一處皆優秀卓越……《遺愛基列》比起其他美國多年來出版的書籍，是極具爭議性的作品。無論經過多少考驗，《遺愛基列》就是大師之作。

《溫斯頓－撒萊姆週刊》

安靜得令人屏息的小說……優美的書，讓你留在書架上，並且流連忘返。

《新奧爾良時代花絮報》

適合溫靜的讀者閱讀……將之帶入心扉，宛如住在自己的小宇宙，撫慰人心。

《評論》

優秀卓越的精湛手法……達到近似梅爾維爾的的宏大，眩目的清澈。

《石板網路雜誌》

引人入勝……你將會緊抓每個字句。

導讀一

浪子沒有回家

——袁瓊瓊（作家）

二〇〇五年，《遺愛基列》得到普立茲文學獎。瑪莉蓮．羅賓遜自己對《遺愛基列》的評價是：「這是一本安靜的書，既不憤怒、嚇人，也不古怪、詭異。」

她的這個評論，某種程度是個警告，警告讀者：你如果想看一本高潮迭起的書，想看一本驚悚刺激的書，那麼別來看《遺愛基列》，你一定會失望的。

如果在通俗看法裡，「憤怒、嚇人」、「古怪、詭異」意謂著某種閱讀快感，羅賓遜似乎在表白：看她的書是不會有「快感」的。然而，意外的，這本被作者警告過不會帶來快感的書，卻非常好看，非常容易閱讀。她的字句簡淨單純，不飾華藻，然而所敘述的這個世界之美，卻透到骨子裡。讓人覺得，我們每個人的世界裡，其實同樣有這些美妙的東西，我們可以看到，如果能夠安靜下來。

是的，安靜。《遺愛基列》之安靜，不是無聲，反是眾聲隱然，那些繁複的多重多層次的聲音，由於安靜，成為渾然一體，成為生命的底層。我們每個人的生命都有這個底層，一般來說，我們聽不到也看不見，直到我們能夠安靜下來。

故事說不上有什麼情節。七十六歲的男主角講述他一生的故事。他家三代都是牧師，他自己年輕時結過婚，但是妻子難產死去，一併帶走了剛出生的孩子。他孤身活到六十七歲，遇見了第二任妻子。在晚年時結了婚，並且有了個六歲兒子。整本書是寫給兒子的一封長信，因爲他預計自己可能活不到兒子長大。

某種程度，這封家書其實也是族譜，告訴兒子從何而來，血脈的根源是哪裡。

唯一可以算得上跌宕的情節，是他的好友鮑頓最疼愛的兒子返家的部分。

羅賓遜在《遺愛基列》完成之後，又寫了《家園》。《家園》描述的便是《遺愛基列》中的鮑頓一家。鮑頓這個兒子的故事是主線。二〇一四年再出版《萊拉》，萊拉是《遺愛基列》中男主角第二任妻子的名字，這本也與《遺愛基列》存在平行關係。

幾乎同樣的故事，羅賓遜一說再說，用不同的方式。這絕不是找不到新的素材，而應當是整個故事是某種原型，能夠產生的意義太多。

在《遺愛基列》中，明顯可見的原型是「浪子回家」的故事。

聖經中，「浪子回家」是耶穌的一個譬喻。記載於〈路加福音〉第十五章第十一到三十二節。故事應當多數人耳熟能詳。小兒子愛玩，要求分家。把分得的財產揮霍得一乾二淨之後，回到家來。父親歡天喜地爲他殺牛宰羊，還把最好的衣服拿出來讓他穿，最珍貴的珠寶拿出來給他配戴。一直跟在父親身邊任勞任怨的大兒子很不平，埋怨說：「我服事你這麼多年，從來沒有違背過你的命令。你並沒有給我一隻山羊羔，叫我和朋友一同快樂。但你這個兒子和娼妓吞盡了你的產業，他一來了，你倒爲他宰了肥牛犢。」而父親回答說：「兒啊，你常和我同在，我一切所有的，都是你的。只是你這個兄弟是死而復活，失而又得的，所以我們理當歡喜快樂。」

聖經並沒有說浪子回家之後是不是就永遠待下來了。然而羅賓遜講的這個故事，浪子回家之後又離開了。而且，在《家園》裡，這個浪子再也沒有回來。

《遺愛基列》裡的浪子，就是鮑頓的兒子傑克。

傑克．鮑頓與男主角同名。他出生的時候，男主角的妻女剛死不久，好友鮑頓爲了安慰他，把男主角的名字給了這個新生兒。用意不外乎是與好友一起擁有這個孩子，「我的兒子也就是你的兒子」。

但是這個傑克非常不成材，從小就壞點子特多，到處惹是生非，幹的都是所謂「好人」難以容忍的事。不小心把個窮女孩弄大肚子之後，他避不見面，逃到外鄉去，直到二十年後才回來。

在傑克初生之時，要接受洗禮，男主角身爲牧師，必須祝福這個嬰兒。羅賓遜描寫男主角那時看著這嬰兒，感覺自己無法祝福他。或就因爲這孩子與他同名（編按：男主角名約翰，傑克爲約翰的暱稱），而他自己剛才喪了妻女，無法感覺這個名字是被祝福的，因之他就只走了個形式。之後，看到傑克種種劣跡，他總是會想到自己當初其實並沒有給他祝福這件事，而多少有一種心虛，感覺是自己那個不踏實的祝福害了他。

因之，至少是作者的觀點。浪子之成爲浪子是有原因的，而浪子無法待在家裡，也是有原因的。這原因倒並非他生來「不被祝福」，而只是，浪子是不同於我們的另一種人。傑克的種種所謂劣行，在生命面前，其實是被容許的。羅賓遜在書中藉男主角之口說：「生命是莊嚴的，如果主認爲我們的過失不算什麼，那麼過失眞的不算什麼。就算眞的有些影響，相較於生命的莊嚴，過失也都微不足道，主當然會將之一掃而空。」

這是包容和寬諒，給錯誤一個位置，因爲生命的美好不在於不犯錯誤，而在於容許過失，容許錯誤。

在傑克再度離家前，男主角給了這個與自己同名字的男人眞正的祝福。這段描寫極爲平實簡單，不過六行，卻是全書最爲有力量的段落。經文如下：「願耶和華使他的臉光照你，賜恩給你。耶和華向你仰臉，賜你平安。」他說：「主啊，請賜福給這位受人鍾愛的兒子、兄弟、丈夫以及父親。」他念出了與自己相同的名字；同時，在祝福他人的時候，也祝福了自己。

《聖經》裡，摩西帶領以色列人出埃及，有一支停留在基列，以放牧爲生，生活非常艱苦。基列（Gilead）在希伯來文裡，因之便有了「艱難」的意思。書中人物居住在「基列」小鎮。羅賓遜虛構了這個地名，顯然不是全無用意。人生固然艱難，但是接受並且包容，艱難未始不是一種祝福。

導讀二

最深情的告別

——張讓（作家）

有一種小說極罕見，除了「清奇」無法形容。既美且真，讀來只覺身心浸透。那美不是矯飾，而是來自文字內蘊的光。英國作家裴娜樂琵・費茲傑羅（Penelope Fitzgerald）的《藍花》是一例，瑪莉蓮・羅賓遜這本《遺愛基列》也是。

羅賓遜是個稀有的作者：她惜字，不濫產。當年以長篇小說《管家》問世，馬上引來文壇驚豔，獲得筆會／海明威文學獎。此後除了幾本非小說外，「悄無聲息」。二十多年後，《遺愛基列》終於現世，理所當然地拿到了二〇〇五年普立茲文學獎。

「昨晚我告訴你有朝一日我將離去。」《遺愛基列》這樣開始。可以說，這部小說並沒有故事，就像《藍花》。

「我」是七十六歲的愛荷華老牧師約翰・艾姆斯，「你」是六歲的兒子。艾姆斯心臟不好，怕見不到兒子長大成人，於是自敘生平，留給兒子。

筆調平淡散漫，想到哪裡說到哪裡。童年往事和成人情事來回交織，時間緩慢穿梭進行。

多少時刻印鑄在記憶裡，充滿了平凡的人生哀樂。唯獨他講述的點點滴滴，一點也不平凡，因爲在那諸多瑣碎的中心，有兩個凝聚點：近乎聖人的怪祖父，和同名卻不肖的乾兒子傑克。

牧師祖父爲參加釋放黑奴運動從緬因州到堪薩斯州，可能因此殺過人，一生貧窮但總慷慨助人。他和也是牧師但反戰的兒子不和，最後離開愛荷華，死在堪薩斯。艾姆斯小時得和父親走很遠的路，到堪薩斯去找祖父的墳。祖父和父親兩人的爭執，是書中涉及的信仰內部之爭。

另外則是有神論者和無神論者之爭：在艾姆斯的父親和哥哥艾德華間，也在艾姆斯自己和乾兒子間。傑克是個不信神的浪子，風采迷人卻自私無情，一再傷害愛他的人。他父親愛他最深，但艾姆斯從不喜歡他，覺得他處處在嘲諷自己。艾姆斯必須費很大力氣學習接納傑克，最終像親生父親一樣愛他。

全書在死亡的陰影下進行，其實是一場漫長深情的告別。艾姆斯站在墳墓邊緣，依依向兒子、向這充滿苦難和神奇的塵世告別。有點淡淡的憂傷，但充斥全書的卻是平靜和喜悅。水和光的意象一再出現，尤其是光。他記得兒子趴在地上，在一簇光裡畫圖；還有，清理了祖父墳墓後，只見一邊落日一邊剛升的月亮，在無邊無際的大草原上，彷彿奇蹟。以及，處處不時驚鴻一現的絕頂喜劇，譬如尋墳途中偷拔了人家的紅蘿蔔，又大又老吃來如啃樹；如母親爲了防祖父傾家蕩產去救濟人，兩人間藏錢找錢的鬥智遊戲；如暴風雨來掀起雞棚頂，雞飛滿天，等等。災難的中心，卻是至極的喜劇。正如信仰的中心，是寬宏的愛。

無疑，羅賓遜在寫宗教信仰。但信仰在她筆下遠非化石教條，而是許多生動有趣的小故事，任誰隨手翻開都會情不自禁讀下去。她以清澈的文字寫出了人間的幸與不幸、宗教的內省和實踐，深遠而且神祕。傑克有一句切中的話：「我甚至不相信上帝不存在。」引人深思。

沒有苦難，沒有神祕，也就沒有宗教。羅賓遜的凝視彷彿午後斜陽，在廢墟隱約的背景前，看見了一朵潔淨的小白花。廢墟與白花，俱是天國。這是《遺愛基列》的境界，詩的境界。未知論者如我，也不免沉湎其中。

遺愛基列

Gilead

昨晚我告訴你有朝一日我將離去，你說：去哪裡？我說：去良善的主所在的國度；你說：爲什麼？我說：因爲我老了；你說：我不覺得你老。然後你把手疊在我手上悄悄地說：你還不算太老，彷彿這樣說了就算數。我告訴你，你的一生或許將跟我非常不一樣。少了我，你的人生或許也有不同的風貌，但這是好事，本來就有許多方式可以好好度過一生。你對我說：媽媽已經跟我說過了。你以爲我會笑你，所以趕忙接著說：別笑！你舉起手指，按在我的唇邊，臉上露出和你母親一樣的表情。世間眾人中，只有你母親流露出這種表情，那是種決然的自豪，非常熱情、非常堅定。承受了這種注視之後，我非常驚訝地發現自己再也無法展露歡顏，我將思念這副神情。

過世的人竟會思念，聽起來似乎有點荒謬。等你長大成人，讀到這封書信之時——這也正是我的企求，我將早已離你而去，也將更加明瞭死後的世界。但我大多把一切埋在心裡，向來似乎總是如此。

我不記得多少人會問我什麼是死亡，有些人甚至是在瀕臨大限之日，再過幾個鐘頭就能自己找出答案時問起。即使在我小時候，有些跟我現在一樣年紀的老人會拉著我的雙手，用他們混濁乳白的雙眼瞪著我，好像認定我知道死亡是怎麼回事，逼著我跟他們說明。我曾說死亡就像回家，我也曾說我們在這個世上沒有家，說完我就走回那棟破舊的小屋，幫自己泡杯咖啡、做份煎蛋三明治。等我有了收音機，往往還在黑暗中聽聽節目。你記得那間老房子嗎？我想你一定稍有印象，我在牧師寓所中長大，大半輩子都住在那間老房子裡。父親的朋友和大多數親戚也從事聖職，所以我也拜訪過不少牧師寓所。以前我不常想到那間老房子，一想到總覺得那是最破舊、最可怕的房屋，最起碼當時是這麼想。其實那棟老屋不錯，但當年屋裡只有我孤零零一人，所以感覺似乎特別奇怪。說眞的，當年我在世間沒有歸屬感，現在有了。

他們說我的心臟逐日衰竭，醫生用了「心絞痛」一詞，心絞痛的英文「angina pectoris」聽來帶點神學的意味，跟「慈愛」的英文「misericordia」頗爲接近。唉，到了我這個年紀不免發生這類事情。我父親相當長壽，但我幾個姑姑辭世時年紀眞的不大，因此我應該心懷感恩。我幾乎沒有留給你和你母親任何東西，這點確實令我抱憾。我向來收入不豐，也沒有特別關照手邊的錢，只留下一些沒人要的舊書，請相信我，我壓根沒想過身後會留下妻小，倘若有知，我肯定會是個更好的父親，也會爲你留下一些財物。

我想告訴你的是，我明瞭你和你母親將有段苦日子，但我除了禱告之外，卻幫不上忙，對此我感到非常抱歉。我活著的時候就祈禱，來世若也像今生，我必定也會如此祈求的。

我聽見你正和你母親說話，你問她答；我聽見的不是你的話語，而是你的聲音，你不喜歡上床睡覺，所以每晚她都得哄你入睡。除了夜晚時分之外，我從未聽過她唱歌。她輕輕哼唱哄你入眠，歌聲從隔壁房間傳來，她唱得輕輕柔柔，我無法辨識是哪首歌曲，只覺聽來優美。我這麼說時，她總是笑而不語。

我實在說不出什麼可稱之爲優美。幾天前，我在街上經過兩個年輕人身旁，我認得他們，也知道他們在修車廠工作。他們都不上教堂，只是兩個愛鬧愛笑的普通年輕人。豔陽灼灼，他們倚著修車廠的牆，點燃手上的香菸，全身烏黑，帶著濃濃的汽油味，我常想他們怎麼不會引火上身？他們一如往常地嘲弄對方，熟悉地邪邪一笑，我看在眼中覺得優美極了。笑容往往令我稱奇，人們展露歡顏時全身似乎被笑容所掌控，有時甚至顯得難以抑制。我在教堂裡看多了，因此，我常猜想笑容是怎麼回事？從何而來？我們怎麼笑得出來？笑到什麼地步才算終止？我想笑和哭是同一回事吧，只不過笑比哭來得容易多了。

他們一看到我走近，馬上止住笑聲，但我看得出他們仍在暗笑，心想我這個老牧師差點聽到他們說些什麼。

我眞想告訴他們，我跟其他人一樣喜歡開玩笑。過去的許多場合中，我經常想這麼說，但大家不願意接受這個事實，總期望我離得遠一點。我想說我是個瀕死之人，已經沒有太多場合能讓我暢快一笑，最起碼在這個世上已無機會；但我若這麼說，只怕讓大家變得更嚴肅、更有禮貌。可能的話，我會盡量隱瞞病情，雖然來日不多，但我覺得精神相當好，實屬萬幸。你母親當然清楚我的狀況，她說我若覺得精神不錯，說不定表示醫生的診斷有誤，但以我這把年紀而言，醫生出錯的機率相當低。

當個神職人員著實古怪：人們一看到你走來隨即轉變話題，但有時同樣這批人卻來到你的書房，跟你分享一些最匪夷所思之事。每個人都知道生命的表象之下隱藏著許多祕密，其中包含悔恨、痛苦、罪惡感，以及你根本料想不到的孤單。

我外公是個牧師，我祖父、曾祖父也是牧師，雖然沒有人知道曾曾祖父是不是，但我敢說他也是。聖職幾乎是他們的天命，對我而言亦是如此。他們都是好人，我早該從他們身上學習如何控制脾氣，但卻始終做不到。即使此刻脈搏日漸微弱、腦中浮現身後之事，卻依然因爲打不開抽屜或是眼鏡擺錯了地方而大怒。我現在告訴你這些，你日後自己得小心。

太常發火或是生氣的時機不對，都將造成你想像不到的傷害。更重要的是，誠如〈雅各書〉所言：「看哪，最小的火能點著最大的樹林；舌頭就是火。」[1]這絕對是眞的。我父親上了年紀之後，曾寫信提醒我這一點，我卻把信扔到眼前的火爐中給燒了。現在想想沒什麼，但是當年此舉卻令自己大感訝異。

我想我還是跟你坦承吧。誠如我父親所言，他向來秉持原則行事，心中自有一套眞理，這也正是他行事的準則，但有時他所秉持的原則卻令他感到失望，不是只有我達不到他的標準。父親從小對我關注有加，雖然他或許會辯稱那不算什麼，但我虧欠他的實在太多了。儘管如此，我還是得明說：我確實令他失望。願上帝讓他得到安息！我知道我確實讓他失望。我曉得父親和我都是爲了彼此好，我得多思考這一點。

誠如主耶穌所言：「你們聽是要聽見，卻不明白；看是要看見，卻不曉得。」[2]這話我聽了好多次，也據此做了多次講道，但我卻不敢宣稱已完全領悟。這話蘊含了一個極爲不可思議的事實：某事縱然了然於心，但基於各種理由，你卻依然予以忽視。一個人縱使對自己的父親或兒子知之甚詳，但父子之間或許只存有忠誠、摰愛以及一些挑明了不說之事。

我之所以提到這一點，只因爲想提醒你，未來某些你在乎的人會覺得你帶有一股怒氣，即使你乖乖地過自己所選擇的生活，他們依然堅稱感覺到你的怒火。他們令你懷疑自己，在某些情況下甚至造成嚴重干擾，害你白白浪費時間。我但願自己年輕時就早早看出這一點，思及至此，我甚至有點惱怒。

神職工作讓人專心一致，這是從事神職的好處。這份工作讓你好好思考你必須付出什麼，也讓你明瞭最好捨棄什麼。我若能提供一些指引，大半出自於此。

不到七年前，蒙主恩寵，你來到我們家中，但我幾乎已到了生命的盡頭。七年的時間是如此短暫。我不可能再為你們母子做些什麼，但我依然思索、依然禱告。我滿腦子想的都是此事，希望你能了解。

今年春天天氣眞好，今天又是另一個愉悅的春日。你上學快遲到了，我們讓你站在椅子上，你一面吃果醬吐司，你母親一面幫你擦鞋，我也幫你梳頭髮。你昨晚應該做一頁加法，卻拖到今天早上，花了半天想算對數字。你跟你母親一樣，對什麼事情都很認眞，老人家都叫你「執事」，但你的嚴肅卻不全然來自我的家族。除了你祖父之外，我從未見過比你母親更嚴肅的人。她似乎半帶哀傷半帶激憤，我不禁心想，她生命中究竟經歷了什麼，眼中才會流露出這種神情？你三歲，還是個小傢伙之時，有天早上我走進你房間，朝陽之中，你穿著睡衣坐在地板上，試圖修補一枝斷掉的蠟筆，你抬頭看看我，臉上帶著和你母親一樣的表情。日後我經常想起那一刻。我跟你說，你那副表情彷彿是回顧一生，看著那些我祈禱你能避開的麻煩，和顏悅色地要我做出解釋。

「你就像《聖經》裡的那些老人。」你母親跟我說。我若能活到一百二十歲、養群牛羊或是有些僕役和女傭，她說的或許沒錯。我父親是牧師，我剛好也繼承父業，但這是我的習性，我自小就耳濡目染，你恐怕不是如此。

§

我看到一個泡泡飄過窗邊，圓滾滾的泡泡泛著豔藍，恰如即將爆破前的光澤；我往下看看後院，你和你母親果然在院子裡對著貓咪吹泡泡，泡泡如彈藥般射出，貓咪眼見泡泡滿天飛舞，興奮得無法自己，我們這隻向來懶散的「小滑頭」竟然跳向空中！有些泡泡飄過樹梢，甚至越過林木，你們母子的凡間遊戲飄上了天際，但你倆只顧著貓咪，沒看到這幅神聖的景象。泡泡美極了，你母親穿著那襲藍色洋裝，你穿著那件紅襯衫，你和「小滑頭」跪在地上，輕盈的泡泡飄揚在其間，四處充滿了笑聲。啊！此生此刻，這個世界！

你母親跟你說我正爲你寫下族譜，你聽了似乎很高興。嗯，我該爲你記下什麼呢？我，約翰・艾姆斯，出生於西元一八八〇年堪薩斯州，父爲約翰・艾姆斯，母爲瑪莎・透納・艾姆斯；祖父爲約翰・艾姆斯，祖母爲瑪格麗特・塔德・艾姆斯。下筆之際，我已活了七十六歲，除了上大學和神學院之外，其中七十四年都生活在愛荷華州的基列。

還有什麼應該對你說的呢？

我十二歲時，父親帶我尋找祖父的墳。當時我們家已在基列住了大約十年，父親是當地的牧師。祖父出生於緬因州，一八三〇年間來到堪薩斯州，退休之後跟我們住了幾年，然後遠走他鄉，成了某種巡迴牧師，最起碼我們認爲如此。祖父在堪薩斯州過世，也葬在該州一個幾乎已經沒有居民的小鎮，大旱迫使大多數鎮民離鄉背井，尙未離鄉的居民也遷往離鐵路較近的城鎮。小鎮位於堪薩斯州，意謂著那附近一切從簡，因爲當初來到小鎮的都是主張廢奴的「自由之士人士」（Free Soilers），根本沒有長期定居的打算。我不常用「神所遺棄的」（godforsaken）一詞，但每當我想起那個地方，腦海中隨即浮現這個字眼。父親花了好幾個月，寫了好多封信給各地的教會和報紙，最後才找出祖父的葬身之處。父親使盡全力，終於有人回信，同時寄來一個小包裹，其中包括一本翻爛的《聖經》、祖父的手表和一些信件，我日後得知父親的信函也在其間，有些人讀了之後轉交給祖父，他們八成以爲這些信能說動祖父回家。

父親最後一次與祖父見面時大吵了一架，說了不少氣話，終其一生無法彌補，因此深感懊悔。大致而言，他相當敬重祖父，父子二人最後竟如此收場，他很難接受。

那是一八九二年，旅行依然很不方便。我們搭上火車，一直坐到火車到不了的地方，然後父親租了一輛馬車和兩、三匹馬，我們其實不需要這麼多，但除此之外什麼也租不到。我們走錯了方向找不到路，後來實在不知道該上哪幫馬匹找水，只好將馬匹暫留在一處農場，剩下的路途改成步行。路況非常差，路上無人時只見車痕累累，一經過則塵土飛揚。父親的麻布袋裡裝著一些工具，以便略微整修祖父的墳，我背著所謂的食糧，其實不過是些硬麵餅、牛肉乾和幾個我們在路邊隨處撿拾到的小黃蘋果，我還背著換洗的襯衫和襪子，所有的衣物早就皺巴巴了。

當時我們沒有足夠的錢踏上旅程，但父親一直掛念此事，等不及存夠了錢再上路。我跟他說我也要去，雖然這樣會使情況更加複雜，但他尊重我的決定。母親讀到報上說西方的乾旱更加嚴重，一聽父親打算帶我同行便老大不願意。父親跟她說此行極具教育意義，事實當然也是如此。不管多麼艱難，父親決心要找到祖父的墳。上路之前，我從不曾想過會有不曉得何時才能再喝到水的時候，幸好在此之後不必再擔這個心了。好幾次，我眞的以爲我們將迷失在荒野中飢渴而死。有次父親撿拾了一些柴火讓我捧著，他說我們有如前往摩利亞山的亞伯拉罕和以撒，我也頗有同感。

後來情況糟到我們買不到食物。我們來到一處農場求助，一位女士從櫥櫃下方拿出一個小盒，從盒中取出一些銅板和紙鈔對我們說：「就算這些是南方邦聯的錢幣也沒有用。」雜貨店已經關門大吉，她買不到鹽、糖或麵粉，我們用肉乾——那些肉乾非常難吃，從那之後，我連看都不想看到肉乾——跟她交換了兩個白煮蛋和水煮馬鈴薯，就算沒撒鹽，味道也好極了。

父親問起祖父的行蹤，女士說，喔，是的，老人家到過這裡。她不曉得祖父是否已經辭世，但她知道附近有個墓園。她指著一條殘缺的小路說，從我們所站之處沿著小路走不到三英里就可到達。小路兩旁雜草叢生，但沿著小路而行，依然可以看見路面上深刻的車轍坑洞。久旱不雨，土石堅硬，雜草只好在坑洞中生長。我們兩度錯過墓園，園中兩、三個墓碑早已塌落，墓碑上覆滿了野草難以辨識。第三次經過時，父親注意到一根籬笆的柱子，我們朝著柱子走過去，這才發現有七、八個墳墓排成一列，低窪之處還有另外半排墳墓掩埋在枯黃的野草中，我記得景象淒涼，看了令人難過。在低窪之處的墳墓中，我們發現有人用樹皮爲其中一個墳墓做了記號，這人將一把鐵釘半釘入樹皮中，然後把露出來的半截鐵釘敲成「REV AMES」

（艾姆斯牧師）的字樣，「R」看起來像個「A」，「S」則像是顛倒的「Z」，但這確實是祖父的墳。

當時夜幕已低垂，所以我們走回那位女士的農場，在她的水槽中梳洗，從她的井中取水飲用，並在她的乾草堆中借宿。她爲我們準備了玉米粥當晚餐，我好喜歡那位女士，她幾乎就像是我的母親，我愛她愛得幾乎落淚。我們天亮之前就起床，幫她擠牛奶、砍柴、挑水，她端著早餐在門口等候，我們眼前是熱騰騰的煎玉米餅，淋上一層融化的黑莓果醬，再加上一匙剛擠好的牛奶。天色未明，寒意未消，我們站在門口吃早餐，感覺完美至極。

然後我們回去墓園。墓園其實只是一片泥土地，周圍的籬笆多已傾斜，入口處是條鐵鍊，旁邊掛著一個牛鈴。父親和我盡可能將籬笆豎直，他用小刀挖掘墳上的泥土地，挖了一會兒之後，他覺得我們最好回去農場借兩把鐵鋤，工作起來比較順手。他說：「既然來了，我們索性也整理一下其他墳墓吧！」於是我們再度返回農場，這次女士幫我們煮了菜豆當晚餐。我不記得她的名字，眞是遺憾。她的食指有點彎曲，講話口齒不清，當年的我覺得她似乎有些年紀，但現在想想，她不過是個眞心待客的鄉下女子。她一個人孤零零地待在鄉間，只能自己想辦法謀生，盡量保持警戒。父親說她的口音聽起來似乎來自緬因州，但他沒多問。我們跟她道別時她哭了，而且拉起圍裙擦眼淚，父親問說要不要幫她帶個口信或是寄封信，她說不用。他問她是否願意跟我們一起離開，她搖頭謝謝我們的好意，「這裡還有牛呢。等下了雨就沒事了」。

那個墓園是你所能想像得到最孤寂的地方。我若說墓園將回歸自然，你一定以爲那裡帶著某種生氣，但在烈日的肆虐下，土地龜裂，遍地枯黃，很難想像此處曾有綠意。足跡所到之處，小蚱蜢隨即成群結隊地四處彈跳，好像比賽一樣。父親雙手插到口袋裡，邊看邊搖頭，然後拿起手鐮刀除草，我們還將傾圮的墓碑恢復原位——大部分的墳墓都沒有標出姓名和卒歿日期，甚至什麼都沒寫，而僅僅在墳墓周圍擺上小石頭。父親叫我走路小心，當心墓園中有些小墳墓。我剛開始根本沒有注意到，或是不曉得那些是墳墓。我當然不想踏在人家的墳上，但父親尚未除草之前，我不知道 他們安葬在何處，等發現自己踏在一些人的墳上之後，我覺得非常不安，心中升起強烈的罪惡感，直到現在我還會夢見當時的景象。父親總說人死了之後，軀體不過是套老舊的衣服，靈魂更是毫無所求，但當時我們站在墓園中竭盡心力尋找祖父的墳，累得半死不說，每一步還得走得非常小心。

我們花了好一陣子重整墓園，天氣炎熱，蚱蜢跳得劈啪響，乾枯的野草在微風中沙沙作聲。我們撒下香蜂草、松果菊、向日葵、千日紅、甜豆等種子，這些種子全都來自家裡的花園。撒完種子之後，父親在祖父墳旁坐下。他在那裡坐了好一會兒，順手拔起殘餘的野草，還用帽子搧風，我想他應該很遺憾不能再多做些什麼。最後他終於站起來拍拍身上的塵土，我們站在一起，兩人的衣服都濕透且骯髒不堪，手上也沾滿了泥土。遠處傳來蟋蟀的嘎嘎聲，成群的蒼蠅愈來愈讓人無法忍受，小鳥鳴叫，彷彿準備迎接夜晚的來臨。父親微微一鞠躬，低頭禱告，對著主緬懷祖父，同時祈求主和祖父的寬恕。我非常想念祖父，也覺得必須祈求他的寬恕，但父親的禱告實在很長。

在我那個年紀，任何禱告感覺都很長，更別說我真的很累。我盡量閉上眼，但不時就忍不住望望四周。有件事我記得非常清楚，剛開始我以爲看到太陽從東邊落下——我知道哪邊是東方，因爲我們一早就來到墓園，剛好看到旭日東升；過了一會兒，我才發現那不是太陽，而是滿月。夕陽西下之際，滿月正好緩緩升起，夕陽與明月各據地平線的一端，其間是一抹最炫麗、最奇異的光芒，而且似乎一伸手就碰觸得到。光芒彷彿是兩道平行的光束，往來於地平線的兩端，也宛若一長條綁得整整齊齊的繩索，懸掛在地平線之間。我想讓父親也看看，但我不想打斷他的禱告，於是我拉起他的手悄悄親一下，跟他說：「你看看月亮。」父親果然抬頭，我們站在原地直到太陽落下，明月升起。太陽和明月在地平線兩端飄浮了好一會兒，兩者都非常耀眼，讓人看不清楚。祖父的墳、父親和我端立於兩者之間。我當時年紀還小，不曉得地平線是什麼，只覺得這一切相當不可思議。

父親說：「我從未想過這個地方會這麼美，眞高興能夠親眼見證。」

終於返抵家門，我們看起來狼狽不堪，母親瞧著熱淚盈眶。我們都瘦了，衣衫襤褸。整個旅程雖然不到一個月，但我們睡在穀倉和馬廄裡，迷路的一個多星期裡甚至睡在光禿禿的地上。事後回想起來，那確實是段精采的冒險，父親和我經常聊到一些可怕的時刻，兩人想了就大笑。有次我們甚至差點遭到老人家射傷，當時我們經過一處菜園，父親想拔幾根長到路邊的紅蘿蔔——他偷拔了蔬果之後通常會在路邊留下十分錢，應該是綽綽有餘。當時身穿短袖襯衫的父親拿著紅蘿蔔跨過菜園籬笆，後面卻冒出一個人拿槍對著他。我們衝進樹叢中，等到確定那人不會再追過來，才找個地方坐下。父親把帽子翻過來充當桌子，用小刀撣除紅蘿蔔上的泥土，切成小塊擺在帽面上，然後做謝飯禱告。父親飯前從不忘禱告，一念到「感謝所接受的一切賜予」，我們倆放聲大笑，笑到眼淚都流出來。我現在才明瞭，對父親來說，塡飽我們的肚子是最情急的事，甚至爲此做出類似犯罪的行爲。紅蘿蔔又老又粗，父親不得不切成細片，吃到嘴裡好像嚼樹枝，卻沒有東西可以幫忙下嚥。

我事後才了解，如果當時父親眞的受傷甚至遭到槍殺，留下我一個人在荒郊野外，後果肯定不堪設想。我到現在還會作噩夢。有時你做出愚蠢的決定，做了之後才明白自己有多蠢，不由得感到慚愧。我想父親當時應是如此，但他決心尋找祖父的墳，再怎麼樣都義無反顧。

祖父常說年輕人學得快，勸我應該趁年輕多學習，爲了強調他說的沒錯，他還講了一個故事給我聽。他初抵堪薩斯州的時候，結識了剛在當地落腳的牧師。祖父說：「那個傢伙對自己的希伯來文不太有信心，一碰到翻譯的問題，就算是深冬，也會越過田野走十五英里來求教。我們每次得先幫他暖身，他才說得出話。」父親聽了笑笑說：「這事聽來雖然奇怪，但說不定是眞的。」旅程之中我常想起這個故事，因爲在我看來，我們似乎也在進行類似的任務。

父親後來放棄撿拾蔬果，改爲敲門向人求助。他一直不願這麼做，因爲大家一發覺他是牧師，總是盡量多給一些，甚至超出能力所及——父親總覺得如此。雖然我們在荒野中走了好幾天，但父親一敲門，人們依然看得出他是牧師。我們主動提議幫忙做些雜事，藉此交換食糧，但有些人只請父親翻開《聖經》爲他們祈禱。父親想知道大家爲什麼看得出他是牧師，常猜想自己究竟流露出哪些蛛絲馬跡。他向來自豪雙手粗壯，身上也沒有贅肉。我曾經多次碰過同樣的狀況，也始終想不出爲什麼。總而言之，一路雖然險象環生，日後想起總令我們莞爾一笑，而且狀況愈危險，我們笑得愈開懷。母親頗不以爲然，但她只說：「你們別再提了。」

從很多方面看來，母親是個可憐的女人。她非常謹慎。從某方面而言，我等於是她唯一的孩子。我出生之前，她買了一本家庭健康照護手冊，手冊很厚也很貴，比〈利未記〉詳細多了。母親參照手冊指示，勸誡我們吃完晚餐一小時內不要用腦，或是雙腳冰冷的時候絕對不要閱讀，以免血液流向不同方向，阻礙了循環。祖父有次跟她說，如果雙腳冰冷的時候不能閱讀，那麼整個緬因州的人都會變成文盲。但媽媽對這類事情非常認眞，祖父的話只會惹她不高興。她說：「緬因州的人沒什麼東西吃，不用大腦也無妨。」我們返家之後，她狠狠地幫我洗個澡，然後叫我上床睡覺，不但一天餵我六、七次，而且每頓飯後都不准我看書，煩都煩死了。

我很慶幸踏上了那段旅程。現在想想，父親當時顯得好年輕，頂多四十五、六歲，即使已過壯年依然精力旺盛。多年以來，他晚餐之後都和我玩接球，直到夕陽西下、看不到球，我們才進屋。我想他很高興家裡有個小孩、有個兒子。唉，直到最近，我都還是個精力旺盛的老人。

我想，你知道我年輕時結過一次婚。她和我是青梅竹馬，我們在我就讀神學院的最後一年成婚，婚後回到這裡接掌父親的職位，好讓父親和母親到南方住幾個月，這對母親的身體比較好。唉，我前妻因難產辭世，小寶寶也跟著走了。她叫露易莎，小寶寶叫安琪琳。小寶寶在世的時候，我看過她幾眼，也抱了她好幾分鐘，著實有幸。鮑頓幫小寶寶受洗，幫她取名爲安琪琳，因爲當天我又遠在塔波鎮——小寶寶早了六週誕生——家裡沒有人告訴鮑頓我們已經幫小寶寶取了名字，她應該叫做蘿貝卡。但安琪琳也是個好名字。

星期天我們到鮑頓家吃晚飯的時候，我看到你盯著他的雙手。鮑頓的關節炎相當嚴重，一雙手骨瘦如柴，只看得到關節。你以爲他很老了，其實他年紀比我小。他是我前次婚姻的伴郎，我和你母親也是由他證婚，現在他女兒葛洛莉跟他住在一起。很遺憾，葛洛莉的婚姻並不美滿，但有她與老父作伴，倒是鮑頓之幸。她前幾天拿本雜誌到家裡來給我，跟我說傑克可能會回來，我過了一會兒才想起她在說誰。你或許不太記得老鮑頓，他現在時常發脾氣，不過你想想他身體這麼差也難怪脾氣不好。如果你只記得他現在的模樣，那就太可惜了，他年輕時是我見過最優秀的牧師。

父親總照著草稿佈道，我則逐字寫出講道辭。閣樓上有好幾箱歷年來的講道辭，最近幾年的則堆放在衣櫃中，我從不曾重讀，看自己是否言之成理。畢生的心血全存放在這些箱子裡，想來有點不可思議。我大可重新翻閱，找出一些想爲你保留的文件。老實說，我有點害怕重讀講道辭，過去我只是想打發時間才提筆撰寫的。人們登門造訪時，如果看到我振筆疾書，除非有要事，否則通常不會打擾我。我不明白為什麼孤獨能減少寂寞的苦楚，但那段期間我總喜歡獨處，而且人們因為我長時間待在書房裡工作、以及我訂購的書而尊敬我——其實，買的書並不太多，但已遠超過我的負擔，該存下來的錢都花在這上面了。

寫作當然還有其他目的。對我而言，寫作就像禱告，即使寫的不是講道辭，感覺依然如此。寫作之時，你覺得身旁有個人。儘管你現在只是個小孩，將來長大讀到這封信，或許覺得沒什麼意思，甚至永遠讀不到，但下筆寫信之際，我感到你就在我身旁。唉，一想到你可能承受的痛苦，我就萬分懊惱；一想到你將欣逢的愉悅，我就萬分感恩。換言之，我正在為你禱告，這是很親密的一種感受，沒錯，確實是如此。

你母親尊重我在書房工作的時刻，也以我的藏書為傲。事實上，正因為她的提醒，我才注意到這些裝滿講道辭和祝禱辭的紙箱。這麼說吧，一年五十場講道，乘以四十五年，其中還不包括喪禮等場合的禱告辭，而這些場合也不在少數，算起來一共是兩千兩百五十篇，如果每篇平均三十頁，那麼總共有六萬七千五百頁——果真如此嗎？我想是吧。你現在應該也知道，我的字跡細小，假設三百頁就是一本書，那麼我等於寫了兩百二十五本書，就數量而言，幾乎直追神學家奧古斯丁和加爾文，想來真是不可置信。我寫得相當用心，下筆時總是詳加思量、字字斟酌，以求傳播眞理。老實跟你說，那種感覺非常好。我很感謝那段晦澀的歲月。現在回想起來，那段日子似乎是一段冗長、艱困的祈禱，幸好禱告最終還是得到應驗。你母親在我講道的時候走進教堂——當時下著大雨，我心想她說不定是進來躲雨。她專注地望著我，眼神如此嚴肅，我幾乎不好意思對她佈道。誠如鮑頓所言，那一刻，我察覺到自己的講道有多麼貧乏。

我喜歡在尋常的星期天佈道，教堂中氣氛一片祥和，彷彿身處春雨之後剛播種的花園，感覺得到寂靜無形的生氣，只需小心一點，不要隨意踐踏。那天就是這麼一個寧靜的星期日，雨點落在屋頂和窗沿上，每個人心中都充滿感恩，因為雨似乎下再多也不夠。我很清楚大家想些什麼，因此我有時不太在乎大家是否專心聆聽，甚至不在意自己說了什麼，但若有陌生人闖入，此等祥和說不定就會令他感到沉悶、無趣，我當時就怕你母親這麼想。

蘿貝卡若仍在世，現在應該已經五十一歲，比你母親還大十歲。這些年來，我時常想像蘿貝卡推門而入的光景，最起碼在她面前，我講話不會感到丟臉。我總覺得她已經到事事清明的聖地走了一遭，也親眼見證了眞理，聽到我的期盼和臆想，應該能諒解我的無知吧。我常跟自己玩這種遊戲，藉此降低各種教條和爭議所引發的困惑。那段日子裡，我讀了很多書，時常在腦中激辯，但我曉得最好不要在佈道時提及。儘管如此，我撰寫講道辭的同時依然想像蘿貝卡有一天會走進教堂，因此，在你母親推門而入的那一刻，我似乎已經做好準備。沒錯，她確實比蘿貝卡年輕，但在我的想像中，她們兩人沒有太大的差異。兩人的容貌雖不同，卻帶給我相同的感覺。你母親似乎不屬於這裡，但在此同時，我們所有人之中只有她眞正歸屬於此處。

我之所以這麼說，在於她帶有一種幾近氣憤的嚴肅，她似乎憤憤地說：「我不知道走了多少路、遠從不知何處而來，就爲了聽你講道，你最好講出一些道理。」但講道辭一到我唇邊，卻彷彿化成了灰燼，這不是因爲我沒有認眞準備，我的每篇講道辭都花了心思。我記得那天我爲兩個嬰孩施洗，你母親目不轉睛，我感受得到她的熱切與專注。我第一次把水點在嬰孩額上時，兩個小傢伙都哭了。我抬頭一看，看到她一臉驚訝與質疑，眞想誠懇地跟她說：「你若知道怎麼進行比較好，請直接告訴我吧。」六個月之後，我爲她施洗時，我更想問她：「我做了什麼？這個舉動有何意義？」我腦海中經常浮現這個問題，原因倒不是我懷疑自己的作爲不具意義，而是因爲無論讀了多少書、思考了多少次、禱告了多少回，我依然無法參悟洗禮的神祕。你親愛的母親，熱淚流過臉頰。除非我跟其他老人一樣，糊塗到忘掉所有的事情，不然我絕對忘不了她的模樣。現在看來，我似乎活不到那把年紀，也不會糊塗到那種地步，這點倒是萬幸。這些年來，我常想到洗禮，鮑頓和我也常討論此事。

洗禮這個問題頗値深思，就此而言，接下來我要說的事情看來或許瑣碎，但說眞的，我不這麼認爲。我們在篤信宗教的環境中長大，鎮上家家戶戶都很虔誠，我們自小就信主，一舉一動深受宗教的影響。我們小時候曾幫一群小貓施洗，這群髒兮兮的貓咪住在穀倉裡，連站都站不穩，長大之後可能變成流浪貓，平日悄悄捕獵老鼠，與人保持距離，只想躲得遠遠的。但所有動物剛出生的時候跟人類似乎都很親近，不管母貓把小貓藏在哪裡，我們常發現小貓探頭探腦地徘徊，好像很想跟我們玩耍。有個小女孩突發奇想，拿件洋娃娃的洋裝把小貓都包起來——就只有那麼一件洋裝，不過還好，貓咪不想被包住，受洗之後就忙著掙脫了；我則用水沾濕貓咪的眉毛，奉父子聖靈之名幫牠們施洗。

尾巴歪斜、年事已高的母貓發現我們在小溪邊幫小貓施洗，一臉不悅地啣住小貓的頸背，把小貓一隻隻帶開。我們不知道已經幫幾隻貓咪施了洗，但確定其中幾隻還未受洗，想到就非常不安。後來我假裝不經意地問父親，如果有人幫貓咪施洗，對這隻小東西究竟有何影響。父親回答說，我們無時無刻都必須遵從《聖經》。這話並未回答我的問題，我們確實遵從《聖經》，所以才想到幫貓咪施洗。後來我總算聽懂了他話中的含義，也不再隨便幫誰施洗，直到被授以牧師職分之後，我才再度主持洗禮。

其中兩、三隻小貓被女孩們帶回家，豢養成溫順的家貓。露易莎選了一隻小黃貓，我們結婚時，黃貓依然健在，其他小貓也都平安度過一生，看來受洗與否似乎沒有太大差別，最起碼我們看不出有何不同。小黃貓的額頭有個白點，所以露易莎把牠取名爲「火花」。「火花」後來不見了，這隻受了洗的貓咪已經上了年紀、行動不便，很可能是追兔子時受了傷。有個男孩說露易莎應該把貓咪取名爲「聖水」，他是浸信教徒，堅信受洗時應該將全身浸到水中，而不只是灑水禮。那群小貓眞該慶幸我不是浸信教徒。他說我們這種洗禮發揮不了任何作用，我們也無法證明他說的不對。我們家的「小滑頭」肯定是「火花」的遠親。

我依然記得貓咪小小的眉毛摸起來暖呼呼的，大家都摸過貓咪，但從來沒有人像我這樣碰觸牠們、幫牠們祈福，這是一種奇特的感受，始終縈繞於腦海之中。多年以來，我常猜想當年的舉動對貓咪究竟產生什麼影響，現在想來，依然認爲是個值得深思的問題。依我之見，洗禮是祝福，儀式雖不在提振主的神聖性，卻讓我們感謝祂的聖潔，儀式本身因而隱含了某種力量。我自己就感受到這股力量。主持洗禮時，我感覺自己眞的了解這個小生命，同時也感受到生命的奧妙。這是一種非常神奇的感受，我不指望你也從事聖職，但我若不跟你說明，你恐怕不會了解其中的奧妙。你也不一定非得當個牧師才能幫人祈福，你自然而然就發現自己具有這種權威，大家對你也有同等的期望。這也算是某種呼召，我卻不明白宗教文獻中爲什麼很少提到這一點。

費爾巴哈[3]曾讚許洗禮，我標示出他說的這段話：「水是最純淨、最清潔的液體；其渾然天成的優點正如同聖靈無瑕的天性。簡而言之，水的本身意義非凡，基於其天然特性，水是聖潔的，也被選爲傳達聖靈的意旨。就此而言，洗禮本身即具有崇高而深遠的意義。」費爾巴哈雖然是個出名的無神論者，但他和其他人一樣讚許宗教所引發的種種喜悅，而且深愛這個世界。他認爲我們可以革除宗教，讓喜悅以眞面目示人，不受到任何掩飾，這是他顯而易見的錯誤，但他對於喜悅和宗教表達等議題的見解卻相當精闢。

鮑頓非常不喜歡費爾巴哈，因爲費爾巴哈讓很多人背棄信仰。但我認爲這不單是費爾巴哈的錯，人們自己也該反省。我覺得有些人似乎四處尋找理由背棄信仰，這幾乎成了過去一百多年來流行的趨勢。我哥哥艾德華把他那本《基督教的本質》給我，據我所知，他當初希望此書對我當頭棒喝，讓我不再盲目地信奉主。當時我得偷偷地看這本書——我認爲沒人知道。我把書藏在餅乾罐裡，還把罐子藏到樹洞中，你能想像，在那種情況下，我讀得更是津津有味。更何況艾德華在德國的大學裡讀書，我非常敬仰他。

艾德華對我相當重要，但我還沒跟你提過他。他已蒙上帝寵召，但他仍是我生命中重要之人。有時我覺得幾乎不了解他，但有時我又覺得他始終在身邊跟我談天。他認為他最好幫我減低身上的中西部色彩，正如歐洲擴大了他的眼界；但我在這裡待了一輩子。他當初警告我不要這樣度過一生，我卻心滿意足地終老於此；儘管如此，我知道我還是不喜歡被說是目光狹隘、畫地自限。

艾德華就讀於哥廷根大學，人非常聰明，大我將近十歲，所以我倆小時候不太親。我和他之間還有兩個姊姊和一個哥哥，但他們感染了白喉，不到兩個月就相繼過世；艾德華記得他們，我則毫無印象，這又是另外一個差異。雖然從未明說，但我曉得父親、母親和艾德華記得那段熱鬧、充滿生氣的日子，我卻無法想像。艾德華十六歲離家上大學，十九歲就拿到古語言的學位，然後直接前往歐洲。在那之後，我們很多年都沒見到他，他也很少寫信。

後來他學成返家，手上拿著手杖，臉上蓄著濃密的小鬍子；他當時約是二十七、八歲，已經用德文出版了一本薄薄的書，內容大概是關於費爾巴哈的論述。艾德華聰穎過人，父親有點怕他，而且我想自小就是如此。父親和母親常跟我說，艾德華小時候拿到什麼就讀什麼，他默記了整本朗費羅詩集，繪製出歐洲和亞洲的地圖，還認得所有的城市和河流。父親母親跟其他父母一樣，認為家裡出了個小神童，所以盡可能提供書本、畫筆、放大鏡以及所能想到的東西。母親有時會大聲感嘆說當年應該多叫他做家事，而她對我可沒再犯同樣的錯誤。像艾德華這麼聰明的小孩實在罕見，大家也相信他會成爲偉大的牧師，因此，教區的兄弟姊妹出資讓他上大學，還送他去德國，他卻以無神論者之姿返鄉。從此之後，他一直以無神論者自居。

艾德華在勞倫斯的州立大學謀得一職，教授德國文學和哲學，也在那裡待到辭世爲止。他娶了從印第安納波利斯來的女孩，兩人生了六個活潑健壯的子女，現在都已中年。這些年來，他住在離家不過數百英里之處，我們卻很少見面。他一直寄錢給教會，償還當年大家對他的資助。他在世之時，我每年都會收到一張日期爲一月一日的支票，他眞是個好人。

艾德華返家之後跟父親時常爭吵，有次是他回家的當天晚上，父親請他做謝飯禱告，他清清喉嚨，然後回答說：「先生，對不起，我說了恐怕會良心不安。」父親一聽，臉上血色盡失。我知道父親和母親把一些信藏了起來，也知道他們感慨良多，這下他們最害怕的事情果然成眞。父親說：「你住在這個屋簷下，也很清楚家裡的規矩，你最好表示一下你的尊重。」艾德華卻駁斥說父親錯了：「我作孩子的時候，心思像孩子。既成了人，就把孩子的事丟棄了。」[4]父親憤然離桌，母親呆坐在椅子上，淚珠一顆顆掉下來，艾德華則把馬鈴薯遞給我。我不知道該怎麼辦，只好拿了一些馬鈴薯，艾德華接著遞來醬汁，我們靜靜地吃這頓未經賜福的晚餐，氣氛極爲沉悶。飯後我們離開家裡，我陪艾德華走回旅館。

走著走著，他對我說：「約翰，你將來一定會發現，所以我不妨現在就告訴你：這裡的一切相當落後，離開這裡就好像從夢中清醒過來。」我想鄰居一定看到我們在他回家第一天的晚餐時刻就離家。他一手背在背後，走路搖搖擺擺彷彿拄著手杖而行，神情凜然，彷彿正在思索嚴肅而崇高的宗教問題，說不定還是用外國話思考（其實他只是在聽我說話！）。大家若見到他，一定曉得長久以來的猜測果然成真；他們也猜得出我母親在廚房中氣憤垂淚，我父親則躲到閣樓或工具間等安靜的地方，跪在地上請問主究竟對他有何要求。我緊隨在艾德華身後，未來可能也會讓父母失望，大家當時一定這麼想。

除了我提到的那些書之外，艾德華還給了我那幅掛在樓梯口的畫，畫中是個市場。我一定得告訴你母親這幅畫是我的，不隸屬於教會。我想它值不了多少錢，但你母親說不定想保留。我整理出一些書，也請你母親日後務必轉交給你，我會把費爾巴哈的書納入其中，希望日後你展卷一讀。我覺得這本書沒什麼可怕，我第一次讀的時候，不是躲在被子下就是藏身在小溪旁。母親不准我跟艾德華聯絡，我知道她也不會准許我閱讀一本他給我的無神論著作。她說：「如果你也這樣跟你爸爸說話，肯定會殺了他。」事實上，我始終只想幫父親辯護，我相信自己已做到這一點。

我在書緣做了一些筆記，希望日後能派上用場。

一提到費爾巴哈和喜悅，我就想起幾年前的清晨前往教堂途中看到的光景。有對年輕夫婦在我前面散步，離我大約半條街。大雨之後，朝陽格外耀眼，樹木閃閃發亮，葉子也淋得濕漉漉的。我想或許只是一時衝動吧，男孩忽然跳起來抓住樹枝，閃亮的水珠一股腦滾落到兩人身上，兩人笑著跑開，女孩甩開頭髮和洋裝上的水珠，看來似乎有點嗔怒，但其實心情好得很。她看來漂亮極了，彷彿是神話中的一景。我不知道爲什麼想起這件事，或許因爲在那個時刻，水的主要功能似乎是祈神賜福，其次才是種植和洗滌。眞遺憾當時沒有專注地多看兩眼。這樣的遺憾或許不太尋常，但誰曉得什麼事情確實值得抱憾呢？這個世界趣味橫生，值得給予全副關注。

走筆至此，我留意到自己應該、卻沒有使用某些字眼，影響了表達。我這時想到的字眼是「僅是」。我眞希望自己先前這麼寫：太陽僅是**耀眼**，樹木僅是**閃閃發亮**，水珠僅是**一股腦地滾落**，女孩僅是**歡笑**；我若這麼寫，不但強調了「僅是」之後的字詞，念起來也格外悅耳。人們若想強調看似無奇卻格外特別的事情，就會用到這種表達方式；此事或許沒什麼了不起，卻帶給人一種純淨、豐美的感受。多年前早上所見到的那幅光景，似乎帶給我這種感受。「僅是」這個字眼有種一般語言所達不到的強化作用，有點像德文的「ge-」，眞遺憾我沒讓自己多用這個字眼，失了大半描述的韻味。

我太常使用「老」一字，但我指的不是年紀，而是一種熟悉的感覺，代表某些我早已習慣、深得我心的事物。有時候「老」也代表倒楣，或是脆弱。我常說「老鮑頓」或是「這個老舊的小鎭」，其實兩者皆是我的最愛。

我不用講話的方式來寫信，只怕你以爲我不曉得更好的表達方式；我也盡可能不用佈道的方式來寫信，不然在目前這種情況下，讀來一定覺得可笑；我確實試著依照思考方式來寫信，但思緒一化爲文字，自然全變了樣。愈想照著思考的方式來寫，寫出來的東西就愈像講道辭，我想也在所難免吧。但我會盡量避免。

我曾去鮑頓家裡看他，他的狀況非常糟。明天將是他結婚五十四週年紀念日，但他說：

「老實講，我一個人坐在這裡實在坐得好煩。唉，這是眞話。」葛洛莉已盡其所能讓他舒適一點，但他有時依然心情不佳。「我們年輕的時候，婚姻値得重視，家庭也値得重視，但現在全都不一樣囉！」葛洛莉聽了不以爲然。「好一陣子沒有傑克的消息，我們都有點擔心。」

「葛洛莉，你明明知道只有『我』在擔心，爲什麼老是說『我們』？」

「爸，在我看來，傑克愈快回來愈好。」

「掛念孩子有什麼不對？我沒必要道歉。」

「你把氣出在我身上也沒什麼不對，但我不能假裝我願意逆來順受。」

兩人你來我往，於是我起身告辭。

鮑頓是個大好人，但他深受病痛所苦，偶爾說了些不該說的話。他已非平日的他。

我眞抱歉讓你孤零零一個人。你是個嚴肅的孩子，沒什麼機會耍愚蠢的小把戲。你在其他小孩面前很害羞。我看到你站在鞦韆上，瞪著路旁跟你同年紀的小男孩，其中一個身材較高的男孩練習著騎一部破爛的舊腳踏車。我想你大概認識他們，但你沒跟他們搭話；他們若注意到你，你說不定會回到屋裡。你跟你母親一樣害羞。結婚之後，我看得出她適應得很辛苦，我想你也看得出來，她不太適合當個牧師太太，她自己也這麼說，但她從不退縮。抹大拉的馬利亞說不定偶爾也做一鍋燉菜或是類似燉菜的食物，我猜是一鍋濃湯吧！

我常覺得，耶穌在世之時，說不定會選擇與你母親這樣的女子作伴，我這麼說完全是出自對你母親的尊重，但聽來大概有點奇怪吧。我覺得你母親有種純真，幾乎像孩童一樣可貴。我一直想以此爲題來講道，如果沒記錯，我確實也做過類似的闡述。當主耶穌說你必須「成爲小小孩童之一」，我認爲祂的意思是你必須揚棄所有的驕矜、僞裝和庸俗。「我赤身出於母胎」[5]等等，將臨期[6]之時，我可以用這段經文來講道，我得寫下來提醒自己。如果我不記得講過這一段，其他人一定也不會記得。我可以想像耶穌和祖父交上了朋友，幫他老人家準備早餐、跟他討論事情等等，祖父也確實提到類似的體驗。我不敢宣稱有此經驗，恐怕沒有勇氣這麼做。這些年來，我經常想到這件事，卻不曉得該怎麼解釋。

一想到你母親在世上已找到歸屬感，即使爲期短暫，我也深感欣慰。或許我該說她已尋得安寧，我相信你母親對世間的感觸遠比我深。主耶穌會以話語和例證告誡，貧窮是種祝福，但我眞希望能讓你們母子免受貧窮之苦。有次我坦白跟你母親說我很擔心，你母親說：「你以爲我不知道貧窮的滋味嗎？我已經窮困了一輩子。」儘管如此，一想到我完全沒有留下什麼給你們母子，我依然感到羞愧——親愛的主啊！我想，請讓他們免於這種祝福吧！

我熟知天主所稱許的貧窮。母親曾說祖父把能給的都給了，他送光了我們身邊的所有東西，甚至直接把衣服從曬衣繩上拿下來送人。她說祖父比任何小偷或是家裡著火的人還糟，還說哪天說不定會在中西部的某個小鎮看到有人穿著她縫補過的褲子走來走去。我相信祖父像個聖人。有人曾提起祖父在南北戰爭中失去了一隻眼睛，他聽了之後回答說：「我寧可記得我保住了其中一隻。」母親說他居然記得自己保住了什麼，著實難得。有次祖父告訴我，就在里昂將軍戰死的那一天，他在溫爾遜溪河一役中受了傷，「但將軍之死才是真正的損失」。

祖父離家之後，我們都非常想念他，但他確實給我們添了不少麻煩。他天性純真，對任何事情都沒耐性，卻履行了最嚴明的訓示，特別是「有求於你的，就給他」。

我真希望你認識你曾祖父。我曾聽說，他僅存的那隻眼睛比十隻眼睛加起來還銳利。盯著人看或是目不轉睛地瞪人時，兩隻眼睛的威力似乎比不上獨眼。只要祖父一看我，我馬上覺得好像被他拿著棒子戳了一下。他無意嚇唬我，但他目光灼灼，眼神堅定，且充滿了急切，完全沒有上了年紀的人應有的平靜、耐性與寬容。他覺得我們都該活得轟轟烈烈，我不敢說他錯了，因爲反駁他就如同駁斥先知施洗約翰一般。

他眞的願意送光所有的東西。父親有時候需要一盒鐵釘或是一把鋸子，找了半天才發現東西都不見了。母親則把身邊僅有的錢綁在手帕中，藏在貼身衣物內。有一陣子時局非常不好，母親賣雞蛋和燉雞貼補家用（以前住家旁邊有一小片土地、一座穀倉、菜園、雞舍、工具間、做木工的小房間、漂亮的花園和爬滿葡萄藤的涼亭，但這些年來全被教會賣光了，我一度以爲教會還打算拍賣地窖或是屋頂）。總而言之，當年景氣極差，母親還得應付祖父這個老傢伙，他眞的連自己床上的棉被都送掉，還不止一次，母親往往得花好多工夫才能再找到一床被子。有段時期，她不准我脫下上教堂穿的衣服，以免祖父把衣服送掉，但她認定我會穿著這身好衣服去打棒球。我當然不會，她依然不停嘮叨，弄得我片刻不得安寧。

我記得有次祖父走進廚房，媽媽正好在燙衣服，他說：「女兒啊！有些人上門找我們幫忙。」

「嗯，請他們等等，等熨斗涼了再說。」幾分鐘後，她把熨斗放到爐子上，走進儲藏室，拿著一罐發酵粉走出來。她用叉子在罐子裡攪一攪，直到攪出一枚二十五分錢的銅板爲止。她繼續攪拌，最後桌上擺了一枚二十五分錢和兩枚十分錢的硬幣。她拿起這三枚硬幣，用圍裙的一角擦去發酵粉，遞給祖父。當年四十五分錢可以買好多個雞蛋——她可不是個小氣的女人。祖父收下硬幣，但他顯然曉得母親身邊不止這些錢（有次祖父在儲藏室找到一個空罐子，他搖一搖，剛好聽到聲音，於是找到了幾枚銅板，從此之後，他便不時到儲藏室逛逛，看看哪個空罐搖了就響，母親只好把錢幣洗乾淨，埋在豬油或是糖袋裡，結果有時炸玉米餅或是小糖罐中會意外出現一枚銅錢，這可非母親所願）。毫無疑問，母親希望讓祖父相信，既然她把部分的錢藏在儲藏室裡，其他的錢也都藏在同樣的地方。

但祖父沒有上當。我相信他當時精神或許有點問題，但他卻看得穿任何人，也看得透任何事。母親說他唯獨看不透酒鬼和騙子，這話倒也不全是眞的。祖父僅說：「不要論斷人。」[7]這話當然出自《聖經》，也很難加以反駁。

但我得說母親把家人照顧得很好，她也頗爲自豪。當年景氣極差，餵飽一家子確實不容易，更別說她身體不好，身上有多處病痛。她在儲藏室裡擺了一瓶威士忌，用來治療風濕痛，「我可不必把酒藏起來」，她說。但祖父經常連說都沒說，逕自拿走了她醃製的甜菜。那天，他站在廚房裡，乾巴巴的手上拿著三枚硬幣，一隻眼睛狠狠地瞪著她，她雙臂交抱，遮住藏了錢的布帕，她很清楚祖父知道錢在哪裡，但她只是靜靜地回瞪，最後祖父終於說：「好吧！願主賜福保護你。」然後轉身離去。

母親說：「我瞪得他就範！我瞪得他就範！」似乎感到非常不可思議。誠如我先前所言，她相當敬重祖父。他總是對母親說，別擔心他這麼喜歡散財，因爲主會照料我們，母親則說主若不用忙著讓我們保住這身衣服，說不定會有時間偶爾供應一個蛋糕或是派餅。但祖父離開之後，她非常想念他。我們都想他。

我看了先前寫的東西，我似乎把上了年紀的祖父描述成一個古怪的老人，我們容忍他、敬重他、愛他，他也愛我們，這話完全屬實，我相信我們知道他的古怪出於被澆熄的熱情，以致他心中充滿怒火。惹他生氣的不只是我們，他害怕年老，而這股恐懼部分來自壓抑在心中的憂傷。祖父一生居無定所，不停散盡財物，父親看在眼中，心裡也有股怒氣。但他們都是牧師，亦是父子，所以兩人秉持基督教的寬容，埋藏了歧異。但我得說他們埋得不夠深，好像只是把火覆在灰燼中，而不是完全熄滅。

每當踩到過往的痛處，他們跟對方說話的方式就會變得不一樣。

「牧師先生，我講話冒犯到你了嗎？」父親說。

祖父說：「不，牧師先生，你一點也沒有冒犯到我，完全沒有。」

母親則說：「好了，你們兩個別又來了！」

母親頗以她的雞群爲傲，特別是祖父離開後，她再也不必擔心有人偷雞。在母親細心的照顧下，雞群長得好極了，下蛋快得讓母親嚇一跳。但有天下午颳起暴風雨，狂風直吹雞舍，把屋頂給掀了，雞群爭相而出，被風吹得四處亂跑——雞畢竟是雞，一放出來總會亂跑。母親聞得出快下雨了，叫我幫她收衣服，這下我們正好目睹了一切。

大風中亂成一團，屋頂塌落在籬笆上，其實籬笆不過是幾條繫在木桿上的細繩，功效跟蜘蛛網沒什麼兩樣。有些雞跑向菜園，有些雞跑向大馬路，有些雞則和尋常一樣盲目亂跑。鄰居的狗加入追逐，我家的狗也緊隨其後，然後眞的下起了大雨。我們連自家的狗都叫不回來。我記得其中幾隻看來有點膽怯，但其他小狗根本連理都不理我們，玩得高興極了。

母親說：「我看夠了。」我跟她走回廚房，母子兩人坐著聆聽屋外的動靜，外面一片混亂，風雨交加。過了一會兒，媽媽忽然說：「啊、衣服！」我們忘了把衣服收起來。她又說：「那些床單淋了雨一定重得垂到泥裡，說不定把整條曬衣繩都扯下來了。」她花了一天洗衣服，更別提走散的雞群，眼看心血全都白費，母親閉上一隻眼睛、看著我說：「我知道這其中必有主的恩典。」我們經常趁祖父不在場時偷偷模仿他說話，雖然當時祖父已經離家很久了，但看到她拿祖父開玩笑，我還是有點驚訝。她總喜歡逗我開心。

戰爭結束之後，父親在茅普萊森（Mount Pleasant）找到祖父。起初他見到祖父傷得那麼重，備感震驚，嚇得幾乎說不出話，因此祖父先開口說：「我相信我一定能從中得福。」終其一生，祖父碰到每件事情都這麼說。我記得他最起碼兩度扭傷手腕，還有一次遭人打斷了肋骨。他曾告訴我，受主賜福（blessed）意謂著受傷流血（bloodied），從字源學的觀點看，他說的確實沒錯，最起碼就英語而言是正確的，在希臘文和希伯來文中則非如此；換言之，不管祖父這番話是什麼意思，《聖經》原文中都找不到佐證。祖父極少隨便引用經文，我想他只是想解釋自己的行為，我們大多數人都會這麼做。

總而言之，這個概念對他而言似乎相當重要。不管對方需不需要幫忙，他總是試圖幫人接生小牛或是修剪樹枝，就算受了傷也毫不在意，他一心只想著別人的不幸，但後來他的朋友相繼過世，兩年之內一個接著一個離開人間，他肯定非常寂寞，我想這是他跑去堪薩斯州的主因。黑人教堂的火災或許也是原因之一——火勢不大，有人在教堂的牆後堆了一堆稻草，點火燃燒，幸好另一個人看到濃煙，趕緊用鐵鏟把火打熄。（那座黑人教堂在現今的冷飲店旁邊，但我聽說冷飲店即將關門大吉。黑人教堂多年前就賣掉了，教區中剩下的幾戶人家隨後遷往芝加哥。其實那時教區僅有三、四戶人家，有一天，黑人牧師拿了一把從教堂前面挖出來的花草過來找我，其中大多是百合。他想我說不定想種種花。這些百合依然綻放在我們的教堂之前，只不過需要修剪，我得把百合花的來處告訴執事，這樣他們才知道花朵別有意義，將來拆毀教堂時才會保留下來。我跟那位黑人牧師不熟，但他說他父親認識我祖父，還說這個小鎮對他們意義重大，大家都捨不得離開。）

你最近在學校裡結識了名叫托比亞斯的小朋友，這個臉上長了雀斑的小男孩是個路德教徒，人很和善，你似乎大半天都待在他家裡，我們覺得這樣對你有好處，但卻非常想你。今晚你將在他家後院露營，他家不過在對街，和我們家只隔了幾棟房子，但今晚不能跟你一起吃晚飯，想了有點感傷。

拂曉時分，你和托比亞斯步履蹣跚地回到家中，把睡袋擱在你臥房的地上，兩人睡到吃午飯才起來。（你們聽到樹叢裡傳出吼叫聲，想必是托比亞斯兄弟的惡作劇。）你母親在客廳裡睡著了，大腿上還擱著一本書。我幫你做了一份烤乳酪三明治，我烤得太焦了，所以講個你很喜歡的故事以示補償：我可憐的老母親有時在廚房爐子旁邊的搖椅上睡著了，睡著睡著，晚餐冒出黑煙，焦黑得像是擺不上檯面的貢品。你聽得津津有味，似乎忘了烤焦的部分，我還給你幾個撒著糖霜的巧克力杯子蛋糕。你母親很喜歡這種蛋糕，自己卻捨不得買，所以我幫她買了幾個。我想她昨晚幾乎沒睡，我睡得倒是很熟，自己都感到訝異。早上在無關緊要的夢中醒來，夢中對一些不認識的人講了一些我記不得的話。我眞高興家中又有了你。

我想起那個雞舍。雞舍在院子對面，就是現在的米爾勒家。鮑頓和我常坐在雞舍屋頂，俯瞰鄰居的花園和田地，也常帶著三明治坐上屋頂，在那裡吃晚餐。我有一副艾德華多年前做的高蹺，高蹺非常高，我得站到門廊欄杆上才站得上去，鮑頓（那時我叫他鮑比）請他父親幫他也做了一副。接下來的幾個夏天，我們幾乎天天踩著高蹺玩耍。我們原該踩在馬路或是比較堅實的地上，但我們很快駕輕就熟，踩著高蹺四處跑，好像再自然也不過。我們一屁股坐在樹梢上，有時受到黃蜂或蚊子的攻擊，還摔了好幾跤，但大致而言相當愉快。我們彷彿是縱橫大地的巨人、英勇過人的超人，怎樣也沒想到日後雞舍竟會荒蕪。雞舍的屋頂覆蓋著破爛的黑色瀝青紙，無論什麼時候都很熱，連天冷時也不例外。我們有時躺在屋頂上吹風，或只是躺著聊天。我記得鮑頓當時煩惱著前途，怕萬一聽不到主的呼召，那他就得從事另一個行業，而他卻不知道自己還能做什麼。我們討論了所知的行業，實在沒有太多選擇。

鮑頓長得慢，小時候很矮，但接下來的四十年都比我高；現在他駝背駝得厲害，我不知道該怎麼計算他的身高。他說他的脊椎成了一塊塊關節骨，整個人縮成一堆關節，沒一塊是好的。你看到現在的他，絕對無法想像他以前的模樣。他向來很會盜壘，從小學到神學院都是盜壘高手。

我前幾天提醒他，以前我們躺在雞舍屋頂上看雲時，他會跟我說：「你若看到天使，你想你會怎麼辦？我跟你說啊，我想我會怕得掉頭就跑！」老鮑頓聽了笑笑說：「嗯，我想現在也是如此。」然後他又說：「我很快就會知道了。」

我向來比多數人高，也比多數人壯。這是我們家的特徵。小時候大家以爲我比實際的年齡大，也以爲我懂得比較多——我卻不像大家以爲的那麼有常識。到後來我變得很會裝懂，看起來了解，其實並不明白，我一輩子都有這種本事。我之所以告訴你，是想讓你知道，我絕對不是聖人。相較於祖父，我的一生顯得微不足道，也不值得大家如此敬重。在大部分的情況下，這似乎還好，大家都敬重牧師，我也不打算多加解釋，但我因爲買了很多書而被視爲智者，其實我根本沒時間全部讀完，截至目前爲止，也沒有從中學到太多有用的知識，這點確實令我心虛。但我確實學到一點：很多生活枯燥乏味的老先生都寫了書。這點或許了無新意，但其中的道理卻值得好好思索。

我當然感謝上帝給了我這些書，也感謝祂賜予那段爲時大半輩子的奇怪歲月，在那段歲月中，我因爲寂寞而閱讀，就算作伴的是一堆爛書，也比沒人作伴來得好。你若渴望捕捉到一點人氣，就連一本無聊、矯情又尖刻的壞書都能讓你讀得津津有味，我眞希望你永遠不會體驗到這種感受。「人吃飽了，厭惡蜂房的蜜；人飢餓了，一切苦物都覺甘甜。」[8]在你絕對想像不到的地方，也可能找得到快樂，這是慈父似的忠告，也是主所賜的箴言，更是我自己長久以來的經驗。

人們經常看到我書房的燈大半夜都亮著，但這僅表示我在椅子上睡著了。我的聲譽大多出自教友的想像，他們都是好意，我也不願拆穿，其實我的生活有點可悲，我也無法忍受他們的同情。這麼說吧，他們都非常了解我，曉得我生命中的每件大事，也都委婉地避免冒犯到我。我花了大半輩子的時間安慰別人，但我卻受不了別人試圖安撫我。老鮑頓是唯一的例外，他總是懂的多、說的少。在那段日子裡，他眞是個好朋友，幫了我好大的忙，我眞希望你明白盛年之時的鮑頓有多麼傑出，他的講道非常精采，但他從不記錄下來，甚至連摘要也沒留下，因此，他的講道辭全已佚失，我也只記得幾句。我每天都想重新看一遍自己以前的講道辭，看看能不能挑出幾篇讓你日後閱讀，不過，數量衆多，我只怕其中大部分讀來無聊或愚蠢，說不定燒了還比較好。我若這麼做，你母親一定不高興，她遠比我看重這些東西——我想這是因爲數量龐大，她還沒讀過。你日後或許會記得通往閣樓的階梯像把梯子，即使天氣溫和，閣樓裡也炎熱不堪。

就算賠上性命，我也得試著把那些箱子搬下來。一想到自己寫得跟奧古斯丁一樣多，卻得想辦法全部丟掉，心裡實在慚愧。這些講道辭字字句句皆出自眞心，若有時間，我可能會逐一瀏覽過去五十年來的心聲，想來眞是可怕。我若不焚毀，將來說不定有人會逐一閱讀，想來更是難爲情。寫作已成了我根深柢固的習慣，將來這封信如果沒有遺失或是沒被燒毀，你讀到這封沒完沒了的長信時，就會曉得我說的沒錯。

掛念閣樓裡的那些箱子倒也無可厚非，它們畢竟是我一生的紀錄。說眞的，它們讓我嘗到了最後審判的滋味，我怎能不好奇？身爲護佑靈魂的牧師，這些年來我輔助了成千上百名教徒，希望我眞的打動了他們的心，而不僅是自言自語；但回顧過去，有時我似乎只在對自己說話。如今午夜夢迴，回想起多年以前和人們的對話，雖然其中一些人早已過世，我說什麼也改變不了他們，但我仍心想：唉，我當初應該那樣說！或是，當初他是那個意思！想著想著，我不禁懷疑以前到底曾否專心？但問題眞的出在這裡嗎？

有篇講道辭不在閣樓裡，老實說，佈道的前一晚，我就把那篇燒了。大家很少再提到西班牙流感了，但那時勢況相當嚴重，恰好又在大戰之時。那時我們才剛介入戰爭，數千名士兵死於流感，而他們都是身強力壯的年輕人。流感隨後擴及一般大衆。說眞的，流感跟戰爭沒什麼兩樣，葬禮接踵而至，死者全是愛荷華州的當地人。我們失去了好多年輕人，而這裡的災情還算不上慘重呢。人們就算上教堂，臉上也都戴著口罩，盡可能坐得離彼此很遠。有人謠傳德軍某種祕密武器造成了流感，我想很多人情願接受這種說詞，因爲這樣一來，他們才不必多想流感可能代表的其他意義。

這些年輕士兵的父母到教堂來請問我，主爲什麼容許發生這種事情？我眞想反問他們，主該怎麼做，我們才會相信祂並不容許發生這種事？但我只是安慰他們，我們永遠不會曉得這些年輕人逃過了哪些劫難，大多數父母以爲我的意思是孩子們因而得以不受戰壕、毒氣瓦斯之苦，但我眞正想說的是：這樣他們就不必背負殺戮的罪孽。那眞像是《聖經》中的劫難，完完全全如出一轍，我想到亞述王西拿基立。

我在萊利基地目睹了流感——情況極爲悽慘，那些年輕人倒臥在自己的鮮血中，鮮血從喉嚨和口中流出，他們甚至無法言語。一下子死了這麼多人，根本找不到地方安置，只好把屍體堆放在庭院裡。我過去幫忙，親眼目睹了一切。他們把年輕人集中在大學裡，但流感肆虐，最後不得不封鎖校園，學校的房舍擺滿病床，跟醫院沒什麼兩樣。病人死狀悽慘，而且全死在愛荷華州。這事若不是某種徵兆，我實在不曉得還有什麼稱得上。我據此寫了一篇講道辭，我說，或是我打算說，死亡解救了這些愚昧的年輕人，讓他們不必承擔自己無知與愚勇的後果，幸好在他們在踏上征途、謀殺弟兄之前，主就呼召了他們。我還說他們的死是個徵兆，也是個警告，大家應該曉得，意圖興戰將引發戰爭的後果，我們若違抗主的旨意與恩典，執意把犁頭變成劍，把鐮刀變成矛，那麼世間沒有任何海洋廣大到能夠阻擋上帝的審判。

我認爲這篇講道辭很精采，我邊寫邊想，父親一定會感到欣慰。但我最終還是退卻，因爲我知道只有幾個老太太會來上教堂，她們已經非常難過、焦慮，而且跟我一樣反對戰爭，她們甚至願意冒著染病的危險來做禮拜，在這種情況下，我怎能站在講壇上嚴詞斥喝？這似乎太荒謬了。於是我捨棄那篇講道辭，把它丟進火爐中，改以「迷失的羔羊」爲題來講道。我眞希望當初保留了那篇講道辭，因為其中字字句句都是我的心聲。它或許是我在下一個世界中唯一願意回應的，而我竟然把它燒了。但蜜拉貝爾・莫塞爾既非羅馬巡撫本丟・彼拉多，也不是威爾遜總統。[9]

你日後若讀到這些講道辭，說不定以為我很勇敢，另一個時代的人則很難了解當時的情況。你很難想像教堂裡幾乎空蕩蕩，只有兩、三名男子和幾個戴著厚重面紗、試圖掩飾臉上口罩的女人。整整一年多，我講道時都蒙上圍巾。據說洋蔥能夠殺死流感的病菌，所以當時每個人身上都有股洋蔥味。大家還用菸草葉擦身子。

那段日子裡，街角擺了木桶，大家把桃子的果核丟到木桶中，藉此襄助戰事。他們說軍方把果核製成木炭，然後用木炭製造防毒面具的濾網，數百個果核才能做出一張濾紙，所以我們都因為愛國而吃桃子，桃子的味道似乎也跟著不一樣了。雜誌裡刊滿了士兵戴著防毒面具的照片，看起來比我們老百姓奇怪，那段日子真是不尋常。

大多數年輕人似乎認為參戰是件勇敢的事，我寫完這封信之後，說不定還會發生戰事。或許你也認為參戰是個勇敢的行為。我確信世間一定還會發生戰爭，我也相信那場流感是個重要的徵兆，我們拒絕正視，枉顧其中真意，從那之後，我們就不斷地面對戰爭。

我不確定自己完全採信這種說法。鮑頓會說：「那是牧師的說詞。」此話屬實，但我也不曉得那是什麼意思。

§

誠如先前所言，我大半輩子過得很寂寞，我將之稱爲「慘澹歲月」。一說到我這個人，就非得提起那段慘澹歲月不可。那段日子過得非常奇怪，好像每個冬天都一樣，每個春天也大同小異。對了，還有棒球。我想我收聽了幾千場棒球賽，有時聽到一半就中斷，收音機一片沉寂，然後隱約傳出觀衆的歡呼，聲音平板微弱，幾乎難以察覺，有如迴蕩在貝殼中的虛空聲音。我喜歡想像球賽的進行，球場上千變萬化，我像是要拆解某個複雜的謎語，如果球滑向左外野，一、三壘有人——我就在腦海中讓跑者、捕手和游擊手同時移動。我好喜歡這麼做，卻也說不出爲什麼。

我也喜歡採用同樣的方式來回想過去的談話。身爲牧師，我最主要的職責是聽人說話，不管是嚴肅正經的告解或僅是傾訴，我都覺得非常有趣。我的意思不是說這些談話像球賽，我絕無此意，但若你想想球賽的抽象層面，比方說策略爲何或是力量來自何處，你關心的似乎不是球賽了，而是雙方如何配合、他們有多需要彼此，以及球賽中眞正的主題——生命力——將如何展現出來。我所謂的「生命力」，意思是某種「精力」（誠如科學家的用語）、或是「活力」。人們跟我說話的時候，不管談話的內容是什麼，他們口氣中蘊含著的一股「熾熱」，每每令我大爲訝異。「我」的後面總是緊跟著「愛」、「害怕」，或是「想要」，對象可能是「某人」或是「什麼對象都沒有」，這其實無關緊要，因爲他們的話裡面已經傳達出情感，情感像朶火花，繞著「我」打轉，散發出一股悲傷、愧疚或喜悅的氛圍，熱切而源源不絕。神職人員有幸目睹生命的這一面，這是一種大家很少提及的特權。

好的講道是一方熱情地談話，衆人必須以同樣的心態聆聽。講道當然包括三方，即使最私密的思緒也是如此——一方是產生思緒的自我，一方是領受思緒並設法加以回應的自我，一方則是主，想來實在奇妙。

我正試圖描述從未行諸於文的想法，寫得相當辛苦，我也有點累了。

有天聽球賽時，我忽然想到月亮呈螺旋狀運轉，隨著地球運轉的同時，它也隨著地球繞著太陽移動。雖然顯而易見，但我想了就開心。窗外是一輪明月，清澈潔白地高掛在深藍的天際，芝加哥小熊隊正大戰辛辛那提。

一提起貝殼的聲音，我想到兩句以前寫的詩：

掀開貝殼的螺旋，發現經文
隱藏在牧師的沙沙聲之下

詩的其他部分不值得記取，鮑頓家的一個男孩到地中海旅遊，回來之後不曉得爲什麼送給我一個大海螺，我一直擺在書桌上。長久以來，我始終很喜歡「沙沙聲」這個字眼，但除了納入詩句之外，我不曉得怎樣派上用場。再說，在那段日子裡，除了經文、牧師和收音機的靜電噪音之外，我還曉得什麼？我還喜歡什麼？那時很多人閱讀《鄉村牧師日記》，作者是法國小說家貝爾納諾（Georges Bernanos），我很同情書中那個傢伙，但鮑頓說：「喝酒喝出了問題。」他還說：「主只需要一個更稱職的人來塡補那個空缺。」我記得自己整晚坐在收音機旁邊讀這本書，直到節目全部播畢，我仍繼續閱讀，一直讀到天空露出曙光。

有次祖父帶我坐火車到第蒙看巴德．弗勞爾（Bud Fowler）打球，巴德曾加入凱奧庫克隊打了一、兩季，祖父用他那隻好眼睛盯著我，一本正經地跟我說，世界上沒有人比弗勞爾跑得更快、投得更準了。我非常興奮，那場球卻沒什麼動靜，最起碼我當時是這麼想。沒人跑壘，沒人打出安打，也沒有失誤，到了第五局，醞釀了整個下午的雷雨終於降臨球場，球賽便宣告中止。我記得一開始下大雨，觀衆就大聲抱怨，當時才十歲的我鬆了一口氣，祖父卻非常失望，可憐的老魔鬼心中又多了一件憾事。我這樣稱呼祖父全無惡意，父親這樣叫他，母親也是，他在戰爭中失去了一隻眼睛，平常看起來也頗野蠻，但父親說，照他們那個時代的標準而言，祖父是位優秀的牧師。

那天他帶了一小袋甘草，令我非常驚訝。每次他把手指伸進袋子，袋子就隨著他顫抖的手嘎嘎作響，聽起來像著了火。我當時特別注意，但不覺得奇怪，當時我也多少認爲，雷聲與閃電是造物者在跟祖父打招呼。祂似乎在跟祖父說，牧師先生，很高興在觀衆席上看到你；或者祂說的是，牧師先生啊，世上充滿悲悽之際，你爲何跑來看球呢？母親曾說祖父總是交些「討人厭」的朋友——所謂「討人厭」是舊時代的用法，沒有不敬之意。祖父年輕時結識了約翰．布朗[10]和吉姆．蘭恩[11]，我眞希望能跟你多說一些，但父親和母親不准大家提到堪薩斯州和內戰的舊事，這已成爲家中的不成文規矩。從第蒙回來之後，我們就失去了祖父，或者說他迷失了自我。不管何者爲眞，幾星期後他就動身前往堪薩斯州。

我曾在某處讀到，一樣東西若和其他東西都沒有關聯，那它便稱不上「存在」。這番說詞完全出自假設，我不太了解它的意思，或許我壓根就不明白，但它確實讓我想起那個下午：空中沒有半個球，也沒有人盜壘、觸球或失誤，換言之，球場上毫無動靜。我覺得那場雷雨就是爲了結束這種局面，好像有場火等著被澆熄，或是爲這個無足輕重的場面注入一些爆發力。「天上寂靜約有二刻」[12]，我記得當時的情形似乎有些像是如此，只是那場球賽延續了超過半小時。「無足輕重」，這個字眼相當有力，祖父無處施展勇氣，也感覺不到心中的勇氣，想來實在可憐。

走筆至此，我察覺到自己的記憶力有點小題大作。祖父這個老傢伙穿著破舊的外套坐在我旁邊，雙手不停顫抖，享受著甘草這種小小的奢侈，說不定就在那天下午，他對堪薩斯州的回憶讓他萌生了去意。（他想回去堪薩斯州，而不是昔日佈道的小鎮，正因如此，我們花了好大的工夫才找到他。）巴德．弗勞爾站在二壘上，一隻手套擱在臀後，目不轉睛地看著游擊手。我知道他打球時不喜歡戴手套，但我只記得那幅景象，從今以後一提到他，我也只記得他的那個模樣，因此，我也沒必要修正自己的記憶。多年以來，我一直從報上關心他的發展，直到

「黑人聯盟」（Negro Leagues）成立，我才失去了他的消息。

我高中和大學時是個不錯的投手，我們在神學院的時候也組了兩支棒球隊，時常利用星期六出去打球。我們把草地當成球場，也沒人曉得壘線在哪裡，打得開心極了。當年研習神學的年輕人都很傑出，我確信現在也是。

父親和我靜靜地沿著小路踏著月光而行，逐步遠離祖父的墳時，他說：「你知道嗎？堪薩斯州的每個人也看到了我們剛剛看到的。」那時我以爲他的意思是，全州的人都看到了我們所目睹的奇蹟（請記住：我當時才十二歲），我以爲父親在祖父墳邊的禱告感動了天父，所以祂特別降下恩典，或是祖父荒蕪的墳地忽然散發出榮耀的光彩，而全州的人都是我們的證人。後來我才明瞭，父親的意思是，太陽和月亮自行呈一直線，無關我們父子二人。除了《聖經》提到的異象或奇蹟之外，父親向來避談這類事情。

但那天晚上我走在他身旁，沿著崎嶇小路走過空曠的大地——我感到父親、我自己以及周遭充滿了一股神奇的力量，心中的歡愉著實難以言表。我眞慶幸當時沒聽懂父親的意思，因爲從那之後，我很少感受到那種全然的歡愉與信心。這就好像作了一個甜蜜的夢，你在夢中享受了現實生活所沒有的奢侈，不管夢見了什麼，甚至帶點罪惡感或是有點害怕也沒關係，換言之，某些事情在現實生活中或許永遠不會發生，但你卻感受得到它們所引發的快感。誰曉得月亮會如此耀眼、如此令人心醉呢？父親雖然一語帶過，但我看得出他也有點感動，他得停下來拭去眼中的淚水。

祖父曾把看過的一個異象說給我聽，當時他還不滿十六歲，仍住在緬因州。那天他幫曾祖父修剪樹枝，工作了一天之後非常疲倦，坐在爐火邊睡著了。有人拍拍他的肩膀，他抬頭一看，看到主耶穌向他伸出兩隻手臂，手臂被鐵鍊纏繞，「鐵鍊緊得陷入祂的骨肉裡」，他滿懷悲傷地告訴我，僅存的一隻好眼睛流露出舊日的哀痛，他說他當時就知道，日後他必須到堪薩斯州投身廢除奴隸的行列。老人家都希望自己能派上用場，最害怕成天漫無目標，我非常贊同這個觀點。我跟父親提到祖父所描述的異象，父親聽了僅是點點頭說：「那是時代的因素。」他自己從來沒有類似的經驗，他似乎也想跟我保證，有朝一日主耶穌若對我展現祂的哀愁，我無須感到害怕，我聽了放心多了，想來也覺得神奇。

在我眼中，祖父又老又病，事實上也是如此，他像是一個老被雷電打到的人，衣衫襤褸，頭髮永遠亂七八糟，醒著的時候一隻眼睛流露出哀傷與警戒。除了他的一些朋友之外，他是我見過最不安分的人。這些老人家即使上了年紀也寧願蹲坐著，好像跟桌椅有仇似的。他們瘦得只剩下一把骨頭，彷彿是群不情不願退休了的猶太先知，或是依然等著審判天使的老牧師。其中有個老先生，他替人祈福和施洗的那隻手上有個螺旋狀的烙印，據說他曾一把捉住一個小游擊隊員的槍身，因而留下烙印。老人家說：「我想那個小孩子不會開槍射我，他還不到長鬍子的年紀，應該跟他母親待在家裡，所以我說：『你把那個東西給我。』他輕蔑地一笑，然後把槍遞過來，我只好接下——不然豈不讓他看笑話？我另一隻手臂綁了繃帶，無法接槍，只好用這隻手硬生生地接下來、帶著槍走開。」

他們曾拜訪蘭恩和奧伯林，通曉希伯來文和希臘文，也讀過洛克和米爾頓的著作，有些人甚至在塔波鎮創辦了不錯的小型學院，運作了好些年，畢業生多隻身前往地球另一端傳教或教書，尤其是年輕的女孩。他們在多年之後返回家鄉，跟大家分享在土耳其和韓國的見聞。但他們仍是一群魯莽的老傢伙，全都是一個樣，也難怪祖父的墳看起來好像有被放過火的痕跡。

我剛才聽著收音機播放的歌，聽著聽著，不禁站起來隨著旋律稍微搖擺，你母親可能從走廊上看到我，所以笑著對我說：「讓我示範一下吧。」她走過來、伸出手臂圈住我，頭倚在我的肩膀上，過了一會兒，用你所能想像的最輕柔口氣對我說：「你爲什麼非得這麼老呢？」

我也同樣自問。

§

幾天之前，你和你母親帶著花回家。我知道你們上哪裡去，她當然會帶你去那裡，讓你熟悉一下那個地方。我也聽到她把那個地方描述得很美，她眞是個細心的女人。你拿了忍冬花教我怎麼吸出花蜜。你咬掉花朵的小小尖端，然後遞給我，我假裝不知道該拿它怎麼辦，把整朵花放進嘴裡，假裝嚼一嚼吞下去，或是把花當作哨子，對著它吹氣。你邊笑邊說：不對！不對！不對！我又假裝有隻蜜蜂在我嘴裡飛舞，你說：「不，你嘴裡沒東西，根本沒有蜜蜂！」我一把捉住你的肩膀，對著你的耳朵吹氣，你猛然跳起來，好像眞的看見一隻蜜蜂，然後捧腹大笑。過了一會兒，你嚴肅地對我說：「我要你這麼做。」說完就把手放在我的臉上、輕柔而小心地碰碰我嘴邊的花朵說：「好，吸一口。」你又說：「你吃藥的時間到了。」我依言照辦，藥的味道和忍冬花蜜一模一樣，恰似我在你這個年紀所嘗到的忍冬，那時每道籬笆旁邊、每個門廊欄杆之上，似乎都長滿了忍冬花。

那天下午的光線令我相當驚訝。我向來非常注意光線，但沒有人能充分領會光線之美。光線似乎帶有重量，擠出了草地上的水氣，逼出了門廊地板上的霉味，甚至有如晚冬的殘雪積壓著樹梢。光線駐足你的肩頭，恍若小貓窩在你的大腿上，感覺親切而熟悉。「小滑頭」躺在路邊曬太陽。你會記得「小滑頭」吧？說眞的，我不知道你怎麼會記得牠？牠畢竟是隻非常平常的貓咪。我會幫牠拍幾張照片。

我們就這麼吸吮著忍冬花的蜜汁，直到吃晚飯爲止。你母親拿出照相機，說不定你以後會有些照片。我還沒來得及幫她拍照，底片就用完了，每次都是如此。有時我想幫她拍幾張照片，她不是雙手遮臉，就是跑走。她認爲自己不漂亮，我不曉得她爲什麼覺得如此，我永遠也猜不透。有時候我不知道像她這麼一個年輕貌美的女子爲什麼會嫁給我這麼一個老人？我從沒想過跟她求婚，也絕對沒有這種勇氣。結婚是她提起的，我經常提醒自己，她也經常提醒我。

以前我絕不相信，有朝一日我會看著自己的妻子打點我們的孩子，現在每思及此，依然感到難以置信。我之所以寫這封信，部分原因在於未來你若懷疑自己究竟有何成就（每個人遲早都會有此疑問），請你記得，你是上帝給我的恩賜，是一個比奇蹟更珍貴的奇蹟。你或許不太記得我，或許也不覺得身爲小鎮老牧師的獨生子有什麼了不起，而你將來必然也會離開這殘破的小鎮。唉，我若能讓你明瞭就好囉！

孩童的頭髮在陽光下閃爍著光芒，恍若有時在朝露中看見的微小七彩光束，花朵的瓣片和孩童的皮膚上也泛著同樣的光芒。你的頭髮又直又黑，膚色非常白皙，你不比其他小孩漂亮，只是長得不錯，個子雖然小了點，但乾乾淨淨很有禮貌。這些都無所謂，只因你活在世上，我就鍾愛著你。對目前的我而言，活著似乎是最不可思議之事，我即將邁向永生，可能就在剎那之間、眨眼之際。

「眼中的星光」，這是最奇妙的表達了。我經常心想，生命中最神奇的莫過於此，人們一看萬物迷人之處或是領會到其中之妙，眼中就會綻放出耀眼的欣喜。「眼有光，使心喜樂」[13]，這話完全正確。

你讀到這封信時，我已置身於永生，說不定已恢復年輕時的活力，比以往更加生氣蓬勃，身旁也有心愛的人相伴。你讀到一個焦慮、糊塗老人的囈語，我卻生活在比夢境更美好的光明中——但我不等你，因爲我希望你這副終將腐朽的軀體活得長長久久，好好享受這個終將腐朽的世界。即使我一直希望與露易莎和蘿貝卡再度聚首，但我眞的無法想像怎能不思念這個世界。多年以來，我一直想像跟她們相逢之後將會如何。唉，我這顆老種子即將歸於塵土，然後我就曉得了。

我有幾張露易莎的照片，但我覺得照片和她本人不太一樣。想想我已經五十一年沒見到她了，或許也無法判斷吧！她九或十歲時迷著跳繩，就算想分散她的注意力，她也只是把頭轉開、繼續跳繩，一點都不會失手。她的辮子在身後搖擺晃動，有時我伸手想抓住其中一根，她笑著跑到街對面，邊跑邊跳繩。她想跳一千下，甚至一百萬下，沒有任何事情能讓她分心。母親的家庭健康手冊中說，年輕女孩不該從事如此激烈的活動，我把這頁翻給她看，但她只叫我不要多管閒事。她總是光著腳跑來跑去，辮子隨風飛舞，裙子也歪了一邊。我不知道女孩子什麼時候才不戴遮陽帽，或是她們爲什麼要戴遮陽帽，如果你認爲戴了帽子就不會長雀斑，我可以跟你說，帽子是沒什麼用的。

我一直羨慕那些能看著自己妻子老去的男人。鮑頓五年前失去了妻子，而他結婚得比我還早。他的長子已經滿頭白髮，孫子也幾乎都結婚了。至於我，你可以說我永遠不可能看著自己的孩子長大，也看不到自己的妻子老去。我陪伴很多好人走過一生，我爲成千上百個嬰孩施洗，但我總覺得自己的生命有所欠缺。你母親說我像亞伯拉罕，但是我以前沒有一個上了年紀的妻子，也沒有孩兒，我僅靠著書本、棒球和煎蛋三明治過日子。

你和貓咪剛剛來到我的書房，「小滑頭」窩在我大腿上，你趴在地上的一方陽光之中畫飛機。半小時之前，坐在我大腿上的是你，「小滑頭」則趴在地上的一方陽光之中。你坐在我大腿上畫了一架 ME109 戰鬥機，最起碼你是這麼跟我說的。書頁的一角有架同型的戰鬥機，而你記得書裡所有飛機的名稱。書是李奧·芬奇上個月給你的，他八成背著我偷偷拿給你，因爲他知道我絕不准許你看這種書。你畫的每架飛機都很像 ME109，但你幫它們加上 Spad、

Fokker、Zero等不同的名稱。你一直想要我讀讀小字說明，看看飛機配有多少槍枝和砲彈，我若跟我父親一樣有辦法，肯定想得出辦法說服你，讓你覺得把書還給老芬奇才是男子漢應有的行爲。但老芬奇沒有惡意。或許我索性把書藏在儲藏室吧。你什麼時候會猜出儲藏室的用途？我們若不想讓你拿到某樣東西，就會把它放到儲藏室裡。但現在想想，儲藏室有一半東西始終擺在那裡，你我都已失去了興趣。

我年輕時原可再婚，教友總喜歡有個已婚的牧師，所以我結識了方圓百里之內教友的外甥女、小姨子等衆人。現在回想起來，我眞慶幸當時沒有過於積極。直到你母親出現之時，我依然是孤家寡人；現在想想，過去那段黯淡的歲月似乎隱藏著一個奇蹟，這麼說來我的記憶果然沒錯：我蒙受了主的佑護，即使當時不明白在等待什麼，但我確實充滿信心地等候著。

然後你母親出現了。我幾乎還不了解她，她就帶著一貫的表情——眼睛連眨都不眨，輕柔而決然地對我說：「你應該娶我。」在此之前，我從來不知道愛另一個人是這種滋味。我並非沒有愛過人，但我以前都不明白什麼叫做「愛」，甚至連我的父母親和露易莎都不曾激起這種感受。我乍聽你母親這麼說，驚訝得無言以對，於是她轉身離去，我只好沿路跟著她。我依然沒有勇氣拉她的衣袖，但我說：「你說的沒錯，我會的。」她說：「好，明天見。」說完就繼續向前走。那是我畢生最激動的時刻，我真希望未來你也有同樣的體驗，但一想到此刻之前你母親和我所經歷的每個黑暗時刻，我又不確定你是否也該承受那一切。

在此，我試圖展現爲人父、或是上了年紀的牧師所應有的智慧，卻不曉得該說什麼，我只能告訴你：最慘痛的悲劇也不見得是壞事——即使在寫信給你的這一刻，我依然記得小蘿貝卡躺在我懷中、雙眼注視著我的模樣。這些年來，每次幫小嬰孩施洗，我就想起蘿貝卡。小嬰孩的眉毛抵著我的掌心，啊，我愛極了每個小生命。誠如先前所言，鮑頓爲蘿貝卡施洗，但我把手按在她身上爲她祈福，我感覺她的脈搏、體溫和潮濕的頭髮。主耶穌說「他們的使者在天上，常見我天父的面」（〈馬太福音〉第十八章第十節），正因如此，鮑頓將她命名爲安琪琳。這句經文撫慰了好多好多人。

我最近常想到「存在」，事實上，想得滿心敬慕，幾乎無法好好享受活著的每一刻。今晨前往教堂途中，我經過戰爭紀念碑前一排高大的橡樹——你記得那個紀念碑吧？我想到幾年前的秋天，橡子紛紛從樹上落下，有如冰雹，打得樹葉沙沙作響，有些猛然落地，力道強到反彈起來飛過我的頭際。當時天還沒亮，我記得月亮的一角斜掛在天際，除此之外，四下漆黑。那是個非常冷冽的夜晚（或清晨），大地沉靜無聲，但橡樹卻展現了無比的生命力，恍若暴風雨，恍若分娩的陣痛。我站在橡樹旁邊心想：這倒是個新體驗。雖然我在這裡住了一輩子，但一排橡樹依然令我驚嘆。

有時我覺得自己像個孩童：我張開眼睛，看到許多以前所未見的奇妙事物，卻很快就得再度閉上雙眼。我知道相較於永生，世間一切不過是幻象，但世間卻因此變得更可愛。世間存有凡人之美，我眞不敢相信人們踏入永生之後，竟會忘了肉體的奇妙；肉體雖非永恆，但延續生命、年華老去，卻是最奇妙、最有意義的過程。從永恆的觀點來看，我相信每個人在凡間的旅程都是一篇有如《特洛伊》般的史詩，值得後人在街上傳誦。我無法想像有誰能將這個旅程一筆勾消，我相信虔誠的心也不容我遺忘。

蕾西．翠斯昨晚過世了，這名字著實特別。她母親也叫蕾西，翠斯一家在這裡住了好幾代，但她是最後一位「蕾西」，家裡其他人已遷往加州。她終生未婚，走得很快也很有尊嚴。她很關心我的健康，這下卻先走了，令我有點訝異。臨終之前她清醒了半小時，昏迷了半小時，然後壽終正寢，我們爲她禱告，念誦〈詩篇〉第二十三篇。她想最後再聽一次〈奇妙十架〉，於是我輕輕哼唱，她跟著哼了一會兒，便陷入昏睡。我非常景仰她也謝謝她；最起碼她沒有拖延我上床休息的時間。看到她安詳離去，我也感到一片安寧。啊，這些年長的聖徒一有機會就庇護我們。

§

祖父和他的朋友說過這個故事，講了就低聲輕笑。我不敢擔保這個故事的眞假，因爲從他們說話的神情來判定，他們似乎認爲加油添醋和悖離事實沒什麼兩樣，兩者也都是家常便飯。

總而言之，在附近一些廢奴主義者所建立的小鎮中，居民通常會先在街道兩旁蓋雜貨店和馬廄，然後在兩處之間興建地道。那年頭時興挖地道，人們耗資費時設計藏身之所和逃脫路徑。愛荷華州的表層土深入地層，遠比諸如新英格蘭之類的地區適合興建地道，這裡的地道也比其他地區的更深廣。但這附近的土地也特別多沙。

小鎭居民都很明理，心地也好，但大家一心只想著挖地道，以致忽略了現實。大伙拚命挖出來的地道簡直有如紀念堂，有個老人家說，裡面只缺一盞大型水晶吊燈。簡而言之，地道太大也太接近地面，更嚴重的是，他們沒有足夠的木材來支撐。在那個時代，大草原區缺乏木材，建築所需的原木都得從明尼蘇達州運過來。即使是深思熟慮的人，有時亦不免失算。

地道剛完工，鎮上來了騎著大黑馬的男人，他停下來問路，卻很不巧地站錯了地方，連人帶馬一起跌穿路面、摔進了地道。塵埃落定之後，衆人發現半匹馬幾乎埋在地面下。男人爬下馬、不可置信地繞著馬走來走去，雖然極力不想表示意見，但仍忍不住嘖嘖稱奇。衆人跑過來圍觀，大伙看到男人一臉困惑，決定最好也擺出不解的表情，於是大伙抱著胸站在一旁說些「眞是危險啊」之類的話，私下討論這麼一匹大馬可能引發什麼危險。在此同時，可憐的黑馬不斷掙扎。有人取來一桶麥片，還倒了兩瓶威士忌在麥片裡，黑馬吃了麥片之後很快就打瞌睡，男人卻愈來愈焦急，因爲他的馬不但陷在洞裡，這下還失去了意識，更何況這人主張禁酒，看到自己的馬醉成這樣，似乎更是苦惱。馬兒鼾聲大作，馬頭低垂在路面上，看來著實不妙，男人也不知道該說什麼。

這類小鎮居民都是信仰虔誠有原則的教徒，也都不願看到無辜的陌生男子撕扯鬍鬚、把帽子摔到地上。雖然大伙暗地裡覺得有點好笑，但認爲最好還是趕快讓這名男子上路，再解決馬的問題，不然若有來自密蘇里的游擊兵或是追捕奴隸的軍人剛好經過此地，看到這種場面說不定妄加猜測，結果必定不堪設想。因此，有人主動提議跟這名男子換馬。你或許認爲在這種情況之下，男子必欣然接受，但他坐在雜貨店的臺階上考慮了好久。對方提供的是匹身型矮小的母馬，男子起初覺得這個交易不錯，他檢查了母馬的牙齒，卻被馬咬了一口，他氣得大聲叫罵，直說哪門子的霉運讓他來到這個小鎮。他跟大家借鏟子，打算自己把馬挖出來。這時牧師一臉正經地說，鎮上所有的鏟子都在可怕的大火中付之一炬，「鏟子本身還能用，你儘管拿去，只是缺了把手」。這當然是謊言，但情況危急，實在情非得已。

陌生男子終於同意收下母馬、馬轡、麻繩、鞋油和其他一些小東西，這些東西多少讓他感到世上還有公道。收下之後，他覺得自己稍微受到補償，這樣想倒也沒錯。

送他上路之後，小鎮居民商討如何處置黑馬。有些人到地道裡走一遭，檢查馬腿是否完好，如果有隻腿摔斷了，就得開槍把馬射死。若有必要，他們可以在地道裡將馬肢解，拖到地下某處，然後填平路面的洞口，馬也跟著埋在地下。但是馬的四隻腳都好好的。

在馬的周圍挖洞只會讓地道變得更大，但鎮民認為沒有其他選擇，決定挖出一個剛好大到能把馬牽出來的洞口。在此同時，馬兒清醒過來了，站在原地嘶叫、搖晃尾巴，於是大伙決定把一座小棚子移過來，讓這匹困在路當中的馬有個棲身之地。棚子很小，大伙必須傾斜地把棚子慢慢放下，馬匹剛好把棚子塞滿。

這種狀況聽來非常愚蠢，但人一做出錯誤的判斷，接下來只會製造出更多愚蠢的狀況。有人注意到馬尾巴露了出來，大伙只好抱起一個小孩，讓他從棚子的窗戶把馬尾巴拉進來。

那時，小鎮裡有個黑人小伙子，他是第一個逃到這裡的黑人，鎮上多了他之後，居民感到更有使命感，但這匹馬引發的各種問題，也讓居民更不好意思。除非察覺到不對勁，不然小伙子通常待在雜貨店裡，他親眼看到也聽到了事情始末，顯然很想大笑，使盡了全力才壓住笑聲。他避開眾人的注視，緊緊咬住嘴唇，幾乎咬得出血。但當眾人把棚子拉到路中央，斜斜地罩在馬身上時，雜貨店裡終於傳來一陣粗嘎、不可遏制的笑聲。大伙事後回想，黑人小伙子說不定大笑之後就心生警戒，以爲眾人將記恨在心，於是當晚就消失無蹤，獨自逃往北方。毫無疑問，他認定此地不宜久留，逃得愈遠愈好。

鎮民了解到怎麼回事之後，兩人跳上沒被換走的馬，試圖追趕上黑人小伙子。（鎮民想讓陌生男子走得愈遠愈好，不要再回來叨擾大家，所以拿鎮上最好的馬跟他交換。這兩匹馬雖然沒被換走，但也算是良駒。）他們只想趕上黑人小伙子，給他一些食物和衣服，同時指引他到下一個廢奴主義者所建立的小鎮。他們追趕了兩天，小伙子卻始終搶先一步。到了晚上，他們正要躺下來休息，小伙子忽然從黑暗中走出來說：「謝謝你們的好意，但我想我最好自己上路。」他們把準備好的包裹交給他，他邊退回黑暗中邊對他們說：「你們把那匹馬弄出來了沒？」說完輕笑了兩聲，自此之後，再也沒有他的消息。

鎮民後來造了一道斜溝，把馬拉了上來，事情也有了圓滿的結果。但更棘手的問題是：怎樣才能把地道填平呢？當初挖掘地道時，大伙把挖出來的泥土盡量運到遠處丟棄，這樣別人才不曉得這裡有條地道。整個過程當然無法扭轉，但更傷腦筋的是，當初大伙偷偷地挖地道，時間不受限制，現在卻必須在大庭廣衆之下儘快填平。馬跌下去的那個洞口不停地塌陷，地道也逐日曝光。（幸好鎮民很明智地移走了棚子，畢竟路中央多出了個棚子跟多出一匹馬一樣奇怪。）最快速的解決方法是讓地道崩塌，然後從上面填平，但是這樣一來，雜貨店和馬廄之間就會多出一條路，而且永遠無法消除。因此，鎮民選了一座小山丘，將之剷平，再夜以繼日地把泥土運過來填補地道，大伙還派了一個人坐在雜貨店的屋頂上守望，一看到陌生人就立即通報。別人若問起，大伙就說他們在興建看臺，正如牧師在一些書本裡讀到的東方習俗。我想在那種情況下，大伙也只能這麼做。

衆人非常努力，但再怎樣也無法把坑洞填滿。除此之外，先前的土石歷經了創世以來的風雨、冰雪和暑氣，地面堅固而穩定，人力絕對無法製造出同樣的效果。換言之，大伙試圖逆轉先前的心血結晶，但一碰到大雨，地面就會塌陷，到後來別無選擇，只得從上頭填土，反正到了這個地步，再糟也糟不到哪裡去了。儘管如此，每逢大雨，路面還是不免陷落。

因此，冬天來臨、冰天雪地之際，居民以鐵桿撬起房舍，把房舍放在厚木板上、馬匹鉤在厚木板前，就這樣把整個小鎮往前移動了半英里。大伙還得撬起墓碑，以免讓人發現此處曾有個小鎮。雖然只有三、四座墳墓，依然令人難過。地道後來變成了一處河床，春天來臨時融雪化為溪水，兩岸和昔日花園中，綠草成蔭、繁花盛開，不知情的民眾到岸邊野餐，把毯子和野餐盒攤放在那些早被遺忘的墳墓上，倒也不失雅興。

你和托比亞斯在灑水器附近跳來跳去，灑水器將水珠呈現在陽光下，著實是個奇妙的發明。大自然中也有同樣現象，但相當罕見。以前在神學院讀書時，我有時到河邊觀看浸信教徒的施洗典禮，牧師從河水中抱起受洗的小嬰孩，水珠從小寶寶的衣服和頭髮中一洩而下，看來宛若誕生或復活，扣人心弦。牧師輕點受洗者的額頭，清水強化了他的碰觸，也加深了彼此的聯繫。我一直很喜歡為人施洗，有時亦不免希望施洗典禮中能多點幾次水。啊，你們兩人在燦爛的小水瀑中起舞，又笑又跳，踏來踏去，理智成熟的大人看到水這樣的奇景，應該也會有同樣的反應。

艾德華從德國返家後的那一陣子，我經常想到他，所以不斷偸溜到旅館找他。有次我帶了棒球、手套和父親的手套去，兄弟倆到對街傳接球。剛開始他很小心，不想弄髒衣服，他說他已經好多年沒碰球，但投擲了一會兒之後，倒是相當厲害。他的一記球打到我的頭，我大叫，他聽了輕笑幾聲，因爲這表示他的臂力恢復了。其實球的力道不大，但我沒料到球會衝著自己飛來，一時準備不及，才大叫出來。過了一會兒，我們認眞起來。我投了一記高飛球，他一躍而起，接個正著。這時他已脫下外套、解開領結，長褲的吊帶也垂到兩旁。有些人站在一旁觀看，小小的街道上塵土飛揚，天氣炎熱，我們連續擲出平飛和高飛球。艾德華跟一個女孩子要水喝，她幫我們各端了一杯水，我喝了我的，艾德華卻把水往頭上一倒，水珠從他濃密的鬍鬚中落下，彷彿從屋頂滴落的雨水。

我以爲在那天之後，兄弟倆可以好好談談，結果卻非如此。我們依然跟以前一樣保持距離，只不過在那天之後，我覺得比較能了解他的心境，但我當然沒有資格加以評斷。

那天他站在街旁，頭髮濕漉漉地貼在頭上，鬍鬚滴著水，對我說出下面這段經文：

看哪，弟兄和睦同居，
是何等地善，何等地美！

這好比那貴重的油澆在亞倫的頭上，
流到鬍鬚，又流到他的衣襟；
又好比黑門的甘露降在錫安山。

此段經文出自〈詩篇〉第一百三十三篇，這表示他通曉我知道的每件事和每句話。說不定他想跟我說，雖然他通曉我所知道的每件事，但他卻不信服。儘管如此，我常想他那天眞是了不起，眞希望父親也在場，父親看了一定很開心。以父親當時的年紀而言，臂力還算不錯。我當時年紀還小，一心以爲父親與艾德華不可能言和，艾德華似乎不以爲意，更是令我驚訝。我說我已開始讀費爾巴哈，他揚揚濃眉回答我：「你可別讓母親逮到！」

當我說別人或許稍微誇大了我的虔誠、廉潔、博學等等，我可不希望你以爲我沒把自己的職業當一回事。神職一直是我的生命，甚至到現在我還記得不少希臘文和希伯來文。鮑頓和我曾經一起逐字研讀打算講解的經文，他家裡小孩太多，所以他通常到我家來，還會帶個竹籃，裡面擺著太太或是女兒準備的熱騰騰晚餐。以前我很怕去他家，因爲相較之下，我家顯得冷清。鮑頓也看得出來，他知道的。

他有四男四女，誠如他自己所言，個個都是精力無窮的小野蠻人。但好運或許只是表象，這些年來他家裡遭逢了不少憾事。儘管如此，在我這個外人眼中，他有個美滿的家庭，而這也是事實。

我們在我家的廚房度過不少愉快的夜晚。鮑頓是個勤勉的長老會教徒——世上豈有不勤勉的長老會教徒？所以我們雖然有些歧異，但從來沒有嚴重到造成任何芥蒂。

我不認為自己當時心存憤恨，但我真的很想說：我也曾有太太和小孩。成家難免必須付出代價，而我的代價竟是失去妻小，這樣的代價未免太高了。人們說像蘿貝卡一樣年紀的小嬰兒看不見東西，但她卻睜開了雙眼注視我；她只有一丁點大，但當我把她抱入懷中，她睜開了雙眼，我知道她沒有細看我的臉龐，記憶總會添增枝節，但我確定她直視了我的雙眼，那種感覺眞是神奇。我很慶幸當時有此領悟，因為以我目前的狀況而言，辭世只是遲早的事。在此之際，我深知世間最奇妙的莫過於人的臉龐，鮑頓和我也曾討論過，似乎與「道成肉身」有些關聯。當你看到孩童的臉龐、將他抱在懷中，心中便興起一股責任感。每張臉龐都是一個請願，因為你一定看得出臉上的決然、勇氣與寂寞。但嬰孩的臉龐尤其明顯，在我看來那是一種異象，而且跟所有異象一樣神祕。鮑頓也認為如此。

你還是小寶寶那時，我好怕你；有時我坐在搖椅上，你母親把你放在我懷裡，我邊搖邊祈禱，直到你母親忙完手邊的事情。我還唱歌給你聽，我不停地哼唱〈效主捨己〉，唱到你母親問我會不會其他比較快樂的歌曲？而我甚至不曉得自己在哼唱。

今天早上我一直思索著天堂，卻不得其解；我不知道自己怎麼想像得出天堂的模樣。若不是已經在世上活了將近八十年，我也想像不出這個世界的模樣。人們常說，在孩童的眼中，世界似乎總是如此美好，這話說得沒錯。孩童認爲長大後就能了解這個世界，我卻只知道，即使再活十幾輩子，我也不可能理解。每天早晨，我像伊甸園中醒來的亞當一樣，眼見自己靈活的雙手，感受到透過雙眼、源源流入腦海中的靈光，不禁嘖嘖稱奇——即使雙手、雙眼、腦筋已經老朽，整個人如同垂暮之年的亞當，我依然覺得驚奇。永生之後，我還剩下什麼呢？這副老軀殼始終是我的良伴，就像巴蘭的驢子一樣，看到了我尚未眼見的天使，也正躺臥在路間。

我也得說，自己雖非聰明人，但在我看來，這副頭腦還不失趣味。這些年來我學了不少詩，也累積了許多字彙，但大部分都沒有派上用場。當然還有《聖經》，我的詮釋或許不及父親或祖父，但了解得也算透澈，我當然應該如此。我比你年紀還小的時候，每學會五句經文、能一字不漏地背誦，父親就給我一角錢。他還發明了一個遊戲：他先說一句經文，我得說出下一句，我們一句接著一句不停地說下去，直到碰到家譜或是說煩了爲止。有時我們扮演不同角色：他是摩西，我是法老；他是法利賽人，我是主耶穌。父親小時候，祖父也這樣教導他。我就讀神學院時，幼時所學助益良多，讓我一生也都用得上那些知識。

你知道主禱文、〈詩篇〉第二十三篇以及〈詩篇〉第一百篇，昨晚我聽到你母親教你八福的經文，她似乎想讓我知道，她打算把你教育成教徒。她的努力實在值得嘉許，因爲老實說，剛結識她的時候，我還沒碰過比她更不熟悉宗教的人。她雖是個好女人，但對《聖經》一無所悉，她還說自己在其他方面也毫無素養。她說的或許沒錯——我這話絲毫沒有不敬之意。

但她總帶著一絲嚴肅。她第一次來到教堂時，雖然悄悄地坐在最後面的角落，我依然感到只有她認眞聽講。我曾夢見自己對著主耶穌講道，我講了一大堆愚蠢的話，而祂只是身著一襲潔白的長袍坐在那裡耐心聆聽，眼神中帶點憂傷與訝異。當時你母親給了我同樣的感受。事後我心想，這下糟了，她絕對不會再回來。但下個星期天她又出現在教堂裡，我花了一星期準備的講道卻再度在口中化爲塵埃，而我那時甚至還不知道她的姓名。

今天早上我和史密德先生有段有趣的對話。史密德先生是托比亞斯的父親，他似乎在不經意間聽到了一些不適當的言詞。其實我也聽到了，因爲過去一週以來，這一直是你們兩個最愛講的笑話。我必須承認，我覺得沒有必要制止，我們小時候也說過同樣的笑話，長大之後還不是好好的嗎？你們其中一人輕快愉悅地問道：「AB, CD goldfish?」另一個則盡量壓低聲音，世故而嚴肅地斥責說「L, MNO goldfish!」[14]然後捧腹大笑。不消說，令史密德先生不悅的是「L」所代表的那個字，這個年輕人神情極爲嚴肅，令我忍俊不禁。我只好莊重地說，依我的經驗，最好不要太過苛責小孩偶一爲之的行徑，如果罵太多次，可能適得其反。最後他終於看在我年紀和頭銜的分上，勉強聽從勸告，但他的確問了兩次我是不是唯一教派（Unitarian）的教徒。

我跟鮑頓提到此事，他回答說：「我早就認爲那個字母該從字母表中去除！」[15]然後兀自輕笑幾聲。自從聽到傑克的消息，他的心情就很好。「他快回家囉！」他說。我問傑克打哪裡回來，他回答：「嗯，郵戳上的地址是聖路易。」

我不會跟你母親提到我和史密德先生的對話。她很希望你身邊有個好朋友，你還沒交到朋友時，她看了相當難過，總是爲你操一些不該操的心，即使我認爲顯然錯不在她，她也始終怪罪自己。

前幾天她跟我說，她想讀那些放在閣樓上的講道辭，我相信她會，我眞的毫不懷疑。但她不會全數讀完，不然可得花上好多年。嗯，說不定我該想辦法把其中一箱搬下來，稍微整理，這樣或許能爲後人留下好印象，我想了也比較心安。即使站上了講壇，甚至念出這些字句之際，我也屢次察覺它們傳達不出我眞正的心聲。但從某個層面而言，它們卻是我畢生的主要成就，思及至此，我眞得懷疑自己怎能活得心安理得。

今天是聖餐禮，我以〈馬可福音〉第十四章第二十二節爲題講道：「他們吃的時候，耶穌拿起餅來，祝了福，就擘開，遞給他們，說：『你們拿著吃，這是我的身體。』」我通常不會以聖餐禮文作爲講道主題，因爲聖餐本身已是最完美的詮釋。但過去幾週，我經常思考「身體」這個問題：「祝了福，就擘開。」我引用了舊約〈創世記〉第三十二章第二十三至三十二節雅各與神角力的故事來談論身體之美、祝福及聖餐的意義。我最近常感嘆：我眞喜愛自己這副軀殼。

你或許記得，大家幾乎走光了之後，桌上還留著餅，蠟燭也還未熄滅，你母親將你領到我面前說：「你應該給他一點。」雖然你還太小，但她說的完全沒錯。基督的身體，為你毀棄；基督的鮮血，為你流出。你抬頭從我手中領取聖餐，童稚的臉龐是如此肅穆、美好。身體與鮮血，兩者皆奧妙至極。

說不定我已錯失了這種神奇的體驗，現在我只怕沒時間好好享受它所引發的喜悅。

今天早上，室內一如往昔洋溢著美麗的光芒。這座老教堂的陳設簡樸，需要重新粉刷，但在那段慘澹歲月中，我常在天亮之前來到這裡，只為了坐著觀看晨曦照亮室內。我不知道其他人看了覺得美不美，但在那些清晨，我心中一片祥和，默默地為經濟大蕭條、戰爭等悲慘的事情祈禱。當時大家吃了很多苦，苦難也持續了好多年，但我相信你也知道，祈禱帶來了平靜與安寧。

誠如先前所言，在那段歲月中我幾乎徹夜閱讀，醒來時若發覺自己躺在沙發椅上，或者已經清晨四、五點，我便出門走過黑暗的街道來到教堂，看著晨曦移步入內。我喜歡聽到門閂開啟的聲音。教堂屋齡悠久，一踏在側廊上，教堂感受到人身的重量，木板跟著嘎嘎作響，有時不免傳來回聲，餘音裊裊，聲聲悅耳，但得獨自一人才聽得見。或許教堂感受不到小孩的重量，但讀到這封信時，如果這座教堂依然挺立，你也尚未離家到半個世界之外，你說不定可以找個時間獨自走一遭，體會一下我的意思。過了一段時間之後，我不由得想教堂裡是否空無一人比較好。

我知道他們計畫拆毀教堂，等我走了才會行動。他們心地眞好。

§

人們經常半夜不睡，不是因爲小寶寶疝氣痛、小孩子生病，就是因爲吵架、擔心或滿心罪疚，當然還有一些送牛奶的人，以及上早班或晚班的工人。有時走過教區看到其中一家的燈還亮著，我心想該不該進去看看，說不定能幫得上忙，又覺得這樣侵犯了隱私，於是決定繼續前進。我也曾路過鮑頓家，我和他雖然一直很親，但多年之後才知道他家裡出了什麼問題。在那些根本睡不著也不想閱讀的深夜，我經常半夜一、兩點走過全鎮。當年只要花一小時左右，我就能走過每一條街以及每一棟房屋。我邊走邊想哪棟房子住了哪些人以及我對他們了解多少，鎮上很多民衆是我或鮑頓的教友，因此我知道的事情還不少。我爲他們祈禱，同時想像他們會有預期不到的安寧、無法解釋的病痛、爭執或是夢想，然後漫步到教堂繼續祈禱，靜待旭日東升。即使我喜歡看到旭日東升，但夜晚消逝之際，我仍然有點難過。

樹木在深夜聽起來不一樣，聞起來也不同。

將來你若對我稍有記憶，讀到我所書寫的事情之後，說不定會多了解我一點，也看得出我在晨曦時格外活躍。你讀這封信時，我希望你能理解，當我談及在尋獲快樂之前的那些漫漫黑夜中，我不記得自己感到悲傷、寂寞，而是充滿了安詳與自在——即使悲傷，卻也從來不失自在；就算寂寞，卻也從來不失安詳。幾乎是從來不失。

§

有次我和鮑頓花了一晚上討論講道辭，討論完畢之後我陪他走到門口，門外到處是螢火蟲，成千隻從草坪中一躍而出，在半空中閃閃發光，我從未看過這麼多螢火蟲。我們坐在臺階上靜靜觀看，四下一片漆黑，只見點點光澤，過了好一會兒之後，鮑頓終於說：「人生在世必遇患難，如同火星飛騰。」[16]在那個夜晚，大地似乎冒著暗火，以前如此，現在亦然；火光漸熄之際，火花逐漸黯淡，火心也緩緩安息。在大自然中正是如此，我認爲也可用來比喻人類的行爲，說不定發生在基列，說不定是整個世界，只要稍加煽動，火星即將飛騰。我不知道這句經文讚頌了螢火蟲，或是螢火蟲讚頌了這句經文，或是兩者合在一起讚頌了患難，但從那之後，我一直非常欣賞兩者。

傑克．鮑頓打了通電話——那個跟我同名的約翰．艾姆斯．鮑頓，他人還在聖路易，但依然打算回家一趟。葛洛莉過來告訴我這件事，神情期盼中帶點焦慮。她說：「爸聽到他的聲音高興得不得了。」我想他遲早會出現。這孩子讓人極為失望，令人傷心沮喪，我實在不明白為什麼。或許我該說「這個男人」，因為他已經三十好幾，不，他肯定已經年屆四十。他不是長子或老么，也不是最聰明或最勇敢的，但卻是最得寵的。我想我說不定會跟你講些有關他的事情，或者把我該講的告訴你。改天吧，我自己得先想清楚。等我有機會跟他談談之後，說不定我會覺得不必給自己添麻煩，什麼也不用跟你說。

老鮑頓急著想見到他。鮑頓的子女都很優秀，但他似乎最掛念傑克。這孩子是迷途的羔羊、迷失的浪子、早慧的天才，但誰都不可擅加批評。我常說我們絕對不值得領受天父的愛，甚至每星期最少說一次。儘管如此，看到凡間父母對子女的溺愛，心中依然有點惱怒。（我知道、也希望你長大之後會很傑出，即使你不傑出，我也會毫無怨尤地愛你。）

今天早晨我做了一件蠢事。我在黑暗中醒來，想著何妨像往常一樣走去教堂。我確實留了一張字條，你母親也看到了，情況才沒有變得更糟。（我承認我後來才想到要留字條。）她似乎以爲我打算獨自離去，悄悄嚥下最後一口氣——其實我認爲這不失個好主意，我有點擔心自己臨終前的幾小時，你會知道那是什麼光景，我卻無從得知；換句話說，你看得見我的一生如何謝幕。你母親非常關切這一點，我當然也是。但我經常忘記，我已不相信自己的身體很可能說走就走；我大部分的時間都覺得不錯，胸口偶爾才發痛，因此經常忘了自己有病。

醫生告訴我，從椅子上站起來要小心，還警告我不要爬樓梯，這表示我得放棄書房，這著實難以照辦。他勸我每天喝一小杯白蘭地，這點我做得到，我每天早上在儲藏室裡站著喝一杯，但我一定會拉上布簾免得你看見。你母親看了覺得很好笑，她說：「如果你稍微享受一下，說不定功效更好。」你母親對飲酒抱持這種態度，我則比較保守。上次她帶你去看醫生，醫生說如果你將扁桃腺切除，說不定會更活潑，她以爲醫生認爲你出了問題，擔心得不得了，我只好倒杯我的藥用白蘭地給她。

她想把我的書搬到客廳，把我安頓在那裡，爲了不讓她擔心，我也許會同意。我跟她說，我沒辦法延長自己的壽命，她回答：「沒錯，但我也不希望你折損了壽命。」一年前，她會用

「neither」17一字，我很喜歡她說話的方式，但她覺得爲了你，她應該有所改進。

誠如先前所言，我在夜裡走去教堂。月光無比皎潔，我們總是無法完全適應夜間的世界，想來眞是奇怪。我見過無數次月光明耀到足以投下陰影。風還是風，吹拂著同樣的樹葉，日夜皆然。小時候我通常天亮之前就起床，出去打水，撿拾柴火。當年和現在非常不一樣，我記得自己走到漆黑的戶外，黑夜有如一片遼闊、冷冽的海洋，房舍、棚子和森林全都漂浮在其中，似乎正準備揚帆而去。以前我總覺得自己冒然闖入，現在依然如此；黑夜似乎主宰了一切，僅是踏出大門就有所僭越。今天清晨，月光下的世界似乎是個我一直想深交的老伙伴，但就算眞有機會我也錯過了。奇怪的是，我對自己也有點這種感覺。

不管如何，我覺得我必須走去教堂，開門進去坐在黑暗中等待黎明，我心中只有這個念頭，竟然忘了你母親可能會擔心。這些日子以來，我眞的記不得自己來日無多。我確實感到疼痛，但誠如先前所言，疼痛的頻率不高，甚至不太劇烈，結果明知應該要小心，感到疼痛時卻毫無提防。

我得多注意自己的狀況。前幾天我跟以前一樣想把你舉起來，但以前你個子比較小，我年紀也沒這麼大。看到你母親滿臉焦慮地瞪著我，我才領悟這個舉動有多愚蠢。但我好喜歡你緊緊攀住我的感覺，你好像是一隻樹上的小猴子，一把小男孩的瘦骨，一身小男孩的力氣。

我想我有點離題了，讓我再回頭說說你的族譜，我還有很多事可說呢。我先前提過，祖父曾經加入北軍的陣營，他以爲他應該跟普通士兵一樣上戰場，但軍方說他太老了。他們告訴他，愛荷華州有個他可以加入的老人軍團，軍團中的老人不必打仗，只要看守補給品和鐵路就好了。祖父聽了非常不悅，最後他終於說服軍方，讓他以軍中牧師的身分到前線，雖然他手邊沒有任何證明文件，但父親說他亮出那本希臘文的《聖經》就行了。我還保有那本《聖經》，或該說僅存的部分，聽說《聖經》曾掉到河中，之後一直沒有妥善整理，最後變得破舊不堪。我沒記錯的話，當時祖父身陷倉皇撤軍之中，其實不妨說是北軍大敗潰逃。我們前往堪薩斯州尋找祖父的墳墓之前，父親收到的正是這本《聖經》。

父親和我都在堪薩斯州出生，原因在於祖父爲了協助「自由之土人士」推動投票權，而從緬因州遷居此地；另一個原因是憲法投票在即，結果將決定堪薩斯州是否以蓄奴州加入聯邦。當年許多人基於同樣的理由來到此地，也有很多人希望堪薩斯州加入南方，特地從密蘇里州遷居至此，因此這裡的情況變得有點難以收拾。父親曾說過去的一切忘了最好，他不喜歡提到那時期，結果造成了他和祖父之間的心結。我讀了很多關於那些事件的書刊，我認爲父親說的沒錯，大家早就忘了，不提也罷。我們當然應該記取重要的往事，但自從那時之後，世界出了這麼多的問題，大家也找不出時間來緬懷堪薩斯州了。

我還小的時候，我們搬進了這棟房子。多年以來，家裡沒有電只有煤油燈，家裡也沒有收音機。我記得母親很喜歡廚房，那時的廚房當然和現在非常不同，我們只有一個冰盒、抽水水槽、碗櫃、木造爐子，那張舊桌子和儲藏室則一直保留到現在。她的搖椅跟爐子靠得很近，甚至不必站起來就能打開爐門，她說這樣才不會把東西燒焦，還說我們不能浪費任何食物。這話倒是沒錯，但她時常把東西燒焦，上了年紀之後更是頻繁，我們還是把東西吃下去，以免浪費。她喜歡暖烘烘的爐子，但爐火讓她打瞌睡，洗衣服或是做果醬時特別容易睡著。喔！主保佑她，她有腰痛還有風濕病，她也經常喝一點威士忌來止痛。她晚上向來睡不好，我想我遺傳到這一點。她說連貓打噴嚏都能把她吵醒，但是當星期日的大餐在離她一臂之遙的爐火上冒著焦煙時，她卻能酣然大睡——我們家嚴守安息日[18]的作息，所以我們在星期六就能提前知道星期日的飯菜是什麼。我特別記得燒焦的青豆和蘋果醬。

我第一次勸你母親不要在星期日晚上燙衣服時，她聽了相當訝異。她一向忙個不停，很難叫她歇手，就算以安息日爲由，我也不知道是否能奏效。但她想知道習俗而且決心遵循，一聽說閱讀不算工作，頓時鬆了一口氣。我自己也不認爲閱讀是工作，因此她現在坐在餐桌旁抄寫喜歡的詩句以及各種小常識。她這麼做是爲了你，因爲我走了之後，她必須爲你立下好榜樣。她說：「你最好告訴我該讀哪些書。」於是，我取下那本破舊的《約翰・鄧恩詩集》，這些年來他的作品對我意義重大。「雖僅短暫一眠，醒來已成永生／死亡將不復有，死神行將就木。」鄧恩寫了許多優美的詩句，你若還未接觸他的作品，我希望你展卷一讀，你母親正學習欣賞他的詩作。我眞希望有錢買些新書，我的書大多數都與神學有關，要不就是一些戰前的舊旅遊書，我確定以前讀過的一些紀念碑和奇觀，現在都已不存在了。

你母親常到公共圖書館借書。圖書館和這附近大多數機構一樣，長久以來資源不足。上次她借了約翰．福克斯（John Fox）的《寂寞松林道》（*The Trail of the Lonesome Pine*），整本書殘破不堪，僅用膠帶修補，但她讀得津津有味，完全融入在書中世界，我準備了炒蛋和烤乳酪三明治當晚餐，好讓她繼續閱讀。多年前人手一冊當時我就讀過了，但我不記得自己特別喜歡。

小時候我聽過一樁鄉間的謀殺案，凶器是把單刃獵刀，據說已被丟到河裡，每個小孩都傳過此事。有個老農夫在穀倉擠牛奶，遭人從背後攻擊，主嫌是個有把獵刀的男子，他向來以此爲傲，經常拿著四處炫耀，結果他差點遭判絞刑。據我猜想，他拿不出獵刀，大家也找不到獵刀的下落，便認定他把刀丟進河裡。但他的律師辯稱，說不定獵刀遭人偷走，行凶之後把刀丟進河裡或是帶刀逃逸。這個推論聽來似乎合理，更何況全世界也不只他有這種獵刀。大家想不出他行凶的動機，最後還是把他放走了。

在此之後，大家不知道該怕誰，心裡反而更驚慌。擁有獵刀的那個男人則一走了之，時有謠傳他在附近出沒。這個可憐的傢伙有個妹妹住在這一帶，除此之外沒有其他親人，因此說不定謠言是眞的。大家總在耶誕節前後聽到這個謠傳。

這事讓我非常擔心，因爲父親曾帶著我把一把槍丟到河中。祖父戰前在堪薩斯州取得一把手槍，他遠走之後，把一條舊軍用毛毯留在父親家，毛毯捲成一團，還用繩子束著。得知祖父過世的消息之後，我們把毛毯攤開，裡面有幾件泛黃的襯衫、幾十張講道辭、幾捲繩子捆著的紙張和一把手槍。我最感興趣的當然是那把手槍，那時我比你現在的年紀大多了，但父親非常不悅，這些祖父留下的舊物令他作嘔，所以父親把它們全都埋到地下。

父親挖的洞絕對有四英尺深，我很驚訝他爲此事花了這麼多工夫。他把那堆東西丟進洞裡，然後把洞填平。我問他爲什麼把講道辭也埋起來——那時我一看到寫了字的紙張就以爲是講道辭，後來證實我想的沒錯。洞裡還有一疊信，我知道那些是信，因爲把洞填平不到一小時後，父親又把洞挖開，取出襯衫和信件，再把手槍埋起來。一個多月後，他挖出手槍丟到河裡。如果他沒挖出來，手槍現在就埋在後院的籬笆下，大概在地下一、兩英尺。

他什麼都沒跟我說，只在把笨重的槍丟回洞裡時說了一句：「你別碰。」隨後叫我拿著那疊講道辭，自己則抖抖那些舊襯衫，把它們摺好。他叫我把紙張帶回屋裡，我依言照辦，然後他又把洞填起來，在上面用力地踩了又踩。大約一個月之後，他挖出手槍，用借來的大槌子盡可能地擊碎，然後把碎片包在一塊粗麻布裡。他帶著我沿著下游走，一直走到離我們平時釣魚的地方很遠之處，然後使盡全力把那些碎片扔到河水中。我覺得他似乎希望碎片根本不存在，他好像認爲丟到大海裡也不見得安全，只要能讓碎片永遠消失，無論碎片埋藏在何處，他都願意再找出來重新處置。誠如我先前所言，那是一把笨重的舊槍，把手上的裝飾很像鑄鐵散熱器上的紋路，我似乎記得那冰涼的觸感、重量以及留在手心的鐵鏽味，但我很清楚父親不准我碰槍，這些記憶更可能來自一枚銅板。老實說，因爲父親從來沒有解釋他和祖父之間的爭執，所以我覺得那把槍一定牽涉了某些重大刑案。

父親在抽水唧筒旁邊洗了那兩件舊襯衫，倒掛在母親的曬衣繩上，我確定他打算等衣服乾了再燒掉。泛黃的襯衫上沾滿了汙點，衣袖在風中前後搖擺，看來實在不雅。襯衫破舊不堪，上下顚倒，簡直像是一頭待宰的鹿。母親出來一看，馬上把它們收下來。在那個時代，女人家頗以清潔的本事爲傲，特別是白色的衣服。洗衣服是個大工程，母親作夢都沒想過熨斗或是洗衣機之類的玩意，她在洗衣板上用力搓揉，每件衣服洗得乾淨潔白，實在了不起。那時候女人都在星期一洗衣服，電力剛普及時，這裡只有天亮以前和晚餐左右的幾小時有電，讓人處理一些家事；每個星期一多了額外幾小時，方便洗衣服。

好了，母親沒辦法忍受襯衫可憐的模樣，她堅信鄰居以曬衣繩上的衣物評斷她的爲人，而我不得不承認她想的沒錯。但她考慮的不止這一點，父親有句最喜歡的經文，〈以賽亞書〉第九章第五節：「戰士在亂殺之間所穿戴的盔甲，並那滾在血中的衣服，都必作為可燒的，當作火柴。」。母親一定曉得父親的打算，也認為這樣做有點不敬。不管如何，她收下那兩件襯衫，徹底清洗，還把襯衫泡在漂白水裡泡了一夜，然後再洗一次，直到滿意為止。最後襯衫上只有幾個她說是墨汁的汙點和黃褐色血跡。她把襯衫吊在葡萄藤下，以免讓人看見。曬乾之後，她把襯衫收進屋內，仔細燙平，邊燙還邊唱歌。處理完畢之後，襯衫上雖然還有些汙點和破洞，但看起來有模有樣，然後她把襯衫摺好——襯衫潔白工整，看起來彷彿是塊大理石，最後她把襯衫放進麵粉袋，把麵粉袋連同襯衫埋到籬笆旁邊的玫瑰花下。父親和母親的想法有時顯然不太一致。

我應該稍微挖挖，看看那些襯衫還剩下些什麼。母親花了這些工夫，如果只剩下一堆殘渣，未免可惜。我個人認為把它們燒了不失為明智之舉。

有次我鼓起勇氣問父親，祖父是否做了壞事，父親說：「良善的主自有判斷。」這話令我相信祖父一定犯了某些罪。家裡有張祖父的舊照片，照片中的他已經上了年紀，你看了說不定就知道我爲什麼這麼想。照片中那個一頭亂髮、獨眼的糟老頭很像祖父本人，老頭的鬍子歪斜，鬍鬚僵硬，看似沾了油漆任憑風乾的刷子。他惡狠狠瞪著鏡頭，好像忽然遭到可怕的指控，一時想不出該如何爲自己辯護。我想他心中一定充滿罪惡感，不然怎麼可能露出這種表情？

因此我認爲祖父曾犯下大罪，父親企圖隱瞞，我雖然不知情，卻間接受到牽連。我這麼想也無可厚非。若沒看到那支手槍，說不定還沒關係，但看到之後便如此堅信。根據我的經驗，罪惡感能從最小的縫隙中冒出來，像水一樣漫延四方，流竄到各個角落。我相信父親多少企圖隱瞞祖父不名譽的過去，但我也曉得，發生在堪薩斯州的往事就讓它過去吧。

那個農夫遭到謀殺後，我認識的小孩全都不敢去擠牛奶。如果能把牛牽到門口，蹲在穀倉門口擠牛奶，那麼他們或許願意一試，但牛通常不聽話，於是小孩子還是不敢。到了晚上，小孩們還牽著狗在穀倉外面守候，以防陌生人入侵。這種情況持續了好多年。謀殺案的故事流傳在小孩之間，傳了一代又一代，直到嫌犯可能已經成了老頭子爲止。大人不得不接下擠牛奶的工作，但他們沒耐性，擠牛奶的時候太用力，母牛也變得急躁，導致牛奶產量大減。鎮上後來又謠傳雞舍裡躲了壞人，孩子們聽了害怕，不是不敢到雞舍撿雞蛋，就是在慌張中漏撿好幾顆或是把蛋打破。過一陣子又傳出有人藏在棚子、閣樓或地下室裡，整個小鎮人心惶惶，孩童更是大受影響，特別是那些年紀較小的孩子，他們聽多了不同的謠言，幾乎忘了謀殺案發生之前的日子，而把恐懼視爲家常便飯。這些雜務在那個時代眞的很重要，如果附近三、四個鄉鎭的農場每天都減產一品脫的牛奶，每戶人家每天都少撿幾顆雞蛋，二十年下來損失必然相當可觀。我不曉得現在還有多少小孩記得那椿謀殺案，或是依然怕得不敢幫忙雜務，害得地方產業持續受到打擊。

每個人一看到穀倉或棚子中人影閃動或是傳出某種聲音，莫不嚇得奪門而出，大家也都有過類似的遭遇。我記得露易莎曾說，我們應該祈禱讓那名嫌犯改信主。她認爲與其祈求主處處干預、事事守護，還不如直接感化壞人，這樣一來，那些不曉得此事、或者擠牛奶前從沒想過禱告的人，也都能受到主的庇護。我們都覺得這是明智、成熟之舉，我們確實也虔誠地爲他祈禱，但只有主知道成效如何。如果哪天你和托比亞斯聽到這個故事，我跟你保證，那個壞人最起碼已經一百歲，不可能傷害任何人。

祖父和父親起過爭執，所以我約略曉得那幾件襯衫和那支手槍是怎麼回事。那天祖父像往常一樣跟我們一起上教堂，父親講道約五分鐘後，祖父就起身離去，我記得那天講道的主題是

「你想百合花怎麼長起來」[19]。母親叫我出去找祖父，我看到他沿著小路往前走，便拔腿追過去，但他用那隻好眼睛瞪著我說：「回你該去的地方！」於是我就回家了。

祖父晚餐之後才回來，我和母親正在廚房收拾碗盤。他走進來，逕自切了一塊麵包，看來連話都不說就想走，父親剛好進屋，站在門口看著祖父。

「牧師先生。」祖父看看父親說。

父親說：「牧師先生。」

母親說：「今天是星期天，是主日，也是安息日。」

父親說：「我們都曉得。」但他依然站在門口，於是母親跟祖父說：「坐下，我弄點東西給你吃，你光吃一片麵包不會飽。」

祖父依言坐下，父親走進屋內在他對面坐了下來，兩人沉默了好一會兒。

然後父親說：「我的講道冒犯到你了嗎？哪幾句話惹你不高興？」

老傢伙聳聳肩：「沒什麼冒犯我，我只想聽講道罷了，所以去了黑人教會。」

父親一會兒之後問道：「好，你聽到講道了嗎？」

祖父聳聳肩說：「他們的主題是『要愛你們的仇敵』[20]。」

「在目前的情況下，這個主題似乎非常貼切。」父親說。如我先前所言，以前有人放火焚燒黑人教堂，當時這樁事情才剛發生。

祖父說：「很有基督徒的精神。」

父親說：「牧師先生，你聽起來有點失望。」

祖父把頭埋在手中說：「牧師先生，再尖刻的話也不過如此，再漫長的日子也不過這樣，再怎麼做也沒有用。我太了解失望的感受，醒著、睡著，無時無刻都感到失望。」

父親聽了嘴唇發白，隨即又說：「牧師先生，我知道你對那場戰爭寄予厚望，但我的希望在於和平，心裡一點也不失望，和平本身就是酬賞，也自有公理。」

祖父說：「就是這樣才讓我傷心。牧師先生啊，主耶穌從來沒有來到你面前，天使從來沒有拿煤炭碰觸你的嘴唇……」

父親猛然從椅子上站起來說：「我記得你身穿那件沾滿血跡的襯衫、皮帶上吊著手槍、走上講壇的模樣。當時我心想：主耶穌與此絕對無關，這個念頭和任何所謂的主的啟示一樣清晰、有力，絕對比得上任何人看到的所謂『異象』。我當初認爲如此，現在也堅信不疑，誰都無法讓我改變主意，你、使徒保羅、聖約翰都不行，牧師先生。」

祖父說：「『所謂的異象』？對我而言，主耶穌站在我身旁，比你現在站在這裡眞切百倍！」

片刻後，父親說：「牧師先生，大家都知道你這樣想。」

兩人自此正式決裂。不久之後祖父便遠走他方，走前留了張紙條在廚房桌上：

良善不見蹤影，邪惡尚未歇止。
那便是你的和平。
若無異象，凡人便將淪亡。
願主賜福保護你。

那張紙條還在我身邊，我把它夾在我的《聖經》裡。

有時我看著父親講述亞伯的血從地裡呼喊，心想他怎能這麼說。但我非常敬重父親，也確信他應該隱瞞祖父的罪惡，正如我該隱藏自己的罪惡感一般。看著他站在講壇上力陳主厭惡虛假、我們最終都將赤裸地面臨真理之光，我心中不禁充滿一股最強烈、最無助的熱愛。

我日後得知祖父在南北戰爭前確實涉入了堪薩斯州的許多暴亂。如我先前所言，祖父和父親因此產生嫌隙，爭執不休，最後只好同意再也不提及那段往事。因此，我相信祖父留下的遺物，也就是那些戰爭紀念品，父親看了一定極度厭惡。當時我們尚未前往堪薩斯尋找祖父的墳墓，父親對祖父滿心氣惱，而我認爲父親眞的很想改變這點。

父親確實厭惡戰爭，他一九一四年差點因肺炎而死，醫生也都這麼說。我確信戰爭激發了他心中炙烈的怒火。大戰開始之初，全歐洲都熱烈慶祝，彷彿即將發生一件最美妙的大事，我們鎮上也舉行慶典，遊行和樂隊的行列熱鬧滾滾，但大家都很清楚派兵上戰場是件悲慘的事。接下來的四年內，我一讀報就覺得父親很可憐，他目睹堪薩斯的動亂，祖父卻投身戰爭，他自己在大戰結束前也上了戰場。他有四個妹妹和一個弟弟，祖母的身體不好，四十幾歲就過世，養育之責就落在祖父、父親以及教區中僅存的幾位善心人士的身上。叔叔艾德華滋後來離家出走，最起碼大家這麼想；不管怎麼說，叔叔失蹤了，當年時局混亂，大家找不到他，他也自此下落不明。祖父那個時代有個廣受敬重的神學家強納森．艾德華滋（Jonathan Edwards），叔叔即是以他命名。我的哥哥艾德華則以叔叔命名，但他向來不喜歡這個名字，離家上大學之時就逕行把「滋」去掉。

葛洛莉過來跟我說傑克・鮑頓回來了，正在家裡吃晚飯。她說傑克過兩天會登門拜訪，我很感激她事先知會，我得早做準備。鮑頓以爲我不可能有子嗣，他自己也不可能再有小孩，於是他幫傑克取了我的名字。但十四個月之後，他再獲一子，小兒子希爾多・杜艾・威爾德・鮑頓是個醫生，又是神學博士，在密西西比州管理一座專門醫治窮人的醫院。傑克曾說幸好鮑頓家不止他一人上報，他讓父母親這麼傷心，竟然還開這種玩笑，實在很殘忍。不但如此，報上通常刊出全名，大家看到的總是「約翰・艾姆斯・鮑頓」，這點讓鮑頓夫婦更不好意思。

我們在堪薩斯迷了路、四處晃蕩之時，父親跟我說了許多事情，部分是爲了打發時間，部分則是因爲他想解釋祖父爲何回到堪薩斯，以及我們爲何必須找到他的墳墓。父親說他戰後回家，有段時候經常和貴格會信徒一起共度安息日。他說祖父的教會坐不滿一半的人，出席的教友大多是寡婦、孤兒和失去孩子的母親，有些男人在戰營中感染了大家稱之爲「戰營熱」的疾病，家人也跟著病倒；有些男人征戰安德森維爾（Andersonville），回到家中已藥石罔效。父親說教堂墓園半數墓碑都是新立的，但祖父卻每星期在講壇上大談戰爭所蘊含的神聖天理，老婦聽了莫不飲泣，孩子們也跟著哭，他實在無法忍受。

我曾設身處地站在祖父的立場著想，我不知道他還能說什麼，也不知道還有什麼能讓他當眞。他確實勸服了年輕人參戰，他的教區損傷嚴重，教友從一開始便投身戰場，一直待到戰爭結束，很多人都挨了南方聯軍的子彈。祖父當年雖然已經四十幾歲，但依然跟著上戰場，他的一隻眼睛受了傷，最後帶著那隻傷眼返回家園。他早已習慣這隻傷眼，幾乎忘了先跟家人提起。戰爭之後，帶著傷疤或是重傷返家並非不尋常，好多人手足傷殘，我小時候看過許多缺了手臂或是雙足的老先生，最起碼我覺得他們感覺好老。

祖父回到他的教區，擔負起照顧寡婦孤兒的責任，這樣做頗值得稱許。當時衛理教會正在興建教堂，在街尾買了一塊地，祖父的教友不見得非得留下來，有些人確實也離開了。我從那些父親掩埋、後來又挖出來的講道辭中得知此事，其中一篇提到衛理教會的佈道相當精采，新上任的年輕牧師曾爲北軍效力，任期雖短但表現得可圈可點。我多次閱讀這篇講道辭，其他篇都染上它的油墨。

剛搬來的居民和年輕人紛紛加入衛理教會，教會在河邊舉辦佈道大會，數百名教徒從鄰近鄉郡前來參與，大家釣魚、煮菜、洗衣服、串門子一直到傍晚爲止。夜晚時分，大家燃起火把、聆聽牧師講道、一同哼唱聖歌，祖父也到河邊瞧瞧，而且非常盡興。星期天他常打開教堂門窗，讓教友聽聽河邊傳來的歌聲。衛理教會在戰爭中貢獻良多，所以祖父相當尊敬衛理教徒，也不認爲這類人士會甘於聽從主教的訓示。

我想祖父很清楚，無論再怎麼努力佈道，也不可能重振這座在戰爭中遭受重創的教堂。他自願承擔修理屋頂、教導小孩、殺豬等一切你想得到的各項工作，而且分文不取，因爲教區中僅存的民衆也付不出錢，大多數人只能給他一隻母雞或是幾個馬鈴薯，多了也付不起。大部分的時候，只要覺得有必要，祖父就逕自動手，幫這戶人家砍柴、那戶人家鋤草等等，誠如父親引自〈詩篇〉第一百四十六篇所言，祖父「扶持孤兒和寡婦」。祖父還多次致函戰務局，試圖幫榮民和遺孀爭取撫恤金，但錢寄達得非常慢，有時甚至不予補償。父親說這一切很諷刺，因爲在那段期間當中，他和妹妹們幾乎像是沒有父親的孩子，更何況祖母身體不好，顯然已不久於人世，大家更不好過。

父親當時二十出頭，算是大人，其中兩個妹妹也接近成年。若非祖母身體差（顯然承受極大痛苦），日子應該還過得去。我想祖母一定患了某種癌症，鎭上本來有個醫生，但他跑去從軍，再也沒回來，沒人曉得他是否還活著，但鎭上盛傳他腦袋的一邊有塊子彈碎片，變得有點不太正常。總而言之，那個時代的醫生派不上太大用場，大家不是靠膏藥、魚肝油、芥子膏，就是木板和碎布條，再不然就是白蘭地。

鄰家太太在茶中加入紅花苜蓿，幫祖母止痛，父親說這樣大概也無傷。鄰居覺得頭髮吸取太多精力，所以剪短了祖母的頭髮，看到剪下的頭髮，她立即大哭，說這輩子最以一頭長髮爲傲。父親說病痛把她折磨得失去理智，但這番話卻始終縈繞在他耳際，他的妹妹們也忘不了。那個舊時代的女人都留長髮，因爲她們認爲《聖經》〈哥林多前書〉第十一章第十五節寫道女人都該有長髮。但一生病就得剪頭髮，她們不但傷心，也視爲恥辱，因此，祖母受到嚴重打擊。父親跟祖父說祖母很消沉，祖父回答說：「你回來了，我也回來了，而且我倆都身體健康、四肢健全。」父親認爲這話的意思是，附近還有很多人比祖母的境遇更悲慘，因此祖父沒辦法分身照顧她。

我相信祖父這麼做是不得不如此，雖然最後得到了首肯，當時看來卻有失考量。多年以來，他目睹了許多異象，全都要他盡力實現，因此他比一般人更不敢偷懶。誠如我先前所言，他在倉皇撤軍、橫渡河川時丟了那本希臘文《聖經》，我始終認爲這具有某種象徵意義。據我所知，河水從未爲他分開，他一輩子從未得到天助；困難接踵而至，永無休止，永不減緩，但他總是勇往直前。

多年之後，有人從阿拉巴馬州把《聖經》寄回來，一些南軍士兵顯然費了一番工夫把《聖經》撈起來，然後查出當年受到追擊的是哪個軍團，以及軍團中的牧師是誰。此舉或許帶點耀武揚威的意味，但我們依然非常感激。《聖經》幾乎全毀，雖然看起來似乎毫無價值，但我仍希望你保留下來。

我相信祖父對異象的定義確實過於狹隘，他自己深受震懾，感動之餘，無法理解其他人也可能蒙受啟發。或許我就想告訴你這一點：任何一天所遭逢的異象，有時日後才會想起，或是過了一段時間才會了解。比方說，每次我將嬰孩抱進懷中施洗時，我總想起見證過的人生。思及至此，我更了解施洗的意義，也更確信生命的可貴。回顧過去，我相信有些異象僅在回憶中浮現，這話聽來像是講道，卻是事實。

約翰．艾姆斯．鮑頓今天登門造訪。我拿著報紙坐在前廊，你母親正在整理花園，他經過花園、走上階梯，一面伸出手一面微笑說：「爸爸，你還好嗎？」他小時候總叫我「爸爸」，我想這是出於他父母的示意，最起碼我希望是如此。我不曉得這樣形容對不對，但他從小就有股早熟的魅力，說不定自己就想得出這個稱謂，我卻向來不覺得他喜歡我。

我很驚訝他長得這麼像老鮑頓，但在所有重要的議題上，他們父子絕對看法相左。他跟你母親自我介紹說他叫做約翰．艾姆斯．鮑頓，她聽了顯然大吃一驚，他則開懷一笑看著我說：「牧師先生，我想你還沒有完全忘記過去的不愉快吧？」他怎能這麼說！我沒跟你母親提過這號人物，或說我有個同名的乾兒子，是我的疏忽。你剛才正在樹叢間尋找「小滑頭」，這隻老貓經常亂跑，不時跑到陌生的地方，害你和你母親擔心得不得了。這時你兩手抱著「小滑頭」從屋後走出來，貓咪的雙耳下垂，眼中隱藏著怒意，尾巴不停抖動。貓咪的尾巴很長，你說不定踩到了牠，你若放下貓咪，牠肯定拔腿就跑。後來你放下貓咪，牠也眞的飛奔而逃，但你只顧著跟約翰．艾姆斯．鮑頓握手，似乎沒注意到。「小兄弟，幸會！」他說，你聽了非常高興。

我沒想到你和你母親知道我們同名之後居然如此驚訝，早知如此，我一定事先跟你們說。

他拿著帽子走上階梯，一副我倆是老交情的模樣。「爸爸，你看起來好極了！」我倆這麼多年沒見，我想他跟我說的第一句話應該是應酬話。我掙扎著從前廊的長搖椅上站起來。我自己當然站得起來，問題是椅子沒有把手，醫生說一坐一站之間會讓心臟負荷太大，而我從經驗中得知，醫生說的確實沒錯。我想我最好不要在你們母子面前倒地身亡，不然老鮑頓肯定以爲下一個必定是他，這個可憐的傢伙。傑克．鮑頓一臉淡然地攙扶我站起來，我發誓我感覺像是一腳踏到坑洞裡。他比我高多了，整個人比我記憶中還高大，我當然知道自己的身高縮了一些，但這種情況眞是荒謬。

實在太奇怪了。前一刻我是個正在閱讀齊佛伯（Estes Kefauver）政治觀並受人尊敬的老人家，年輕貌美的妻子正在溫暖的晨光中整理百日菊，童稚可愛的小兒子誤以爲貓咪回到家中很開心——其實「小滑頭」始終有如迷途羔羊，現在不過是從漫遊中暫時返家。蒼蠅有點惱人，但陽光溫煦純淨，報上又刊登了許多有趣的新聞。沒錯，我雖因爲腳趾頭風濕痛還穿著拖鞋，但那個早晨近於完美。

後來傑克·鮑頓卻上門。從外表而言，他簡直是他爸爸的翻版，兩人都有一頭閃亮的黑髮。他跟你母親差不多大，我記得當她抬起美麗的臉龐等著我爲她施洗時——冬天的陽光是如此潔淨、透澈——我看著她在冬陽中的臉龐，心想她既不年輕也不年老，不知道爲什麼，她令我深感訝異，我幾乎不敢用水輕點她的眉毛；她美得難以言喻，臉上卻帶著愁容。她以前確實是這副模樣，這些年來卻因爲有了你而愈來愈年輕，然而今天早上，她看起來又比任何時候都更年輕。

總而言之，先前陽光燦爛，她在花園裡，你光著腳丫子和上身到處跑，肩膀上全是小小的雀斑。你母親用繩子綁住熱狗，纏在一根棍子上，讓你用來逗「小滑頭」玩，她說這是你的「捉貓棍」，你就喜歡這種傻裡傻氣的話。你整個早上繞著樹叢和房子捉貓，我則閱讀報上的選情報導。這一陣子我珍惜每個快樂的時刻，而今天早晨尤其愉快，直到自己被傑克·鮑頓攪扶起來爲止。我不經意地看到你們母子的表情，我想不可能是因爲看到我和傑克的差異，畢竟早在今天之前你們就曉得我已是個老人。我不知道我看到的是何種表情，我也不想知道，但卻有點不悅。

他不能留下來喝咖啡。氣氛還算融洽，然後他便告辭。若能多活幾年，我打算投給艾森豪。[21]我眞希望你認識年輕力壯時的我。

先前講到異象。我記得小時候父親曾幫忙拆毀一座燒毀的教堂。閃電擊中教堂的尖塔，整座塔隨即塌落到教堂內。那天下著大雨，我們過去幫忙拆教堂，講壇完好如初，矗立在雨中，但室內的長板凳全變成了碎木片。幸好事發之時是星期二的午夜，衆人也紛紛感謝主。那日天氣溫煦，雨水暖濕，四下沒有地方躲雨，所以大家也不管正在下雨。形形色色的人前來幫忙，有如正在舉辦野營和餐會。大伙鬆開馬匹，我們小孩子在遠處的馬車下拉開一條舊毯子，一面聊天打彈珠，一面看著兄長和大人在廢墟中搜尋《聖經》和《讚美詩集》。他們齊聲高唱〈讚頌主耶穌〉（"Blessed Jesus"）和〈古舊十架〉（"The Old Rugged Cross"），我們也跟哼唱，雨絲在大風中飄搖，掃進我們安坐之處，感覺上比雨水還冷。雨滴打在馬車車板上，聽起來像是雨水滴落在閣樓屋簷，令我記憶非常深刻。找到廢墟中所有的書籍之後，大伙爲書挖了兩座墳，其中一座擺《聖經》，另一座擺《讚美詩集》，然後牧師就對著兩座墳禱告。（如果我記得沒錯，那位牧師是浸信教徒。）大人們似乎曉得如何處理各種狀況，也知道該做什麼，看了令人相當佩服。

女人們端出派和蛋糕，把堪用的書放進馬車裡，然後用帆布和木條蓋住車板。似乎沒有人預期到會下雨，食物都已濕漉漉。收割的時候快到了，大伙得過好一陣子才有空再回來，所以他們把講壇移到樹下，蓋上一條粗毛毯。大伙撿拾了所有可用之物，其實不過是些瓦片和鐵釘，然後把剩下的東西拆除乾淨，放把火全部燒掉。灰燼在雨中化爲汁液，在廢墟中工作的男人染得又黑又髒，到後來看起來全都一副模樣。父親拿了一個比司吉麵包給我，麵包上沾了他手上的煤灰。「沒關係，煤灰比任何東西都乾淨。」他說，但沾了煤灰的麵包吃起來怪怪的，我覺得滋味有如無酵餅，那個時代大家經常這麼說，但現在大家早就忘記了。

「把握逆境，締造契機。」這話一點也沒錯。此時我聽著收音機，拿著幾本舊書。夜深了，房子在風中嘰嘎作響，我忘了自己身在何處，似乎暫時回到以前那段艱困的歲月，心中頓時充滿甜蜜。我不知道爲何興起這種感受，但往事卻因而更加珍貴。我想說的是，即使是你的親身體驗，有時你也很難了解事情的本質，或許事情根本沒有特定的本質。我記得父親跪在雨中，雨滴沿著帽緣滑落，他伸出漆黑的手餵我吃麵包；父親身後是座燒焦的老教堂，雨水落在餘溫尚存的灰燼上，煙霧裊裊，女人在陣陣雨中輕唱〈古舊十架〉，她們邊唱邊做事，舉動極爲輕緩，幾乎像是隨著歌聲起舞。在那個時代，成年女子從來不放下頭髮，但那一天甚至連老婦人都像女學童一樣，任由長髮垂在身後，喜悅中帶著一絲滄涼。那一刻似乎道盡了我的大半生，所以我才再度跟你提起；心中一感到悲傷，我就憶起那個從父親手中接過聖餐的早晨，麵包在記憶中成了聖餐，我也相信它就是聖餐。

我無法對你形容那個下雨天對我的意義，我對自己也說不明白。但對我而言，那一天讓我領會了許多事情。

現在老婦人都把頭髮剪短、染成藍黑色，我想也還好吧。

手執《聖經》之時，我總想起那個下雨天，大伙把一堆焦黑的《聖經》埋在樹下的情景，我手中這本《聖經》因而顯得格外神聖。我也想到祖父在他殘破的教堂中講道，教堂的窗戶全數敞開，臺下幾個教友聽見了外面傳來〈古舊十架〉，歌聲從衛理教徒齊聚之處飄揚到山丘。我記得父親曾說，他和祖父剛返回家園時，教堂的屋頂殘破不堪，走道和板凳上甚至擺著水桶和臉盆。他說婦女在教堂牆外以及沿著籬笆種了爬藤玫瑰，教堂看起來比以前任何時候還漂亮。農田和果園已復耕，小徑兩旁冒出向日葵，雖然教堂日漸頹圮，婦女依然到教堂裡讀經、祈禱。思及至此，我腦中的影像是如此清晰、如此美麗。這類事情絕對可稱之爲異象，不管是否曾目睹，若不相信這類事情可稱之爲異象，未免不知感恩。

雖說如此，我們總是不太敢從右邊接近祖父。他右眼壞了，而我們總覺得異象正是從右邊出現在他面前的。他認爲我們對異象的看法完全錯誤，所以很少跟我們提起他見過的異象。儘管如此，我們還是盡量尊重老人家。有時我放學回家，母親在後院等我，悄悄對我說「主耶穌在客廳裡」，我便穿著襪子躡手躡腳地走到客廳旁邊窺伺，只見祖父坐在左邊的沙發上，神情專注，看起來可親而愉悅，我偶爾聽到「我了解您的觀點」或是「我個人也經常認爲如此」。接下來的幾天，祖父興高采烈、渾身帶勁，而且比平常更樂善好施。

有次他在晚餐時告訴我們：「今天下午我在河邊遇見主耶穌，我們聊了起來，祂提了一個建議，我認爲相當有趣，祂說：『約翰，你何不乖乖回家終老呢？』但我不得不跟祂說，我不確定能否長途跋涉。」

「爸，你是在家啊，祂說不定只是希望你放輕鬆一點。」母親說。

「嗯，嗯……」老傢伙說，然後又沉浸於喜悅中，兀自盤算。

父親事後說，如果老傢伙確信主耶穌叫他回去堪薩斯，那麼我們說得再多都改變不了他的心意。父親非得這樣想不可，但我猜他從未採信這種說詞。

有次走路上學途中，我看到一些小孩子戲弄祖父，好像把他當作一個邊摘黑莓放進帽子裡、邊點頭說話的糟老頭。孩子們從祖父右側衝過去摸摸他的手臂、拉扯他的外套，他們一動手，祖父就點頭說話，惹得他們掩嘴偷笑，一窩蜂地跑開。

我看了極度震驚。我多多少少相信祖父的右邊是神聖的，但那些孩子居然膽敢冒犯，令我非常驚訝。我站在原地思索該怎麼做，這時祖父忽然轉身、用那隻僅存的眼睛瞪著我，我不曉得他怎麼知道我在那裡，我也永遠想不通他爲什麼那樣看我，好像把我當作叛徒。我當時覺得不公平，卻無法忽略他的注視。我無法說服自己祖父沒有其他意思，那完全是個誤解。

好吧，我承認祖父確實讓我有點難爲情，而我也不是第一次有這種感覺，但我當時只是個孩子，我覺得他或許不會如此苛責。那些能夠一眼看穿你的人總是不留情面：你努力改進，試圖超越自己，這樣做並不容易，立意頗佳，也值得一點鼓舞，但他們卻認爲沒什麼。

我也不妨直說，祖父就這樣離開，大家心裡都不好受。我們知道此舉帶點教訓的意味，不管對自己怎麼說或是講出多少道理，但我們心裡明白，依他的標準來看，這些理由顯得微不足道，我們也因而認爲說得再多都無關緊要。他帶走了好多、好多。

父親說他們父子從軍中返家之後，他第一次走進祖父的教堂時，首先映入眼簾的是一幅掛在聖壇上方的刺繡，手工非常細緻，畫中繡著花朵和「我們的上帝是滌罪的火焰」的字樣，字樣周圍還繡著火焰。我想就是因爲如此，所以我總以爲祖父的教堂被雷電擊中，而它也確實曾遭雷劈。

父親說，因爲這句話，他才跑去貴格會。仔細觀賞刺繡之後，他說他絕對不會用「滌罪」一詞來形容戰爭，但那些婦女似乎相信這個世界因爲她們失去了丈夫和兒子而更聖潔，他想了更感厭惡。他站在那裡觀看，顯然不太高興，其中有個女人過來跟他說：「那只是句經文。」

父親說：「對不起，《聖經》裡沒有這一句。」

「嗯。這就不對了，這句話絕對出自《聖經》。」

她居然這樣想，父親當然非常難過。但就算《聖經》裡沒有這句經文，有些章節也可做出同樣的解釋，說不定她正是此意。

我眞希望能看到那幅刺繡，它是否眞的出於女人們之手？父親說刺繡兩邊有一群小天使，天使的翅膀向前揮動，看起來跟油畫裡的一樣，原本應該是約櫃之處繡上了那些令人生氣的字樣，字樣周圍則是花朵和火焰。我不知道女人們怎麼找得到刺繡的材料，她們得拆掉多少件好衣服才繡得出這麼一幅作品？我常想這幅刺繡不知道下落如何，凡間萬物總難逃腐朽厄運，我眞希望其中有些得以倖免。

女人們得知丈夫去世之後，一個接著一個回去東岸的娘家，但不是每個人都離開，留下的也不在少數。有些女人把丈夫、小孩埋在教堂的墓地，所以覺得一定得留下來；有些女人離開了好多年之後又回來。儘管如此，教區逐漸沒落，後來衛理教會買下那塊地，也拆掉了那座破舊得沒辦法整修的教堂。

父親曾在講道中提到，戰後祖父努力想擠出字句來安慰僅存的可憐教友，他自己卻跑去幫忙貴格會，實在不應該。他說在那段日子裡，祖父推開所有還能打開的窗戶，讓教友聽衛理教徒在河邊的歌聲。如果唱的是〈古舊十架〉或是〈萬古磐石〉（“Rock of Ages”），有些婦女便會跟著哼唱，甚至不管祖父正在講道，祖父索性也停下來聽她們唱。父親說空氣中瀰漫著新翻土的氣味，因為附近多了許多新墳，但很奇怪，在許多人的記憶中，那些星期天早晨和星期三晚上卻格外美好，一說起那些日子，語氣中總帶著一絲溫柔。父親說回顧這一生，總覺得自己當時不該棄祖父於不顧，但卻不是全然後悔，因為就當時而言，他幾乎是因為堅守原則才走開的。祖父極力鼓吹教友上戰場，說有奴隸的地方不可能有和平，一方是裝備齊全的強者，一方是受到奴役、手無寸鐵的弱者，戰爭在所難免；還說只有戰爭結束之時，和平才會降臨，所以和平的上帝要求我們終止戰爭。說出這番話時，祖父的皮帶上繫著那把手槍，每個聆聽的教友大喊「阿們」，甚至連小孩子也跟著喊。

今天我回家吃午飯，看到你和傑克·鮑頓在街上傳接球，你戴著傑克的捕手手套，手套很新，幾乎遮住你的手肘，他則戴著我擺在書桌上曾屬於艾德華的舊投手手套，沒有球擋，掌心皮也幾乎磨損了。都怪我還沒幫你買副手套，這是我的疏忽，我會好好處理。

傑克正在教你怎麼接滾地球，其實你不太可能接到高飛球，他說不定只想掩飾這個事實。你學得很用心，一雙敏捷的小腿四處飛奔。他敲打著手套說：「來！來！」然後用播報員的聲音說：「聽衆朋友，他已經快跑到二壘，球來得及傳到二壘嗎？」你把球掉在地上，傑克接著說：「聽衆朋友，這實在太令人驚訝了，跑者似乎被自己的鞋帶絆倒了！他跌倒了！他花點時間喘氣！啊，他站起來繼續跑向壘包！」他繼續說：「聽衆朋友，他拖著左腳、單腳向前跳！」這時你已笑得不可自抑，但你最後還是把球傳給他。他說：「聽衆朋友，跑者出局了！」你倆閃動的身影眞是美麗。

我記得曾在同一條街上看到露易莎跳繩，她穿著鮮紅的外套，馬尾辮在冷風中晃動。那時是早春，所以沒有激起太多沙塵。樹木剛冒出新芽，看起來依然有著小樹的生氣與活力。我不知道誰提議在鎮上遍植榆樹，不管那人是誰，我們因而受惠無窮。老鮑頓和我以前也在同一片榆樹下傳接球，直到他的膝蓋發痛爲止，如果我沒記錯，他當時將近四十歲，呼吸已有點問題。你瞧瞧這個傑克．鮑頓，跟他父親眞像。

我試著善用目前的狀況，換言之，我想告訴你一些特別的事情。我若跟一般的父親一樣陪著你長大，或許絕對不會想到跟你說這些事。事情若順其自然，你很難記得它有多重要。人生中有許多事情，你也絕不會想要告訴任何人。我相信這些是我畢生最重要的事，你若想多了解我，就非得知道不可。我記得小時候的那個下雨天，我跟其他孩子躺在馬車下，看著大人拆毀那座破爛的浸信會教堂，父親拿了一塊比司吉麵包給我當午餐，我爬出來跟他一起跪在地上。我記得他似乎掰塊麵包放進我嘴裡，但我知道他其實沒有這麼做。他的雙手和臉龐沾滿了灰燼——看起來一片焦黑，像個烈士——他跪在雨中，從襯衫裡掏出一塊麵包，他確實把麵包掰成兩半，一半給我，另一半給他自己，那也確實是塊無酵餅。旱災持續了好幾年，時局相當艱困，但因爲每個人的日子都不好過，我們也沒有多想。我猜一定是因爲如此，所以沒有人注意到正在下雨，那一陣子實在太缺乏雨水了。我始終記得婦女們把頭髮放下來，裙襬也拖在泥濘中，甚至連老太太也不例外，大家似乎豁出去了。噢，還有歌聲，我記得歌聲非常優美。歌聲混雜著雨聲，而且都是〈寶架淸影〉（"Beneath the Cross of Jesus"）之類的淒美老歌，但隨著時光的流逝，那些悲傷的點滴對我卻別具意義，我也反覆思量。

在我的記憶中，父親從懷中掏出麵包，用沾滿灰燼的手遞給我，彷彿給予我聖餐。我這樣想並不奇怪，但令我訝異的是，我記得自己張嘴承接。有些教派的牧師確實這麼做，但在我們教會中，牧師從來不把聖餐放進領受者的嘴裡。我想起此事，因爲在聖餐禮的那個早晨，你母親把你抱到我面前說：「你應該給他一些那樣東西。」我隨即掰開麵包，親手餵了一小塊給你吃，恰如父親當年餵我，只不過那個舉動僅存在於我的回憶中。我希望你永遠記得那個美好的時刻，我一直非常珍惜父親餵我吃麵包的回憶，但近來才察覺它經常盤據在腦海中。

時光，有如一條永不停歇的小溪，
帶著子民而去；
他們在飛騰中遺忘，宛若一場夢
消逝於肇始之日。

好個以撒·華滋（Isaac Watts）啊。我最近常想到這首詩，也總是想不透「當下的現實」（present reality）和「終極的現實」（ultimate reality）之間有何關聯。

在神眼中億千萬年
恍若人間隔宿……

這話無疑屬實，生命中的夢想有如夢境，在朝陽升起、曙光乍現的一刻，終將倏然消失無蹤。我們心想：所有的恐懼和哀傷莫非是庸人自擾？但那不是眞的。我不相信我們能將悲傷完全拋在腦後，因爲這樣一來，我們等於忘了自己曾經活過。對我而言，悲傷似乎是生命重要的一部分。舉例而言，此時此刻，一想到你將來讀信的那一刻，我心中頓時充滿了悲憫：你將是個無父的孩子，我也不會認得長大後的你。唉，可憐的孩子。你正俯臥在陽光下，「小滑頭」靠在你小小的背上睡著了；你正在畫畫，等下會把這些不怎樣的圖畫拿給我欣賞，我也會大加讚揚，因爲我說不出任何一句讓你記恨於我的話。

我再跟你多說一些往事。我和父親在堪薩斯迷了路，兩人四處遊蕩時，我聽了很多舊時代的事情，我不曉得是否眞的哭了，但我記得我確實屢次忍著不哭。我的鞋底磨破了，沙子、木片、小石頭一直跑到鞋子裡，連襪子也磨穿了，扎到腳掌心。噢，那股髒勁！噢，那些水泡！你也知道小孩子通常沒耐性，有時連做禮拜都坐不住，但當時我卻日復一日在一成不變的荒野中前進，我只想慢慢走、坐下來休息、躺下來睡覺。父親走在前頭，無疑地有點絕望，他的心情倒也可以理解。有幾次我確實坐了下來。我兀自坐在豔陽下的草叢裡，蜻蜓繞著頭頂飛舞，我看著父親愈走愈遠，到後來幾乎不見人影——在堪薩斯一望無際的大草原中，表示他已經離我非常遠。我趕緊跳起來追趕，父親見狀說：「你會把自己弄得更渴。」唉，我那時覺得已經渴了半輩子了。

但我若真的跟得上他，他就跟我說許多有趣的事，我聽了也很開心，換作平時，我確定他絕對不會提起。如果有晚餐吃，他就說幾個故事慶祝一番，如果沒晚餐吃，他就編故事讓我們忘掉飢餓。有天晚上，貓頭鷹像找碴一樣非常聒噪，吵得我們睡不著，於是父親講了個故事。他說他小時候有天晚上被外面的聲音吵醒，出去一看，看到老約翰．布朗的騾子從祖父的教堂裡走出來，騾子在眾人的哄騙下慢慢地走下木頭階梯。在昏暗的月光下，他聽到騾子踟躕不前，有人以低沉而悲傷的語氣說：「來！這樣就好、這樣就好。」四匹駿馬跟著走出來，每匹馬都已上鞍，男人上馬，有匹馬上面坐了兩個人，其中之一受了傷需要攙扶。兩個男人的身旁跟著另一匹馬，不久之後，一行人沉默地策馬遠去。過了幾分鐘之後，父親聽到有人打開穀倉的門，也聽到家裡的馬匹喘息、踱步，祖父對著馬說了幾句話，然後也策馬離去。

父親跟我說，他走進教堂，坐在黑暗中，不曉得應該怎麼辦。他當時還不滿十歲。他說教堂裡瀰漫著馬匹和火藥的味道，還有一股汗臭味。（那個時代的人不像我們一樣有子彈，所以每次開槍之前都得花點時間上火藥。）男人把板凳推開，聖壇也推到牆邊，騾子和馬匹才有棲息之地。男人睡在板凳上，那個受傷的男子絕對是在板凳上休息的，因為其中一張和旁邊地上都有一大攤血。父親說：「陽光照進教堂的時候，我最先看到的就是那攤血。」

他把那張板凳拖到教堂後面，把板凳豎著放，好讓板凳的一側沒入草叢深處。接下來，他拿起鐵鏟和掃帚盡其所能地清除馬糞。他打了一桶水，拿起肥皂用力刷洗血跡，但血跡愈刷愈大，他只好在地上灑水，讓那塊地方看起來不至於太可疑。他想那個睡在板凳上的男人若是逃犯，追兵說不定隨時會上門，而他們一定會找尋諸如馬糞或是板凳上血跡之類的證據，這些都顯而易見，況且那天又剛好是星期六。

追兵若看到他在天亮之前清洗教堂，肯定會起疑。這時他忽然想到，祖父竟在這種時候逕自離去，實在不像平日的作為。祖父沒有交代該如何善後，也沒有指示該如何把教堂恢復原狀，任由父親平白闖入這種荒謬的狀況中，父親似乎怎麼做都不對。父親邊想邊使勁提著一桶水走進教堂，赫然見到有個身穿美國軍服的士兵坐在牆邊的板凳上，手裡拿頂帽子，板凳旁邊的地上擺著槍。

「你把這裡清掃得很乾淨。」士兵說，扯了扯長褲上膝蓋的破洞。「我那匹該死的馬丟下我跑了，貓頭鷹大叫或是什麼的，馬就驚慌而逃。你們能不能借我一匹馬？我一、兩天之內就歸還。」

「你得問我父親。」

士兵說：「你父親不在，我猜他騎了我想借的那匹馬到某地去了。」他接著說：「你聽過約翰·布朗吧？你當然聽過，每個人都知道這號人物。我看得出你是個好孩子。別擔心，小兄弟，我不會逼你在教堂裡撒謊。你知道約翰·布朗幹了什麼勾當吧？」

父親說他略有所聞。

士兵點點頭。「這附近有些人一有機會就幫他，都是善良老百姓，還包括幾位牧師。只要他開口請求，牧師甚至會把他那頭老騾子領進教堂，大家都覺得這是莫大的光榮。這些亡命之徒帶著槍、傷痕累累、靴子髒兮兮，而且滴著血走進教堂，這樣都沒關係，但一個受雇於美利堅合衆國的士兵來到此處，這裡卻沒半個人端上咖啡。」

父親說：「我家裡有咖啡，我確定有。」

士兵站起來說：「我的排連在離這裡大約兩英里之處拋下我，繼續朝東前進，他們知道那些傢伙入夜之後可能會上哪兒，就算沒看到人們留在門前的蘋果，也猜得出他們的行蹤，你父親若跟著他們走，說不定現在已惹上了大麻煩。在喝你的咖啡之前，我想得先跟你說清楚。」

父親說他的雙唇麻痺到無法言語。「我自己到你的井邊打水吧。」士兵說，隨即走出教堂，喝了水，然後一跛一跛地上路。父親雖然不願相信士兵終將挨祖父一槍，但他眞的這麼想。我不是說祖父殺了那名士兵，但在那個時候、那種情況下，很多因素都能讓一個挨了槍的男人喪命。

士兵走到隔壁農莊借了一匹馬，騎向他認爲同袍前進的方向，但他沒有向東行，反而繞向南方。布朗一行人知道後有追兵，所以繞了一圈回到南方，朝著山區前進。祖父皮帶上繫著一把槍、腋下夾著兩件血跡斑斑的襯衫，慢慢地騎回家，他這麼做實在很愚蠢；不但如此，他把自己的襯衫給了受傷的人，所以他赤裸著胸膛披上外套，帶著兩件破爛的襯衫回家。父親說那天之後，祖父就成了一個不切實際的人。我雖然不清楚祖父爲何變得不切實際，但我百分之百同意父親的看法。不管如何，一名孤零零的士兵確實上前攔下祖父，士兵也確實騎著一匹栗色的馬，很可能就是鄰居的馬。士兵盤問祖父，祖父連說謊都來不及，但他身邊有那把槍，槍也已經上了火藥。

「我確實射傷了他，馬也跑了，把他重重摔在地上。」祖父就這樣把人留在那裡。「老布朗問說若有必要，我願不願意幫他脫逃，我說願意，而我也言出必行。我應該拿他怎麼辦？把他帶回這裡？」他的意思是說，教區的民衆費盡心思在家中或庫房裡建造了暗牆和地窖，還建了地道，地道的入口是馬鈴薯桶的活動桶底，一直通到距離乾草堆數百碼之處。教堂裡有個底部可以活動的棺材，還有一個開放式的墳墓，墳底鋪著木板，木板上方覆蓋著泥土，下方則是直通木棚的地道。居民費盡心血幫助逃犯，爲了逃犯的安全，這些祕密通道絕對不能曝光。士兵已經懷疑祖父和約翰．布朗狼狽爲奸，勢必更加仔細盤查，結果會毀了大家。

父親跟祖父說教堂裡來了士兵，就因如此，祖父才跟父親坦承說射傷了一名士兵。「你說他皮膚黑，講話慢吞吞？」祖父跟父親說此事非同小可，攸關生死，絕不能跟任何人提起，倘若有人問起，他也必須說謊。父親醒著、睡著都想著那個受傷的士兵孤零零地躺在荒郊野外，還得說服自己跟別人說從未見過此人，或跟此人說過話。

後來政府從未派人詢問那名士兵的下落。因此，父親認爲他或許已經死在荒郊野外了。他說：「我每天都慶幸他們沒派人來，緊張了半天才鬆口氣，這種感覺眞是可怕。」士兵命絕之日，極可能是他畢生最痛苦的一刻，但父親說：「聽到你祖父說那人的馬跑了，我的心情痛苦到了極點。」我們父子就這麼躺在棄置的穀倉中，聽著貓頭鷹、野鼠、蝙蝠與大風的嚎叫，完全不知旭日何時東升。父親說：「我始終無法原諒自己沒出去找他。」父親的口氣極爲誠懇，我從未聽過任何人說得如此眞切。他接著說：「接下來的那個星期天，老傢伙穿上其中一件沾了血的襯衫，腰帶上掛著槍大剌剌地上臺佈道。你絕對不敢相信大家的反應，臺下一片啜泣聲，還有人高聲喊叫。」父親說在那之後，祖父有時好幾天不見人影，等到星期天佈道之時才騎馬直接登上教堂的階梯，掏出槍往空中射擊，通知大家他回來了。大家一進教堂，就看到他站在講壇上，兩眼通紅、臉色蒼白、鬍鬚上都是沙塵，但已蓄勢待發地準備大談審判與慈恩。父親說：「我一直不敢問他到底做了什麼？我怕那些事情比我想像中更糟。」

我躺在父親旁邊，頭靠在他的手臂上聆聽著風聲，心中溢滿憐憫卻無特定對象。我憐憫母親，她說不定出來找我們，卻永遠、永遠也找不到；我憐憫蝙蝠和野鼠；我憐憫大地和月亮；我憐憫主。

隔天我們就來到那個緬因州女士的農舍。

今天早上我和理事們開會，會議進行得不錯，我提出幾個整修教堂的建議，他們委婉地不予討論，我很確定我走了之後他們打算新蓋一座教堂。我沒有責怪他們，他們不想讓我難過，所以暫且不進行預定的計畫，算是相當寬大。他們會拆掉這座老教堂，新教堂將更大、更堅固。我聽到他們讚揚路德教會的傑作，而那也確實令人激賞：教堂是紅磚所砌，白色前廊矗立著白色的樑柱，大門高聳美觀，還有個氣派的尖塔，聽說教堂內部也很漂亮。我已受邀參加啟用典禮，屆時如果能參加，一定會過去看看，換句話說，全視上帝的旨意而定。我也很想看看我們的新教堂，但他們考慮的沒錯：我若看到老教堂拆毀，心裡一定很難過，說不定會傷心而亡，但就我目前的情況而言，早早解脫倒也不見得是壞事。悲傷予以最後致命的一擊，嗯，這樣倒頗有詩意。

我感到不耐煩嗎？可能如此嗎？今天我身體還好，講得更確切一點，我的心臟一點也不痛，在胸膛中沉穩地跳動，好像老牛吃草反芻一般永無止境，單調刻板卻又帶點知足，最起碼在我眼中如此。我半夜醒來聽到心跳聲，它說：再跳一下、再跳一下、再跳一下。「細心維護即是創建生命，更甚者，它是一種綿延持續、無時不刻的創建。」這是喬治．赫伯特的詩，我希望你已讀了他的作品。「再跳一下」，心臟向來只會這麼說，「再跳一下」。心跳撲通一聲，躍動的一刻就此終結，心臟也不能保證還有沒有下一回。

因此每一部分
我堅硬的心房

在此軀殼中接合
為讚頌主
我若偶然沉默不語
這些讚頌主的心石或許不會歇止
還會再跳動一會兒呢。

如果赫伯特說的沒錯，那麼我這副老舊的軀殼就跟此刻的你一樣嶄新。我說的是此刻正在窗戶旁盪鞦韆的你，鞦韆是丹尼爾．鮑頓幫你架的，你一定記得吧。他把釣魚繩綁在弓箭上，連箭帶繩射過大樹枝，然後用釣魚繩捲起繩索，忙了一整天才大功告成。他是個聰明、善良的年輕人，令老鮑頓夫婦非常欣慰。我聽說他在密西根州某處教書，雖然大家始終期望他從事神職，但他終究沒有選擇這條路。

你站在鞦韆上，晃得比平常還高一點，臉上帶著英勇、決然的神情，彷彿是個在大浪奔騰中的水手。鞦韆的繩子很長，你的體重輕，繩子像蜘蛛網一樣輕盈、慵懶地晃動。你穿著紅襯衫——那是你最喜歡的襯衫——飛躍到日光之中，很有技巧地停在半空中一會兒，然後再晃回陰影中，看起來非常快樂。我記得那種初次體驗重力與日光的感覺，著實是全然的喜悅。你母親在一旁高喊：「別晃得太高。」你會聽話的，你是個乖孩子。

我無意批評理事，我能理解此時他們爲什麼不願意爲教堂多花錢，但我跟你說，如果我年輕幾歲，我絕對自己爬上屋頂，說不定還會在門前的階梯上釘幾個釘子。這座老教堂再拖也不拖過．、兩年，我不曉得他們爲什麼任憑它破落。教堂內部雖然簡樸，但格局不錯，只要再上一層油漆，最起碼從外觀上看來絕對不比其他教堂差。但我曉得其他方面確實不足。

我記得曾跟他們提過，尖塔上面的風標是祖父從緬因州帶來的，而且矗立在他的教堂上好多年。父親領受聖職的那一天，祖父把風標交給他。父親說以前緬因州的人會在尖塔上放隻公雞，藉此提醒大家彼得的背叛，幫助衆人悔改。那個時代的人很少用到十字架，但我一提到尖塔上有隻公雞，大多數理事才發現有這回事，也覺得教堂上沒有十字架似乎不妥。既然他們曉得了，我確信他們一定會擺上十字架，也會迂迴地處理這件事。他們答應把這個風標懸掛在牆上某處，說不定掛在玄關讓大家好好欣賞。我不管他們有何打算，我只是不想讓風標跟其他東西一樣遭到棄置，所以才跟你提起。風標很舊了，我提了之後，最起碼你會好好看它一眼。

風標尾部的羽毛上有個彈孔，彈孔從何而來則是衆說紛紜。有人告訴我，因爲祖父沒有時鐘，也不曉得用其他更適切的方式來宣告講道即將開始，所以他每次都朝空中開槍，有次一不小心就瞄錯了方向。另一種說法是，有個密蘇里州人剛好在大伙做禮拜時經過此處，他知道這兒都是主張廢奴的「自由之土人士」，所以朝風標開了一槍，讓公雞猛然團團轉，藉此嚇唬大家。還有種說法是，教堂曾點收一批夏普斯單發步槍，有人想以風標為目標，試試這種槍是否跟傳說中一樣精準。

夏普斯雖是上品槍枝，但我猜想第一種說法最眞確，因為根據我的經驗，只有不小心瞄錯了方向才可能打得如此精準。祖父通常不談自己的糗事，因此可能任由大家猜測、杜撰。至於那個密蘇里州人，我認為這種說法帶點基督教精神，所以才講給教友聽——那個時代衝突不斷，大家情緒都很激昂，只把風標打得團團轉算是相當收斂。除此之外，我認為這種說法較具歷史意義，也很有可能是眞的。你很難讓大家關心舊東西，所以我得多在那個可憐的公雞風標上下工夫。

早期移民所蓋的教堂僅足以遮風蔽雨，等到日後財力寬裕才再蓋一座比較像樣的教堂。因此，這些老教堂都禁不起歲月的折磨，只會愈來愈破舊，反正人們也不期望它們世代相傳。我記得那座父親幫忙拆毀的舊浸信教堂，焦黑的教堂矗立在雨中，看起來比雷電擊中之前可怕十倍，但我卻認為教堂就該像那樣。事實上，我小時候甚至認為尖塔就是用來吸引閃電的。我覺得在尖塔的保護下，其他房屋就不會遭到電擊。後來讀了一些史籍，年紀也稍長，才知道並非只有大草原區才有教堂，也不是每座教堂的講壇上都有父親的身影。教會的歷史錯綜複雜，你應該曉得我深知這一點。近來許多人認爲宗教信仰相當愚昧，甚至比單純的無知更糟，我聽過這種說詞，也知道對教會的指控可能相當激烈；我也曉得從很多方面而言，我的宗教觀並沒有受到外界的影響，甚至有點狹隘，但除非衆人的一生都是超越世俗，除非處處可見聖體與聖酒，除非每個人都見證主耶穌在客西馬尼園[22]的一刻，否則我堅信自己的體驗絕對稱不上狹隘。比司吉麵包沾上了父親手中的灰燼，它對我的意義遠超過我所能形容的，因此，請不要用我所能形容的事實來評斷我。我若能將父親的賜予傳承給你，那該有多好！不，主的賜予一定也會傳承給你，我只願你能虛心領受。誠如先前所言，我可不是以牧師的身分在說話。

今早我做了一件怪事。收音機上播放著華爾滋，我決定隨著音樂跳舞。我說的可不是正式的舞步，雖然我約略知道怎麼跳華爾滋，但我從未上過類似的課程，我只是輕輕地揮揮手臂，慢慢地轉個兩圈，而且動作非常小心。一想起年少時光，我就覺得自己的年少歲月是如此短暫，還沒開始享受年輕的滋味，轉眼間竟已長大成人。每次想到艾德華，我就記起和他在炎熱的街上傳接球，以及手臂有點發痛的奇妙感覺；我也記得自己跳起來接高飛球，整個身體協調得天衣無縫，心中確知球會緩緩落進手套中，那種感覺著實令人驚嘆。唉，我會想念這個世界的！

所以我覺得跳幾步華爾滋也不錯，感覺確實也好。我打算從此之後都在書房跳華爾滋。我也想過身體若感到不適，我就趕快抓本書，這樣一來，大家會特別記得我臨死前手中握著一本書。但仔細想想，這樣似乎太戲劇化，這本書自此被冠上這不愉快的聯想似乎也不太公平。順帶一提，我想抓取的書包括鄧恩和赫伯特的作品、卡爾巴特的《羅馬書注釋》，以及約翰・加爾文《基督教要義卷二》，但這絕對不表示我輕忽卷一。

老者重生爲老者，想來著實神奇；所謂的長壽帶來傷疤和病痛，傷痛逐日累積，而且日漸嚴重，恰如我左膝的風濕痛。有時我想，我們凡人的一生必定都在主的記憶中，縱使「記得」這個字眼用得不恰當，但祂當然記得。我二十二歲、盜上二壘時折斷了一隻手指，現在這隻手指比以前更彎曲，從赫伯特的觀點而言，我可將之視爲主對我的特別關注。

§

今天早晨我散步到鮑頓家，他坐在裝了紗門的前廊打盹。鮑頓面前有叢凌霄花，凌霄花引來蜂鳥，向來深受鮑頓夫婦喜愛。凌霄花長得非常茂盛，以至於房子看來像是某種獵鴨者守候鴨群時的巨大蔽體，我跟鮑頓提起，他糾正我說：「那是蜂鳥簾子。」還說：「有時候一捉就捉得到上千隻。」但他說既然現在還不夠幫碗湯調味，不如繼續耐心等候。

他的花園幾乎滿是雜草，但走近他家時，我看到傑克．鮑頓和葛洛莉正在清理水仙花的花床。鮑頓的房子是他自己的，我以前很羨慕，但過去幾年來只有他一個人照顧房子，家裡變得有點雜亂。

他似乎心情很好。「孩子們正在幫我打理家裡。」

我跟他談談棒球和選舉，但我看得出他大多都在聽兒女說話，聽來確實也相當愉快、和氣。我記得他們小時候在花園裡放風箏、追小貓、吹泡泡，你看了也會覺得賞心悅目，他們的母親是個好女人，而且好愛笑！鮑頓說：「我眞想她。」我也有同感。她和露易莎從小就認識，我記得有次她們把一顆煮熟的雞蛋放在鄰居的母雞身下，我實在不明白她們爲什麼這樣做，但我記得她們笑得樂不可抑，倒臥在草地上，眼淚都滾到髮間。有次我、鮑頓和其他人拆了一輛乾草車，拉到法院屋頂上重組，我也不明白我們爲何這樣做，但我們摸黑動工，開心極了。當時我還未正式領受神職，但已就讀於神學院，我不知道我們想幹什麼，但我們都笑得好開心。唉，我多希望能再聽到那種笑聲。我問鮑頓記不記得在屋頂上組裝乾草車，他說：「我怎麼可能忘記？」然後輕笑兩聲逗我開心。其實他只想坐在那裡、下巴靠在枴杖頭上聆聽他兒女的聲音，所以我就回家了。

你和你母親正用葡萄乾麵包做三明治，在麵包上抹了花生醬和蘋果醬。我覺得這種三明治很好吃，我想你大概也曉得，因爲你請我在前廊上等候，等到一切準備齊全，牛奶也倒入杯中，你才讓我進屋。小孩子似乎認爲每件令人開心的事情都必須是個驚喜。

你母親不曉得我剛才上哪去，所以有點不高興。我沒告訴她我可能會去鮑頓家，她擔心我說不定在哪裡猝死。她的擔心也不無道理。其實我覺得事情可能更糟，但她目前顯然不這麼想。大部分時間，我覺得自己的狀況比醫生預期的好，我也盡量享受人生，這樣才好入眠。

前幾天我想到鮑頓的父母以及他們在我們小時候的模樣。這對夫妻非常嚴肅，連盛年之時也是一臉沉重，跟鮑頓完全不同。他母親連吃一小口東西都像在吞燒紅的煤炭一般，似乎吃了會讓她更加消化不良。他父親是個令人敬重的紳士，但老是一副懷恨在心的神情。我一直很喜歡「懷恨在心」一詞，因爲很多人確實懷抱著怨恨，好像那是他們最珍貴的寶貝。嗯，誰曉得這兩位虔誠的教徒現在是什麼模樣？我常想像仁慈的神把肉身歸還給我們，讓我們看看自己變成什麼德行，每個人卑躬屈膝、斜眼偷看、踟躕不前、悶悶不樂的模樣又是多麼可笑。我希望將來我們再見面時，你不會因爲這些生命加諸在我身上的古怪印記而認不出我。每當看著鮑頓，我腦海中總出現一個有趣、慷慨、精力無窮的年輕人。他現在需要兩根枴杖，常說如果長出第三隻手臂，那他就需要三根枴杖。他已經十年沒有站上講壇，我覺得他的責任已了，我則尚待完成，我希望我不是在試探主的耐性。

我開始閱讀《寂寞松林道》。你母親片刻離不開她那本，所以我自己到圖書館借了一本。我確信她又讀了一次，我就算以前讀過，現在也已忘得一乾二淨。書中有個年輕的女孩愛上一名年長的男子，她對他說：「我會跟隨你到天涯海角。」讀了令我發笑。我想那是本不錯的書，書中的男子不像我這麼老，而你母親也不像那個女孩一樣年輕。

這星期我打算講述〈創世記〉第二十一章第十四至二十一節，也就是夏甲和以實瑪利的故事。換作平時，或我年輕個二十歲的話，我會依序講述福音書與保羅書信，然後再回到〈創世記〉，這是我的習慣，我向來也覺得這樣講授經文較具功效，而我的職責就是講授經文。但現在我想講什麼就講什麼——目前想講的就是夏甲和以實瑪利[23]。

今天早上祈禱時，夏甲和以實瑪利的故事浮上腦際，想了覺得相當踏實。故事中不但小孩的父親無法保護小孩和小孩的母親，就連小孩的母親也照顧不了小孩和她自己，但從某個層次來思索，這個故事著實充滿慰藉。生命正是如此——我們把孩子送到曠野之中，儘管盡了全力幫忙，但有些孩子似乎一出生就置身險境，有些孩子則是自己招致危險；但天使必定在那裡，曠野中也絕對有股清泉。即使豺狼橫行的曠野也是主的領土，我必須謹記。

傑克．鮑頓過來問你想不想玩傳接球，你欣然答應。他整理花園時被太陽曬得紅通通，整個人反倒顯得健康、誠懇。他正教你上肩投，他說他不能留下來吃晚飯，你聽了有點失望，我相信你母親也是。

月亮在溫煦的夜光中看來特別柔美，恰似燭焰在晨光中一樣美好。光影不出光影之外，這似乎是某種隱喻，許多現象都是如此，詩人愛默生最擅長此道。

對我來說那似乎是對人類靈魂的隱喻，單道光影不出宏大的自然光源之外，在我看來似乎暗喻著詩句不出語言的範疇，也可說智慧不出經驗之外，或是婚姻不出友誼和愛情的範疇。我會記得在講道中提到這一點，我想我可以用這個隱喻來講述夏甲和以實瑪利的故事，他們母子迷失於荒野之時，上帝出面相助，這個特別的一刻似乎也不出上帝對全人類的關愛。

昨天晚餐前，傑克．鮑頓散步到家中，他逕自坐在前廊的臺階上暢談棒球和政治——他喜歡洋基隊，這是他自己的選擇，其他人也管不著。他一直講到屋內傳來通心粉的濃郁香味，我不得不請他進屋。你和你母親看到他依然感到驚喜，這個約翰．艾姆斯．鮑頓啊，他語調柔緩、一副牧師的模樣，但就我所知他天生就是這副模樣，從小就是如此。我一直覺得不對勁，或許他毫不自覺，天生就像個小大人，但我覺得他似乎帶點嘲弄。我不知道他是否在所有場合都表現出那副模樣，或只有在我和他爸爸面前才如此。我所謂的「牧師模樣」是什麼意思？有人能擺出正經、謙和、客氣的神態，同時又維持一股莊重的權威感，這就是「牧師模樣」。我自己向來掌握不好，但父親和老鮑頓都有此長才。祖父那個老拿細耳人[24]有他另外一套，但就百分之百的「牧師模樣」而言，我從未見過比傑克．鮑頓更完美的例子，這個過去和現在都不信上帝的人。你母親問他願不願意爲大家做謝飯禱告，他簡短而優雅地祈禱，桌上的通心粉和乳酪幾乎配不上他的祝禱。

他說我好幾天沒去看他父親了，這是眞的，但卻不是巧合。我以爲他只會回來待幾天，我非常不喜歡看到他們父子在一塊，所以盡量躲開，直到他離開之後再說，但他顯然不打算離開。

以前我常到廚房看看儲藏室和冰箱裡有什麼東西，我通常會找到一鍋湯、燉菜或是諸如此類的東西，有時我把菜熱一熱，有時則不，全視心情而定。如果找不到任何東西，我就吃冷豆子和煎蛋三明治——其實我滿喜歡煎蛋三明治。有時我在桌上看到派或是比司吉麵包。我待在教堂或是書房的時候，經常有個女教友到家裡一趟，留份晚餐給我即悄悄離去，過兩天再回來拿鍋子、餐巾等物，然後又悄悄離開。我吃過果醬、醃黃瓜和燻魚，有次還看到養肝丸，那段日子眞是奇怪卻別有樂趣。

後來你母親和我結了婚，大伙從此不能自由進出我家，不免有點不習慣。我曉得她們懷疑你母親不善廚藝，而她也確實不太會燒菜，於是她們繼續端著燉菜上門拜訪，直到我察覺你母親不高興，我才跟她們商量。有天晚上，我看到她在儲藏室裡哭，有人到家裡換了儲藏室電燈的拉繩，還重新幫櫥櫃鋪上紙墊，雖然出自好意，但卻有欠考量，這點我能了解。

世上這麼多人，現在我居然和你們母子、傑克・鮑頓坐在一塊，感覺似乎相當奇怪，正因如此，我才提起以前那些事。僅僅幾年以前，我晚上坐在同一張桌子邊、吃著同一個鍋子煎出來的冷肉餅、聽著收音機，老鮑頓逕自走進來，坐在桌邊說：「別開燈。」於是我關掉收音機，我們坐在那裡談論約翰・艾姆斯・鮑頓，一同爲他祈禱。

但你或許不該知道那件往事，我也不該告訴你，如果一切平靜無事，我爲何重提呢？那件事並非特別了不得，事實上相當普通，但絕對不表示罪行不夠深重。大伙經常告訴我他們想做的壞事，或是壞事讓他們承擔的痛苦，我聽了心想：噢，又是同一回事！我聽說南方有些教堂強迫人們在全體教友面前懺悔比較嚴重的罪行，我認爲若能讓衆人察覺到大伙犯的錯都是千篇一律而且一犯再犯，或許能起警惕之效，受到誘惑的人聽了之後，說不定覺得他們打算做的事跟別人都一樣，因而打消犯罪的念頭，但我提不出證據來支持我的猜測。有些罪行較爲特別而且值得寬恕，我若能審判，小鮑頓的行徑確實特殊但絕對不值得寬容。但依據《聖經》，我當然不能也不該審判。

犯罪，這是個法律名詞；但罪行總不止一種，它在凡人的生命中劃下傷口，癒合之後留下疤痕，但傷口卻似乎永遠不會癒合。

避免犯罪，這眞是個好警告。

我已經決定跟你母親談談，我知道她有點好奇；傑克．鮑頓對她非常好，對你、對我也都不錯。感謝主，今晚他沒叫我「爸爸」。他態度是如此恭敬，我眞想告訴他我稱不上是世界上年紀最大的人。好吧，我知道我對某些事情很敏感，我得試圖對他公平一點。

你似乎將他視爲查爾斯．林白[25]，他不斷地稱呼你爲小兄弟，讓你很開心。

在我必須處理許多事情之時，他卻出現在面前，我希望這隱含著某種主的旨意，因爲他已造成相當大的干擾，而此時我特別需要平靜。

我不是在抱怨，或說我也不該抱怨。

我最近一直想著我葬禮上的講道辭，我已決定自己先寫，省得麻煩老鮑頓。我很會模仿他的風格，他肯定會心一笑。

§

傑克．鮑頓今天早晨又過來家裡，帶了一些他們家樹上的蘋果和李子。他和葛洛莉把家裡整頓得不錯，兩人花了不少工夫。我試著對他比平常客氣一點，他有點訝異，嘴角微微一笑地看著我，似乎心想：「我們今天眞客氣！究竟是怎麼回事？」他盯著我的臉，似乎想讓我知道他看得出我在表演，他也覺得有趣。我覺得從某些方面而言，任何企圖都是一種表演，但我還能怎麼辦？在這種情況下，無論私底下怎麼想，大多數人都跟著附和，我不想說他在惡作劇，但我確實感到非常彆扭，而我確信這正是他的用意，因此我索性不跟他客氣，說聲再見，然後散步過去教堂找些東西。

我花了幾小時靜坐冥想，爲約翰．艾姆斯．鮑頓祈禱，也爲我——約翰．艾姆斯——禱告。鮑頓曾說我是傑克的性靈之父，我可不同意這種說法，因爲只有主才是人類的性靈之父，這點我得多加思考。我無意冒犯或捨棄自己的兒子——上帝也不容許我這麼做，但你是主的孩子，我也是，我們大家都是。我必須感恩，我也只能感恩，但傑克特意目不轉睛地瞪著我。一想到他，我顯然必須想辦法心存寬容，在這方面我相信我已藉由禱告有所改進，但依然還有改進的空間，我也還得多多禱告。

§

這事非常重要，我已告訴許多人。父親告訴過我，祖父也跟父親說過。當你碰到另一個人或與任何人交往之時，眼前彷彿呈現出一個問題，你必須仔細想想：在這個時刻、這種情況下，主要我怎麼做？你若面對侮辱或憎惡，直覺的反應必定是以其人之道還治其人之身，但請換個角度想：對方是主派來的使者，我將因此而受益。首先，我剛好乘機表達忠誠與感激，利用這個機會分享祂的慈恩；你大可不顧情勢反其道而行，你也可以憑自己的見解行事，但只有在放棄憎惡或怨恨對方的一刻，你才免除了牽掛與束縛。主爲了你好，所以才差遣他來，你說不定認爲這種想法非常可笑，但祂純熟地掩飾了善意，你只是看不出來罷了。

最近我自己卻做不到，所以才想起這個寶貴的訓示。加爾文說每個人多少都是臺上的演員，上帝則是觀衆。我一直認爲這個隱喻非常有趣，因爲這樣一來，我們的行爲等於是表演，上帝對我們的觀感或許可視爲藝術賞析，而不是一般所認爲的道德判斷。我們了解自己所扮演的角色嗎？演出時有多少自信？我猜想加爾文的上帝是個法國人，我的則是具有新英格蘭血統的中西部人。我們對重要議題各有見解，但我確實欣賞加爾文的觀點，因爲那表示上帝可能眞的喜歡我們。我認爲大家都忽略了這一點，我們若多朝這方面想，說不定有助於了解一些重要的概念。你想想：世間想必因上帝的喜悅而存在，這當然不是單純的喜悅，而是帶有某種寬容與激賞，就好像儘管小孩傷透了你的心，你卻依然喜歡他的存在。「他有自己的想法。」以前鮑頓家那個傑克想搞鬼時，鮑頓會這麼說，帶著褒揚的意味。艾德華也有自己的想法，他的想法才値得讚賞。

我也不確定這樣說對不對。沒錯，艾德華的想法値得讚賞，但他的想法來自一疊書籍，正如我的想法來自另一疊書籍——這麼說也不對，我在神學院念書時，讀了他提過以及我認爲他會讀的每一本書，只要書不是用德文寫的或者找得到。手邊若有餘錢，我就郵購自認爲他打算讀的書，我把這些書帶回家，父親也讀了起來，當時我覺得有點訝異。誰曉得想法從何而來？這一切實在難測。但鮑頓說的沒錯：傑克．鮑頓確實是個特別的角色。

我顯然還得多多禱告，但我先睡個午覺吧。

我直覺地想警告你和你母親離傑克．鮑頓遠一點，你到現在或許已經知道我有些偏見，最好不要相信我對這件事的直覺，但你也知道我無法預見未來，我不曉得我該請你原諒我警告了你或是沒有警告你，或許警不警告都不重要。對我而言，這是個相當嚴重的問題。

上面一段可算是警告，我只能對你母親這麼說：他的操守不是很好，請小心一點。

他若繼續登門造訪，我想我會這麼做。

§

這幾天我沒有寫信給你。最近晚上相當不舒服，呼吸有點困難，我認爲自己有兩個選擇：一、折磨自己；二、信任主。世間沒有人能解決我所面臨的問題，但我若老想著這些問題只會讓自己更難過，我已經想得太多，夠了，不要再想了。今天洋基隊跟紅襪隊賽球，無疑是主的眷顧，因爲這場比賽肯定精采，我又不在乎誰贏，看球時絕對不會動氣。（我們家現在有了電視。教友爲了讓我觀看球賽，特別送了電視。我會好好觀賞，但相較於收音機，電視似乎相當平板。）

你母親把你送到鄰居家，她說這樣你才不會吵我，但我卻猜想我今天早上一定讓她非常擔心，她跟我一樣晚上都沒睡好，可憐的她臉色好蒼白。教友昨天下午把電視搬進客廳，花了一下午在屋頂上架設天線，年輕人對這些事總是非常感興趣，這件善事帶點刺激又很新奇，他們做得格外高興。我記得，我會記得。

你母親幫我把文具和書桌上的書拿到客廳，有人送上電視餐盤，好讓我放藥丸、眼鏡和水杯。大家似乎把事情看得非常嚴重，我自己則認爲沒什麼，但說不定我錯了。

我坐在椅子上睡著了，醒來之後覺得好多了。我錯過了前面的八局半，第九局下半場也稀鬆平常（洋基隊主攻，比數爲四比二），收訊畫面良好。如果上帝允許，我也等著收看剩下的球季。你母親跪坐在地上、頭靠在我的膝蓋上睡著了，我必須坐得非常挺直，而且坐了好一會兒。電視上一群穿著風衣的英國人正計畫某個陰謀，似乎跟法國人和火車有關，我沒有專心看。你母親醒來之後看到我就好開心，彷彿我離開好久似的。她過去鄰居家把你接回來，我們一家三口坐在客廳裡吃晚飯——剛才送餐盤給我的人也幫你們各準備了一份。晚餐有三種燉菜、兩種水果沙拉，還有派和蛋糕當點心。教友向來用這類食物來解決人生的大問題，看來他們知道我目前的狀況。大伙甚至準備了青豆沙拉，在我眼中這是典型長老會教徒的養生食品，可見他們的關切已經超越了教派，說不定以爲我已經過世了呢。我們把沙拉留到明天中午吃。

我們三人邊吃邊看電視，氣氛和樂。電視上有人變把戲、表演腹語術、耍猴戲，還有很多舞蹈表演。你很孩子氣，不喜歡把食物混在盤子裡，你問說可不可以嘗一口我盤裡的菜，嘗了之後再決定你喜歡哪種燉菜和沙拉，所以我逐一讓你品嘗衆人的傑作：布朗太太、邁克尼爾太太、普萊太太，然後是朵莉絲太太、特尼太太（這些名字是我自己猜的）。我用叉子一樣接著一樣餵你，你吃了之後說：「嗯，我還是無法決定。」於是我們再來一次，你就這樣開玩笑地把東西全吃下去。這個玩笑好極了，我想到我餵你吃聖餐的那一天，不曉得你是否也想到。

今天早上我在教堂裡待了幾個鐘頭，回家之後發現書桌、椅子和很多的書都被搬到客廳，電視則搬到樓上。這是你母親的點子，但我知道出力扛東西、幫她執行的是傑克・鮑頓。我沒有因此而不悅，到了我這個年歲，我沒必要生氣，況且你母親是好意，遲早也得這麼做。沒錯，如果我非得和某人共度暮年，我的確寧願選擇卡爾・巴特，而非電視喜劇明星傑克・班尼。但話又說回來，我的書房沒什麼不好，我也還沒到放棄它的時候。傑克・鮑頓進了我的書房。他說不定親手把這本札記拿到樓下。我慌張地搜尋，上下樓兩次之後才在客廳裡找到，好端端地擺在書桌最下面的抽屜。我向來不把札記放在這裡，這似乎是種挑釁，好像他故意讓我找不到。唉，我知道這樣想實在不公道。

今天我以「夏甲和以實瑪利」為題講道，稍微偏離講稿，比平常更自由發揮。在昨晚沒睡好的情況下，這麼做或許不太明智。我倒不是睡不著，其實我還寧願張眼到天亮，但我只是躺在床上徒勞無功地白操心。如果我理智一點，很多事情都能拋在腦後；但我卻胡思亂想，到後來陷入某種麻木狀態，我在麻木中依然掙扎，感覺非常奇怪——我大概睡沉了，動也沒動，醒來之後卻非常疲倦，心力交瘁。

傑克・鮑頓也來聽講道，這倒是出乎我的意料。你看到他就揮手、拍拍你旁邊的板凳，他走過去跟你坐在一起，你母親看著他、跟他說早安，然後再也沒看他，一次都沒有。

講道一開頭，我首先指出夏甲和以實瑪利流浪於曠野中，以及亞伯拉罕帶著以撒去獻祭（最起碼亞伯拉罕這麼想），兩者其實有雷同之處。我想說的是，上帝其實要求亞伯拉罕獻上兩個親生兒子，但在關鍵時刻，上帝都派遣天使解救了小孩。兩個故事中，亞伯拉罕年紀都相當大。這點相當重要，原因不在於他幾乎不可能再有小孩，也不在於老年得子尤其可貴；我認為原因在於全天下的父親、特別是年紀大的父親，最終都得把孩子送到危險的曠野中，同時信任上帝的眷佑。即使在最佳狀況下，父母也僅能提供這一點點保障與庇護，而且代代皆如此。想了似乎很殘酷，但信仰若堅貞，你就必須放手讓孩子離開。你得相信天使必將出現在那曠野之中，上帝也將尊重父母對子女的愛。

我強調亞伯拉罕自己曾被逐到曠野，也曾離開他父親的家園，世世代代流傳著同樣的故事。唯有藉由上帝的恩典，我們才得以領受祂的眷顧，加入爲人父的行列，而我們終究全都是祂的子民。

言及至此，我拋下講稿、告訴衆人說，老牧師不免擔心他的教堂與教友，但他卻忘了主耶穌基督就是子民的牧師，世世代代忠誠地出現於子民之中。我覺得這個觀點還不錯，但有些女人聽了卻開始啜泣，所以我試圖轉變話題。我請問大家：上帝爲什麼要求大好人亞伯拉罕做這兩件表面上看來如此殘酷的事情？把孩子和孩子的母親趕到曠野中，還要他把孩子綁在祭壇上，彷彿眞要把孩子當祭品似的？我經常思索其中緣由，所以才提出這個問題，但接下來我必須試圖回答。

我想到在《聖經》中只有這兩件父親虧待孩子的故事，主耶穌問道：「你們中間誰有兒子求餅，反給他石頭呢？」[26]但這只是反詰式的問句，大家從經驗中得知，我們之中不乏許多虧待或是拋棄孩子的父親。言及至此，我注意到傑克．鮑頓對我輕蔑地一笑，臉色像床單般慘白。如果我知道他會出席，我絕不會選擇這段經文，我若謹遵事先寫好的講道辭，情況或許會好一些。

至於先前所提到的殘酷，那些故事都道出孩童承受了暴力、遺棄之害，我們讀了故事就曉得。《聖經》當然不鼓勵這些行徑，但我們必須謹記，孩童總是蒙受上帝的眷顧。我還強調，不管天使將孩童領回慈愛的天父身旁，或是祂開啟清泉、阻止利刃落下、讓孩童在凡間活到壽終正寢，孩童依然蒙受眷顧。

我不知道這樣是否足以回答先前的問題，那個問題極難答覆，我通常根本提都不提。這些年來，大家一而再、再而三地請我爲他們解釋，僅因如此，我才勉強說得出所以然。但不管大伙聽了做何感想，我的答覆卻沒有一次令自己滿意。

每次提說上帝眷顧受到侮辱或蹂躪之人，我總是擔心有些人聽了之後以爲壓榨、脅迫別人沒什麼大不了，也稱不上是壞事，《聖經》的訓示卻剛好相反。因此我總是引用主耶穌所言：「就是把磨石拴在這人的頸項上，丟在海裡，還強如他把這小子裡的一個絆倒了。」[27]這話措詞強硬，但事實就是如此。

傑克·鮑頓只是坐在那裡輕蔑地笑，他這種態度始終令人覺得奇怪。他把話語視爲動作，一般人傾聽話語的意義，他卻不是，他直接判定話語中有沒有惡意或是懷藏多少敵意；一旦判定語帶威脅或傷害到他，他絕對以牙還牙。他若覺得你話中帶有譴責之意，他的反應就像拿槍射了他，或是拿刀刮了他的耳朵一般。

誠如先前所言，我沒料到他會來做禮拜，更何況，很多人對待子女的方式，也遠不及父母應有的表現。因此即使我偏離了講道辭，即使我承認自己或許因爲看到他面帶那副表情、坐在我妻兒旁邊，才發表這番即興之言，但他若認爲我這番話是衝著他來（他顯然認爲如此），未免過於自負。

你母親顯得焦慮，或許因爲她覺得我講到了自己和你們母子的狀況，也可能是因爲我講得有點吃力，或是情緒顯得比平常高昂。我若好好檢視自己的感覺，即使多半只是疲倦，確實也值得擔憂。

但我忽然想到傑克．鮑頓說不定已經跟她說了，她也從他的角度看出了我講道的暗示。我不知道他什麼時候跟她說了，我猜他若想找機會，肯定不成問題。她從頭到尾都沒看他一眼倒是很奇怪，如果她想表現出完全不曉得講道裡說的是他，她的漠視或許有道理。其他教友說不定也認爲講道是衝著他來，這才糟糕。我實在不明白他爲什麼不去參加長老教會的禮拜？

現在我得禱告，但我想先睡一會兒吧，我會試著睡一下。

§

感謝主，又是另一個早晨，一夜好眠，也沒什麼值得一提的疼痛。教區中一名婦女早餐後打電話來，請我去她家一趟。她是個獨居上了年紀的寡婦，剛從她的農莊搬到鎮上的小木屋，你永遠無法想像這些人會碰上什麼麻煩，所以我過去看看。原來是廚房的水槽出了問題，她跟我說冷水的水龍頭流出熱水，熱水的水龍頭卻流出冷水；顯然不相信天下居然會發生這種反常的怪事。我建議她不妨把「C」當作熱水、「H」當作冷水；但她堅持「C」應該是冷水，「H」應該是熱水，所以我回家拿了螺絲起子，把水龍頭的把手對調，她說這樣暫時可行，過兩天她會再去找個眞正的水電行師傅。噢，牧師這一行！我猜她本來就以爲我是個光說不練的傢伙，這下更是堅信不移。這事逗得你母親開懷一笑，因此我的辛勞也沒有白費。

昨夜看完了《寂寞松林道》，心情久久無法平復。書中那個老人看到女孩跟某個與她年紀相仿的人在一起，隨即讚嘆說他們看起來眞是登對。後來他年紀愈來愈大，身體日漸衰弱且身無分文，她卻美麗如昔。但結局相當美好，她還是只愛他一人。若不是因爲這一點，我猜自己不會繼續讀下去。話又說回來，我確實想知道你母親爲何特別喜歡這本書，願上帝保佑她，她是個好女人。昨晚我讀了一大半，後來輾轉難眠不停左思右想，便溜到書房，讀到幾乎天亮，然後走去教堂看日出，因爲晨光比睡眠更能帶來安寧。教堂中似乎洋溢了寧靜，彷彿寂靜一進到屋內就駐足於此。我記得小時候有次夢見母親走進我的臥房，坐在角落的椅子上，兩隻手擱在大腿上，筆挺而安詳地坐了好久，我覺得好安全、好快樂。醒來之後我見到她果然坐在那把椅子上，她微笑地對我說：「我只想享受片刻安寧。」我在教堂中也有同樣的感受，彷彿夢境已然成眞。

我忽然想到，因爲你母親特別喜愛，所以我才注意到、也讀了這本普通的小說。她用這種方式鼓舞我，效果比其他方式都好。天意讓她道出了平常說不出口的關懷。

我眞希望能像古代的維京人，我會請執事把我抬到聖餐桌的桌腳，一舉燒掉，讓聖餐桌這艘舊船跟著我一起航向永生。但其實我希望他們留下那張桌子，他們一定會的。

甚至連至聖所也敞開門戶，深沉的黑暗消逝於尋常的日光中，上帝的奧祕因而更形輝煌。我所鍾愛的寧靜也四散紛飛，永恆的寂靜卻不會因此而失色。但感謝上帝，我到死前依然享有片刻寧靜。

有時我幾乎忘了爲什麼寫這封信。我想跟你說一些事，這些是爲人父的我應該教導你的事，我若陪著你一起長大，也會告訴你這些。其中當然包括十誡，我知道你會特別留意第五條：孝敬你的父母。我之所以特別提到這一點，原因在於第六、七、八、九條受到刑法、民法和社會習俗的約束，第十條則無法加以規範。即使特別留意或是心懷全世界最崇高的善意，我們也經常違背第十條。我曾坦白告訴你，眼見別人美滿的婚姻和滿屋可愛的孩童，特別是鮑頓家的小孩，我內心著實難以承受——這不單因爲我喜歡小孩，更因爲我想要有自己的小孩。我相信即使你愛的人擁有你無法得到的東西，你也會感到貪戀妒忌之苦。〈利未記〉第十九章第十八節說，愛你的鄰人如愛自己。從這個觀點而言，貪戀是最難打消的痛苦——你打心眼裡、打骨子裡感覺到苦楚。這倒不失是個教訓。我向來做不到第十條誡令：「不可貪戀」。爲了掩飾自己違背了誡令，我把很多事情埋藏在心裡，這點我先前已經說過了。我若索性坦承自己逃脫不了貪戀之苦——使徒保羅似乎即是如此，想必更加稱職。貪戀簡直是心頭的刺啊。「與喜樂的人要同樂」[28]，我也經常難以遵循，反倒能跟著別人一起哭泣。這話不是開玩笑，但一想到這副光景，確實有點滑稽。

我若能活下去，我的成功與失敗都將成爲你學習的範本，因此我得跟你說我做人哪點失敗；倘若失敗之處眞會導致嚴重的後果，那麼更值得一提。

但我們先回到「孝敬你的母親」吧。第五條落在教人如何敬奉上帝，以及規範如何與其他人相處之間，這一點相當重要。我經常思索十誡是否以重要順序排列，倘若是的，那麼「孝敬你的母親」比「不可殺人」更重要，這種解釋看來合情合理，但我不排斥其他看法。

或者，我們該把十誡視爲不同種類的律法，而非以重要順序排列。這樣說來，「孝敬你的母親」或許應歸類爲如何崇敬上帝的最後一項，而非規範人類操守的第一項，這個解釋應該也站得住腳。

使徒說：「愛弟兄，要彼此親熱；恭敬人，要彼此推讓。」[29]還說：「務要尊敬衆人。」[30]十誡則狹隘多了。以前的人認爲所謂的「父親與母親」係指所有權勢高過自己的人，大家長久以來都這麼想，結果造成許多傷害。比方說，有人認爲主奴也是一種「父權關係」，這麼說來，任何比你多點權勢的人都成了你的父母，天下還眞有一些惡毒、殘酷的父母呢！「你們爲何壓制我的百姓，搓磨貧窮人的臉呢！」[31]《聖經》哪一處曾提到「孩子將獲賜百物，父母將空手回去」？不，因爲父母不等於有錢或是有權勢的人。《聖經》中沒有任何一個父親會惡意傷害自己的孩子，但有錢有勢的人卻通常不仁不義。如果所謂「孝敬權勢」表示你不該刻意違抗有錢有勢的人，那麼你就蔑視了「孝敬父母」的眞意，這條誡令也絕對不至於重要或是有意義到擺在十誡正中央的地步。

我堅信第五條應當刻在第一塊石板上，也就是歸類在教人如何敬奉上帝的律法之中。因爲懂得敬奉祂，就懂得善待他人（特別是在〈羅馬書〉第一章）。《聖經》中也特別提到你最親近、最了解的人。你該如何對待他人，端視不同的情況而定，唯有與自己最親近、最了解自己的人，你才得以表現百分之百的崇敬，眞正履行對他們的義務。這麼說若顯得偏袒父母，請容我再度提醒你，《聖經》中不停地提到父母對子女無私的關愛，我們應該記得譴責該隱的不是亞當，而是上帝。以利從未譴責他的兒子們，撒母耳也沒有；大衛也從未責怪押沙龍；可憐的老雅各雖然忍不住責罵了兒子，但同時也祝福他們，這點確實值得注意。〈路加福音〉提到浪子回頭，恰可用來作爲講道的主題。我得問問鮑頓是否想過這一點。他當然想過，沒錯，他一定想過。我得再仔細思量。

我想說的是，主給了一個我們能夠崇敬的人——孩子有其父母，父母則有其子女，這正是祂的慈悲與恩賜。我非常敬重你的正直善良，你母親更以你爲傲，愛你勝過世間任何人。你生命的分分秒秒幾乎都在她的看護中，她也如上帝一樣愛你愛到至極。僅因某人的存在而愛他，你看得出這樣是多麼莊嚴嗎？你的存在帶給我們無上的喜悅，我希望你永遠不會像我一樣如此迫切地想要有個小孩。但是，唉，當我終於等到你，我心中又是多麼喜悅！蒙主恩寵，到現在我和你已經共享了將近七年歲月。

至於孩兒孝敬父母，我認爲這點必須列入誡令，因爲父母較爲難測，甚至像個陌生人。我們歷經諸多滄桑，連你母親也是，她雖然比我小了一輩，我們相識、結婚時，她不過三十出頭，但在此之前她的人生已經充滿坎坷。我之前說過，我認爲她早年經歷了許多哀愁，我從沒問過她，但我看得出日積月累的哀愁。剛見到她時，我心想：我心愛的孩子啊，你打哪兒來的？她在第一次頌禱時走進教堂，悄悄坐到最後面的長板凳上抬頭看我，從那一刻起，我眼裡只有她的臉龐。有人曾說基督徒崇尚悲傷，這樣說是大錯特錯，但我們確實認爲悲傷帶有神聖的奧祕，這樣說倒不失公允。她的臉上帶著某種神情，似乎誠摯地思索我話裡的含義，逼得我必須說出一番道理。她非常漂亮，而且很聰慧，但聰慧中帶著一絲悲傷，兩者似乎融合爲一體。上帝諄諄勸戒我們不可輕看悲傷，僅因如此，悲傷才不失尊嚴。祂總是扶助受挫的人，但這絕對不表示我們可以傷害他人，造成別人無謂的痛苦。悲傷本身也沒有什麼意義，單單看重悲傷是很危險、很奇怪的，因此我必須說得非常清楚：上帝的意思僅是祂與悲傷的人站在同一陣線，一同對抗傷害他們的人。（我希望你熟知《聖經》中的預言，特別是〈以賽亞書〉。）

你母親從來不談自己，也從不承認經歷悲痛，這是緣於她的勇氣與自負。我知道你會尊重她的決定，但在此同時，你也得非常小心、非常和善，因爲除非不得已，否則人們不可能具有那種勇氣。你年輕時或許無法了解這一點。教友對她的態度經常讓我有點擔心，她與人保持距離，她控制不了自己，但人們卻因而也與她保持距離。話又說回來，我總覺得不管表面上看起來如何，我和她非常相配，因爲我已經看了太多人生百態，多到足以了解她。教友並非不和善，只要她願意接受，他們也會傾力相助，但我看得出她的過去，他們大多數卻不能，我相信大伙甚至認爲她有點高傲。

我已經寫了一封信給她，信中包含多項指示，我得加上以下這點——這些年來我曾借錢給人，數目雖然不大，但也占了薪資的一大部分。一般而言，我都藉口說有筆無名氏的捐款或是先前漏編了預算等等，但我猜他們多數都不相信。當時我壓根沒想到我會結婚生子，所以不太在乎金錢。我不記帳，也不記得借給哪個人或是在哪個場合借錢給人，我還自己掏腰包幫教堂買油漆、玻璃窗等。有些時候非常艱苦，我幾乎養不活自己，卻不好意思跟任何人開口。我之所以提到這一點，只想讓你知道，將來你若得到他人之助，即使數量不多，你應該將之視為回報，而非施捨。我從不認為教友欠我什麼，但事實上我已積了許多福報，你得到的任何回報皆來自於我，當然也是上帝的恩典。

但我還想再說一說第五條誡令，以及它為什麼應該列入第一塊石板。簡而言之，我們一定得知道如何事奉上帝，這樣一來我們才能眞正了解祂。上帝是特別而唯一的，我們不能視祂為萬物之一（也就是所謂的偶像崇拜，費爾巴哈便是掌握不了這一點）。祂的名是獨一無二、至尊至上的（我認為祂的名也有如「道」一樣聖潔，我們以「Word」一字表示「道」，這種說法別具一格。但這裡的「Word」與一般的語言毫無關聯）。接下來是安息日，安息日也有別於其他六日，我們在這天應該歇息、專心崇敬上帝，因為「太初有道」也就是萬物之始，世間萬物都是上帝所創，直到第七日、造物之功完畢，上帝才歇息。再接下來，父親和母親也特別受到昭顯。在我看來，十誡似乎複述了〈創世記〉——先有上帝，再有道，然後是白晝、男人與女人——接下來是該隱與亞伯（第六誡：不可殺人）。〈創世記〉中的諸多禁律，也正是十誡律法所反對的罪行。這麼看來，兩塊石板的不同之處或許在於，一塊強調的是永恆，一塊強調的是世間。

在上述的解讀方式下，父親和母親是個總稱，意即上帝最鍾愛的亞當與夏娃，換言之，父母親是出自祂之手，兩人皆不可或缺。這幾條誡令都有個模式，它們都特意突顯聖潔之事，讓眾人感受到莊嚴與珍貴。每一天都是神聖的，但十誡中特別突顯出安息日，眾人因而體驗到時日的珍貴；每個人都值得關愛，但十誡中特別提到父親與母親，敦促眾人努力實踐，因爲父母通常非常辛勞、負擔沉重，有時不免發發小脾氣、吝嗇、輕忽或是蠻橫，我們因而忘了愛他們。請相信我，我深知這條誡令很難遵行，但我也深信你若辦得到，收穫將格外豐富，因爲一感受到你所愛的人如此聖潔，心中自然能產生眞實的敬愛。拿你母親來說吧，我知道你若如此看待她，必能感受到她聖潔、宏大的愛意。當你敬愛她到這種程度，你眼中的她正如上帝眼中的她，那便是上帝與人的本性，也是祂的本質。正因如此，所以我認爲第五條誡令隸屬第一塊石板，我已堅信不移。

§

我睡得不錯。星期一是我的休息日，可能的話我盡量待在家中，這樣才可以利用早上的時間祈禱、沉思或是整理文件。進行這些事情時，我忽然想到我若向自己尋求指引，我該對自己說些什麼呢？事實上，我跟任何有理智的人一樣時常自我徵詢，但我總是默想問題的正反兩面，到後來多少像是做數學習題一樣，正反兩方相互抵銷，問題也不得其解。這是眞的，但從另一方面而言，從正反兩方思索時，我找到了某種平衡點，雖然解決不了問題，但思考的過程卻很有趣。我若寫下我的想法，思考或許會嚴謹一點。若想解決事情，一定得提出各種可能。對我而言，我只有決定與不決定兩種選擇。換句話說，從行爲的觀點而言，無法決定是否行動跟決定不行動，兩者其實是一樣的。我若將決定不採取行動擺在一端，決定採取行動擺在另一端，其間充滿各種可能。我想我還是做不了決定，結果也等於不行動，我想這樣言之成理吧。

我想說的是，不管如何，我必須提醒自己做件非常不想做的事，也就是告訴你母親我認爲應該跟她說的事情。

問題：注定將死之人，你最怕什麼？

回答：我，注定將死之人，怕妻小在不知情的狀況下，受制於一個操守極不可靠的男人。

問題：你爲什麼認爲這人與他們母子有所接觸？或是對他們的影響將會頻繁到造成對他們的傷害？

§

嗯，這個問題問得好，我自己也從未想過。我的回答是，他到家裡好幾次，還到過教堂一次，但這個答覆不夠好。老實說，當我站在講壇上看著臺下的你們三人，你們眞像個和樂的小家庭，我這個邪惡的老頭子興起一股先前提到的貪戀，那種感覺就像以前我看不得別人快樂一般：看到別人生活美滿，我就滿心不悅。哎，我覺得自己好像從墳墓裡探頭回顧一生。

感謝上帝讓我想通了這一點。

既然講了實話，我不妨再多加一句：過去兩個多月來，我覺得大家對待我的方式有點改變，說不定這僅是因爲我對待大家也有點不同。或許我的領悟不及我該領悟的深，我的話語也不及我該講的有道理。

老實說，我不想變老，當然更不想死。我不想變成那個你幾乎記不得的老頭子，我好希望你認識年輕時的我，就算不是壯年的我也無妨。我六十幾歲時依然結實、精瘦，正如我父親和祖父。我雖然不像他們一樣高瘦，但我相當強健，即使到了現在，如果我的心臟容許，我依然能做很多事。

我不怪自己這麼想，我曾屢次跟與我處境相當的人說，主耶穌在得知遭到背叛的那晚也在花園中啜泣。因此，我雖無法坦然接受未來的命運，但這也不是某種異教徒的思維。儘管如此，我的哀傷顯然混雜著其他不太得體的情緒，這點絕對無庸置疑。「誰能救我脫離這取死的身體呢？」[32]我知道這個問題的答案。「我如今把一件奧祕的事告訴你們：我們不是都要睡覺，乃是都要改變，就在一霎時，眨眼之間。」[33]我想像那種感覺就像做個漂亮的腳尖旋轉，也有點像年輕的時候接一記平飛球，那時是如此年輕，幾乎毫不費勁。保羅說的正是那種感覺吧，因此，我倒有點期待那一刻。

我之所以說這些，原因在於我眞的覺得自己日漸衰弱，不單只從醫學的觀點而言，我更覺得自己似乎漸遭衆人拋棄，好像我走路慢吞吞，大家忘了停下來等我。我昨晚作了這樣的夢，夢中我變成了鮑頓。唉，可憐的老鮑頓。

今天早晨你拿圖畫給我看，等著聽我的讚美。我正在讀一篇雜誌上的文章，剛好看到最後一段，因此沒有馬上抬起頭來。你母親用最柔和、最哀傷的聲音說：「他沒聽見。」她說的不是「他剛才沒聽見」，而是「他沒聽見」。

那篇文章很有意思，文章刊登在一本過期的《女性家庭雜誌》上，葛洛莉在她父親的書房中看到這本雜誌，特別拿過來讓我瞧瞧。雜誌裡夾了一張紙條，上面寫道：「拿給艾姆斯看。」但雜誌上的日期是一九四八年，因此我猜它被擺在一疊書的最下面，久而遭到遺忘。文章標題是〈上帝和美國人民〉，文中說九成五的民衆都說自己相信上帝，但作者顯然壓根看不起我們的宗教觀。在他看來，這些說自己信主的人皆爲文士或法利賽人。從他充滿嘲諷和斥責的語氣來判定，我覺得他自己才像個文士。他顯然自認是先知，但先知與文士有所差別，先知深愛那些受到他們斥責的人，而我認爲這個作者似乎不是如此。

「相信上帝」一詞聽來奇怪，令我想到費爾巴哈書中的第一章，其中提到語言的粗拙跟宗教完全無關。費爾巴哈認為只有一個現實，也就是說，除了當下這個現實之外，沒有所謂「超越現況」的現實。比方說，對我家的貓咪「小滑頭」而言，除了牠所了解的這個世界之外，不可能還有其他世界，如果情況失控，「小滑頭」說不定和我們一樣困惑。牠會從貓咪的角度來衡量狀況，而牠所想的絕對不是「無產階級專政」或是「曼哈頓計畫」，但縱使牠欠缺這方面的思維，現實狀況卻不會因此而改變。

這個例子有點誇大。我的意思不是說，只要把當下的現實加以延伸擴充，即是所謂的現實。請想想我們稱之為「石頭」和我們稱之為「夢」的事物是多麼不同，換言之，在我們所知的現實中，存在著許多極端不同的事物與觀點。我再舉一例：人類所謂的「存在」其實非常狹隘，我曾以這個概念來講道，講題是「您的信念，並非我們的信念」。那不止兩個月前囉，我想是去年吧，那時我覺得有些教友聽不懂，但我自覺講得不錯，甚至希望艾德華也能聽聽看。我認為自己澄清了一些觀點，但我記得有位女士臨走之時問我：「誰是費爾巴哈？」我聽了才警覺太沉溺於自己的想法之中。你母親想把貓咪命名為費爾巴哈，但你堅持叫牠「小滑頭」。

我向來偏好抽象概念，以前眾人因為我年紀輕或是個性古怪而放我一馬，現在卻因為我已衰老而不再計較。這表示人們已經不像從前一樣試圖了解我說些什麼，眾人以此表示諒解，實在最爲糟糕。我以前有本書，書中提到許多講道的幽默小故事，我記得書是別人送的，上面沒有名字。我多少年前得到這份禮物？說不定長久以來我讓很多人煩不勝煩。很奇怪，思及至此，我竟然感到有點欣慰。我總認爲一定得跟大家提到某些事情，就算沒人聆聽或是沒人聽得懂也無所謂。其中一點是，許多抨擊信仰的言詞，即使過去一、兩百年來被奉爲圭臬，事實上卻毫無意義。我必須跟你提起這一點，因爲如果大家不認同這個觀點，那麼其他每一件我跟你和大家說的事情，幾乎都失去了意義，也不值得關切。

我若翻閱過去的講道辭，說不定會發現自己談過這回事。既然我的年歲和精力已是日入西山，爲了你好，我最好找出來。我早該想到這一點。

今天下午，我們走去鮑頓家還雜誌，你幾乎整路牽著我的手，馬利筋草的種子在你身旁飄揚，你試圖捕捉，但不一會兒又回來拉住我的手。我最近走路非常慢，要耐著性子跟我走實在很難，但我試著不要讓心臟負荷太重，還是慢慢走吧。今年夏天大多豔陽高照，我已經聽說可能會鬧乾旱。只要不太多的話，沙塵和蜻蜓也不壞，不管接下來會冒出什麼，或許我將無緣一晤，眞是遺憾。

鮑頓坐在前廊。「聽聽微風的風聲，順便吹吹風。」葛洛莉幫大家端來檸檬水，跟我們一同坐下，大伙討論了一會兒電視節目。你母親最近也看了電視，我自己卻不喜歡，我可不想讓它爲我留下對這個世界的最後印象。

先前葛洛莉找到那篇文章、問她父親是否仍想讓我讀一讀時，鮑頓請她念來聽聽，然後他笑笑說：「噢，當然，當然，艾姆斯牧師會想讀一讀的。」他知道什麼會讓我火冒三丈。我一提到那篇文章，他就若有所悟地大笑。

我們都同意，在我倆的教區中一定有很多教友讀過那本雜誌，因爲雜誌裡有一頁橘子果凍沙拉的食譜，果凍裡還擺了釀青橄欖、白菜絲和醃鯷魚。這些年來，這道沙拉始終陰魂不散地出現在我家裡；鮑頓稍微感冒，教友也馬上送來這道沙拉。法律實在應該明文規定，雜誌中若出現討論宗教的文章，前後二十頁之內不得刊載果凍沙拉食譜。我後來又把雜誌帶回家，說不定在講道時派得上用場。

在近代基督教論述中，有兩種說法特別值得防範（當然不止這兩者值得警戒，但其他說法得留到日後再述）。一個是宗教以及宗教的體驗皆爲某種幻覺（費爾巴哈、佛洛伊德等人如此主張），另一個則是宗教本身是眞實的，但你相信自己參與其中，這種想法卻是幻覺。我認爲第二種說法尤其狡詐，因爲它直接抨擊了宗教體驗，對信徒而言，宗教體驗卻肯定了信仰。

任何稍有宗教信仰的人，一聽到別人指控他們對宗教的認知或了解，信念總難免受到影響，因爲每個人難免認爲這種指控是眞的。聖保羅曾針對這個主題做了精闢的解析。但如果我們把信仰的粗拙、謬誤以及挫敗，解釋爲宗教本身純屬虛假——更別提《聖經》從頭到尾都駁斥這種看法，那麼人們不但因而質疑自己的想法、領悟或是信念，甚至不相信自己不盡完美的宗教體驗依然値得稱許。相較之下，無神論似乎寬容多了。那篇文章的作者斥責宗教人士自以爲是的心態，但他自己才顯得自以爲是；他當然提出很多正確的觀點，其中一點正是教徒自以爲是的心態害人不淺。

以下這個句子逗得我和鮑頓大笑：「我們或許質疑，有多少基督徒能爲基督教釋義？」大概還不到二十五冊，我說。

鮑頓說：「說不定更少。」說完對葛洛莉眨眨眼，葛洛莉隨即接口：「很難說喔。」她說的沒錯。

（我當然只是套個現在流行的說法，鮑頓也曉得，但他不喜歡。我並不常如此，但偶爾開開玩笑也無妨。）[34]

我們花了點時間討論下列這段話：「大多數人都信心十足地描述心目中的天堂，話中的自負確實有點可恥。雖然《聖經》時常提到最後的審判，但經文中卻沒有確切描繪死後的情景。然而，不到三分之一的美國人坦承——確切而言，百分之二十九——完全不了解這個《聖經》中最含糊的啟示。」

這就是我所謂「充滿謬誤的詮釋」。一事即使模稜兩可，也不表示你不能或不該對它有些想法，更不表示你應該避免有所主張。任何存在於腦海中的觀念都包括某些想法和聯想，我真想請教上述那些百分之二十九的人士，他們怎麼可能沒有任何想法？我猜他們只是不喜歡這個問題罷了。

鮑頓說他每天對天堂產生更多想法，他說：「大體而言，我想像世間各種美好之事，然後乘以兩倍，如果還有精神多想，我會乘上十或十二倍，但兩倍就夠了。」這麼說來，他只是坐在那裡把微風的感覺以及草地的香氣乘以兩倍。「我記得我們把那輛舊乾草車拉上法院屋頂，那時候的星星似乎更亮，比現在明亮兩倍。」

「我們也比現在聰明兩倍。」

「噢！不止兩倍，聰明多囉！」

這時傑克走進來坐到我們之中，他問可不可以看看那篇文章，於是我把雜誌遞給他。他說：「文章裡提到美國人對待黑人的態度，顯示出我們對宗教不夠認眞，我覺得這點滿有道理的。」

鮑頓說：「評斷別人很容易。」

傑克笑笑，然後把雜誌還給我。「沒錯」，他說。

自從星期天的禮拜之後，這是我頭一次碰到他。他從教堂的側門離開，我相信這是因爲他不想跟我握手，此事和其他諸事令我心煩。老實說，我甚至有點不好意思面對他的注視。其實歸還雜誌只是個藉口，我只想知道鮑頓和葛洛莉是否生我的氣，我還沒看完那篇文章，自始至終打算再把雜誌帶回家。有時我很會欺騙自己，星期天晚上睡不著的時候，我甚至想像傑克說不定因爲我在教堂裡提起那件慘痛的往事，所以再度離去，最起碼他似乎有這種念頭。我想道歉，但這只會讓他確信我故意說起（其實我完全沒有這個意思），也會讓他把事情想得更嚴重。不管如何，星期天的講道可能引發我們之間某些沒必要的糾紛。其實我很猶豫該不該去鮑頓家，我怕他看到我會生氣，或是認爲我故意挑釁；但我也擔心我若不去，他也會這麼想。後來葛洛莉過來坐坐，似乎心情愉快，令我如釋重負。我剩下的日子不多了，絕不想讓鮑頓難過。鮑頓眼見傑克回家，一定非常開心，我也想到傑克願意回來探望老父，確實也值得稱許。想想葛洛莉所承受的壓力，傑克返家說不定對她也好，我卻一心只顧自己，等不及他趕快離開，想了眞是羞愧。我甚至想過他說不定回來把老鮑頓遷出家裡，反正他和其他兄弟姊妹遲早會繼承這棟房子。鮑頓家確實需要好好整理，光靠葛洛莉一個人做不來。跟傑克同坐在前廊時，我忽然驚覺他老好多。他的年紀當然大到顯現出老態，他畢竟已經四十多歲。安琪琳若在世，今年算算已五十一歲，因此他也四十三歲了。他已長出白髮，兩眼間也露出疲態，和往常一樣顯得緊張，我覺得他看來有點憂傷。

你母親過來說晚餐準備好了，說今晚吃些冷食，不必急著回去。她同意坐下來跟大家聊幾分鐘。我每次總得好說歹說，她才願意留下來陪大家，即使只留幾分鐘也不例外。但接下來不管我怎麼勸，她都不開口，我覺得她擔心自己說話的方式，我倒是喜歡她現在或是我們剛碰面時講話的方式。「沒關係。（It don't matter.）」她用她那低沉、柔和的聲音說，意思是她原諒了某人，但聽起來卻好像她寬恕了全人類，甚至原諒了主。一想到不久之後再也聽不到她這麼說，我就悲從中來。鮑頓說不定會用他那種糾正別人的小把戲讓她感到難爲情，但據我所知，他從未糾正過她的文法。

「沒關係。」僅僅爲了不把某些侮辱放在心上，她似乎排拒了全世界。如此蕩然一擲，義無反顧。我不禁想起自己的過去。我沒什麼可以給你，你就拿去吃吧！沾滿灰燼的麵包、夏日的雨絲、她的頭髮濕淋淋垂落在臉頰旁。我若把這些自己感受到的人間樂事乘以兩倍，那麼我所見的天堂，絕對跟你在油畫裡看到的完全不一樣。

這麼說來，傑克．鮑頓已四十三歲，我不曉得他離開家鄉之後的境遇如何，我沒聽說他結婚生子或是從事哪種行業，我總認為不問最好。

我坐在那裡聽鮑頓閒扯他和太太曾到明尼阿波里斯旅遊（「閒扯」一詞是他自己說的），傑克忽然插嘴跟我說：「牧師先生，我想聽聽你對預定論（predestination）的看法。」

這或許是我最不喜歡談論的話題。我花了大半輩子聽人反覆研討，最後依然沒有達成任何進展；我也見過成年人、敬畏上帝的人將這個理論置之腦後。一聽到他的問題，我最直接的反應是：唉，他當然會提到預定論。

所以我說：「這是一個相當複雜的問題。」

「讓我簡化一下，你認為有些人是注定要下地獄嗎？是有意的安排，而且無法挽回？」

「嗯，你這樣不但簡化不了問題，反而引發更多疑點。」

他笑笑。「大家想必經常問你這件事。」

「沒錯。」

「那麼，我想你一定有法子回答。」

「我告訴他們，信仰將全知、全能、公正、恩慈這些特質歸屬於上帝，而人類的力量與知識是如此渺小，對公正的認知是如此狹隘，愛人的能力也不足，這些偉大的特質如何一起運作，是我們無法冀望能夠看透的奧祕。」

他笑笑說：「你眞這麼說？」

「是的，差不多就是這麼說的。這個問題令人憂心，我得小心回答。」

他點點頭。「我猜你的意思是：你的確相信預定論。」

「我不喜歡這個字眼，這是胡亂誤用了。」

「你能提出另一個比較適切的字眼嗎？」

「我沒辦法當場就說。」你瞧瞧，我覺得他在作弄我。

「牧師先生，我希望你能幫我釋疑。」他講得那麼誠懇，讓我以爲他說不定是認眞的。「這個問題很重要，不是嗎？我們所面對的不僅是一個字眼、一個抽象概念吧？」

「你說的沒錯，確實如此。」

「就因為某些人一開始就注定下地獄，所以好人也可能被打入地獄，據你了解，預定論不是這個意思吧？」

葛洛莉說：「對不起，我討厭這種爭辯。我已經聽過千百遍了。」

老鮑頓說：「我也很討厭這個話題，也從沒見過有什麼結論，不過葛洛莉，我不會稱之為『爭辯』。」

「等個五分鐘再說吧。」她說，隨後起身進屋內，但你母親筆直地坐著，專心聆聽。

傑克說：「我是個外行人。假如我跟你們一樣長期討論過這個問題，我肯定也會厭煩。唉！其實我的確跟它糾纏了好多年，我有充分的理由經常思索，希望你能稍微指點迷津。」

「我不相信一個在各方面都很純良的人可能被打入地獄，但我也不相信一個不管怎麼說都很邪惡的人一定會下地獄。《聖經》明顯地否定了這兩種說法。」

「我確定《聖經》說的沒錯，但有沒有人單純就是天生邪惡，過著邪惡的生活，然後下地獄？」

「就這點而言，《聖經》講得不太明確。」

「牧師先生，你自己的經驗怎麼說呢？」

「一般說來，一個人的行為與他的天性一致，意思是說，他的行為通常是一致的。當我說到一個人的天性，我指的即是這種一致性。」我知道這番話迂迴而重複，他露出微笑。

「這樣說來，人不會改變囉？」他說。

「他們會改變，如果涉及其他因素，例如酗酒。他們的行爲會改變，但我不知道這是否意謂著他們的天性改變了，或是天性中的某一方面變得較爲明顯，那就難說了。」

他說：「就一個神職人員來說，你講話相當謹愼。」

這話惹得老鮑頓大笑。「你該看看他三十年前的樣子。」

「我看過。」

「嗯，當時你應該要留意。」老鮑頓說。

傑克聳聳肩說：「我是留意了。」

好了，這下我有點不高興了，我不知道老鮑頓爲什麼讓他說出這種話。或許受到詰問才會特別謹愼吧。

我說：「我只是想辦法解釋一些我不了解的事情。我無意強編出一套理論來解釋奧理而讓奧理顯得可笑。其他人一提到奧理通常滿口理論，我可不一定得照辦。」

你母親看了我一眼，因此我知道自己的口氣一定很氣憤。我確實很生氣，有些自作聰明的傢伙提起神學的問題，十次中有九次只是想讓我陷入尷尬的處境，我年事已高，再也看不出其中的幽默。葛洛莉忽然站在門口說：「五分鐘還沒到呢。」彷彿有人眞的在意她的提醒。

但你母親說話了，大家都感到訝異。她說：「那麼，被拯救呢？如果人不能改變，那似乎就沒有多大意義。」她靦腆地補充：「我不完全是這個意思。」

「你的觀點非常好。」鮑頓說。「有很長一段時間，我擔心著預定論的奧祕如何能夠跟救贖的奧祕和諧一致，我記得自己想了好多。」

「沒有結論？」傑克問。

「我不記得有什麼結論。」然後他又加了一句：「有心進取就不該下定論。」

傑克對你母親笑笑，彷彿想找個盟友分擔他的挫折，但她只是坐得筆直盯著雙手。

「我想，你們兩位先生一定會認眞思考艾姆斯太太所提出的問題。我知道你們僅以旁觀者的身分參加了佈道大會，但是……對不起，我相信大家都不想再討論下去，所以我就不說了。」

你母親說：「我有興趣。」

老鮑頓帶點怒意地說：「我希望長老教會跟其他任何地方一樣，能讓大家學到眞理，其中當然包括贖罪和救贖。主知道我已經盡了力。」

「父親，對不起，我去找葛洛莉吧！她會告訴我有什麼需要幫忙，你總說這樣最能確保我不惹上麻煩。」

「不，請留下來。」你母親說。他留了下來。

大伙沉默不語、氣氛尷尬，爲了找個話題，我建議他不妨讀一讀卡爾．巴特。

他說：「有人若徬徨、痛苦地半夜找上門，你就這樣跟他說嗎？建議他讀一讀卡爾．巴特？」

我說：「視情況而定。」事實也是如此。巴特的作品充滿慰藉，我相信之前也跟你提過。但事實上除了自己讀之外，我不記得曾經建議哪位徬徨痛苦的教友閱讀巴特。我現在這種狀況正是先前所說的「陷入尷尬的處境」。

你母親說：「人是能夠改變的。一切都能夠改變。」但她依然看都沒看傑克一眼。

他說：「謝謝，這就是我想要知道的。」

談話到此告一段落，我們也回家吃晚飯了。

我不曉得他所謂「佈道大會」是何意思，我也不斷思索何謂「謹慎」。我向來不喜歡跟不信主的人討論神學。沒錯，我時常含混其詞，我也知道不該假設別人跟我講話沒誠意，這樣是對別人的不敬。我很少這樣，這裡也沒什麼機會讓我做出這種假定，我在街上碰到的人將近半數都出我施洗，他們所有的神學知識都是我教的。

但我很難從約翰．艾姆斯．鮑頓身上看到誠意，這個問題著實嚴重。我們走路回家時，你母親說：「他只是問個問題罷了。」這話出自她口中，聽來幾乎像是斥責。走了一會兒之後，她又說：「或許有些人就是感到不自在。」好了，這絕對是斥責，而她說的極爲正確。就算他眞的有心嘲弄，但我這麼一個老傢伙爲什麼非得防衛自己不可？問題不在「非得不可」，而是出自習慣。

我一直避免說些會讓艾德華覺得幼稚或是過度單純的話，我認爲這種心態或許是種約束，但我希望它最起碼能幫助我保持公允。有些信教的人自己引來嘲笑或是表現得讓有學問的人看不起，在某些狀況下，這些人似乎是咎由自取。儘管如此，我勸你基本上還是避免防衛心態，它只會排除各種可能，況且這種心態表示你缺乏信念。誠如我先前所言，最糟的可能性也值得借鏡，更何況我們防衛自己之際，對抗的卻是我們的救贖者。我知道的，我已經親眼見證，但我自己依然放棄不了這種心態，仁慈的主也曉得。我雖這樣勸你，但我眞的懷疑自己連一天或是一小時都做不到，想來值得注意。

§

我相信跟你把問題講開，自己就會心安。我最近睡得非常不安穩，睡睡醒醒，就算睡著了也非常難過，禱告也無法平息心中的紛亂。我若覺得跟你講得不夠眞切，或是乾脆不該跟你說，只要把這疊紙銷毀了就好。它們當然不是頭一批被我銷毀的，以前我有個木爐，燒起紙張又容易又讓人開心。看著滿紙胡言亂語化爲灰燼，心中不禁感嘆這樣才對。我想我們應該請人造個烤肉架，就像米爾勒家一樣。

首先我得說，神的恩典足以包容所有過錯，論斷他人是不對的，而且會導致更多錯誤與痛苦。我曉得這些，我希望你也知道。

我也得說，我和約翰·艾姆斯·鮑頓這個年輕人之間關係特殊，我對他不得不格外寬容。他是我摯友的愛子，講得直接一點，當年老友將他交付給我，藉此彌補我膝下無子的遺憾。我在鮑頓的教區中幫他施洗，我依然清楚記得那一刻；鮑頓夫婦和孩子們等著看我驚喜的表情，我希望他們確實看到了，因爲我當時的心情比自己預期的複雜一些，我可沒有事先得到警告。

基於以上這些因素，我若與他作對，良心就感到不安。儘管如此，我們和自己的過去大半脫不了關係，這點絕對眞確。我們可以說一個竊賊亦受到上帝的眷顧，但我們不能因此說竊賊不是竊賊。我無意暗示傑克是個小偷，據我所知，最起碼從一般常用的定義而言，他沒有「偷竊」。我只想解釋我覺得必須跟你提到他的過去，或是我僅知道也覺得很重要的部分。

誠如我先前所言，基本狀況通常不足爲奇，三言兩語就說得清楚。大約二十年前、他還在讀大學時，他跟一個女孩子發生了關係，結果生了個小孩。所有神職人員都會跟你說，這種事情在所難免，也總有辦法解決。

但這件事的狀況卻令人傷腦筋。首先，這個女孩非常年輕，除此之外，她的家境貧窮，甚至稱得上卑賤。換言之，你可以說她得不到一般女孩子應得的保障。我始終想不透傑克·鮑頓怎麼會找上她。她和家人住在荒郊野外，家裡還養了一大群惡犬，四周一片荒涼，她亦境遇堪憐。而他帶著大學生的傲氣，穿著繡有學校字樣的毛衣，開著普利茅斯敞篷車長驅直入。他不知道打哪裡弄到這部車，每次有人問起，他只說用一首歌換來的。（鮑頓家食指浩繁，孩子們都得工作，傑克也不例外，他們買不起車。到了一九四六年，鮑頓身子差到很難再四處走動，教友才送給他一部舊別克。）

傑克完全不該招惹那個女孩，任何有羞恥心的男人都不會做這種事，不管我再怎麼反覆思量，這依然是個事實。我還有個偏見，而我多年來的觀察也印證了這個偏見：罪人並非全都不知羞恥，無論如何都不是；但不知羞恥的人不會懺悔，也絕不會洗心革面。我這話或許有誤，《聖經》中沒有明確指出這一點，一個人是否懺悔只有上帝才能判定。但根據我的經驗，不知羞恥的人相當頑強，我一看到這種人心情馬上變得沉重，因為我曉得自己幫不上忙，或許是我能力不足吧。

總之，傑克．鮑頓從未承認那個嬰孩，更沒有提供任何援助，但他確實跟他父親提起這事。在他父親看來，傑克懺悔了他的罪行；但在我看來，他這麼做似乎非常刻薄，他一定曉得老父一想到孫兒，心情絕對相當沉重，事實也是如此。他甚至把女孩的住處告訴鮑頓，而葛洛莉開著那輛愚蠢的敞篷車，載著老人家過去一趟。鮑頓希望幫小女嬰施洗，最起碼他希望小女嬰會受洗，這樣他才會心安。但那戶人家非常不友善，彷彿該怪罪的是他，所以他留下一點錢，然後掉頭離開，滿心難過羞愧。他的心情糟到讓鮑頓太太逼問葛洛莉出了什麼事，鮑頓太太知道之後也很難過，葛洛莉只好開車載著兩人再去一趟。鮑頓太太堅持要看看小嬰孩，還非得抱抱她不可，這或許不是明智之舉。唉，我也抱了她，我實在不曉得在這種情況下該怎麼辦。他們帶了尿片和衣物過去，也留了點錢，這種情況持續了好久，事實上，持續了好幾年。葛洛莉有時跑過來跟我哭訴，因為情況總不見好轉，小寶寶不是太髒就是太瘦。

她帶我過去，讓我親眼瞧瞧。我可以跟你說，情況確實非常糟。人們有權照著自己喜歡的方式過日子，但一個小嬰孩不該待在那種地方。院子裡到處都是空罐頭和碎玻璃，地上擺著骯髒的床墊和各種不明物品，四處都看得到狗。傑克．鮑頓怎麼可以占那個女孩便宜而後拋棄她？葛洛莉曾問傑克打不打算娶那個女孩，他僅回答說：「你也見過她。」開車過去的路上，葛洛莉請我一定要試著說服那家人，讓女孩和小嬰兒到鎮上跟一個基督徒好人家同住，我試了，但女孩的父親朝地上吐了口痰說：「我們就是一戶基督徒好人家。」

回家的路上，葛洛莉直說她打算綁架那個小寶寶。她聽過有人從密蘇里州私運逃犯，一個小寶寶應該很容易。鎮上幾戶人家有祕密地下室或暗櫃，可以在裡面躲上幾天。教堂閣樓有個暗櫃，我得記得帶你去參觀，嗯，但那得爬樓梯，我們再看看吧。

我告訴她，像我們這種城鎮，以前是反叛的象徵，很多人只因爲反對蓄奴而來到這裡，有時爲了達成目標更是不擇手段；但說服某人從母親手中抱走或偷走小寶寶，卻是另一回事，更何況葛洛莉沒辦法證明小寶寶屬於鮑頓家。她說她一再寫信給傑克，哀求他看在爸媽的分上接納小寶寶。她幫小寶寶洗澡、穿上漂亮衣服、拍照寄給他，還拍了一張老鮑頓抱著女嬰的照片。傑克寄了生日賀卡和好幾盒巧克力給葛洛莉，但完全不提小寶寶以及他給家人造成的痛苦。她邊說邊哭，到後來只能把車停在路邊。「大家都好難過！也好慚愧！」（傑克總算有良心把敞篷車留下，自己搭火車回學校，這樣一來，葛洛莉才能每星期載著父母去看那個聲音沙啞、長滿疹子的小寶寶。）

好了，這個故事的結局是：小女嬰三歲多就去世了。小小年紀的她，精神飽滿、個性倔強，雖然不是光彩之事，但她母親和她那所謂的「基督徒好人家」也以她為傲。小女嬰後來割傷了腿，因為傷口發炎而夭折。鮑頓一家最後一次去看她時，她的狀況極差，葛洛莉趕緊去找醫生，卻為時已晚。小女嬰的外公說：「她的命實在不好。」葛洛莉氣得甩他一巴掌，他威脅說要告她，但最終沒有採取行動。鮑頓家願意負擔葬儀費，還給了一些錢，所以他准許小女嬰葬在鮑頓家的墓園裡，她就這麼長眠於斯，墓碑上刻著「小寶寶，三歲」（她母親一直沒幫她取名字）以及「他們的使者在天上，常見我天父的面」[35]。

這件事相當悲慘，也讓我們懊惱不已。我們當初眞該依照葛洛莉的計畫，偷偷把小寶寶抱走，但此舉說不定會讓我們幾人入獄，小寶寶最後還是得送回她母親家，而傑克・鮑頓則依然悠閒地在樹下閱讀，那輛敞篷車最終也歸還給他。在那種情況下，我實在不曉得什麼是對、什麼是錯？我們若能湊到一些錢，說不定可以買下小女嬰，但這樣也是犯罪，彷彿那家人成了勒索犯，小女嬰則成了人質。主若沒把她帶走，這種情況將持續多年。葛洛莉說：「她若能跟我們過一個星期就好了！」但之後怎麼辦呢？我完全理解她為什麼這樣說，但我不知道那有何意義。一想到自己早夭的嬰孩，我經常也興起同樣的念頭。

現在我們有盤尼西林，許多狀況也隨之改變，過去那個年代，大小事情都能讓人送命。鮑頓太太曾問：「我們幫她買了鞋，她爲什麼還赤腳？」但女孩說：「我把鞋收起來了。」唉！那個可憐的小母親，她一臉蒼白、陰沉，看起來似乎會因哀傷而送命。她的生命中累積了這麼多的挫折與遺憾，她能怎麼辦？她已經輟學，我們只知道她逃到芝加哥去了。

我認爲你應該知道傑克．鮑頓的這段往事。我先前說過，他母親過世時，他沒有回來奔喪，說不定他不想添麻煩，省得大家還得招呼他。

他們深愛傑克，所以才那麼疼愛小女嬰，她跟傑克長得一模一樣。現在他又回來了，葛洛莉高興地陪著他，兩人之間似乎從未發生嫌隙。我不知道他爲什麼回來，也不曉得他們一家如何重修舊好，如果我的講道打擾了他們的和諧，那我絕對無法原諒自己。

二十年相當漫長，我完全不曉得這些年他過得如何，他若做了什麼替自己增光的事，我相信我一定曉得。但容我判定，他看起來實在不像個有番作爲的男人。

我看到床邊桌上的《聖經》下方擺著幾篇以前的講道辭，我想這表示你母親請我再讀一讀。她已經把一些舊講道辭放在洗衣籃裡搬下來，同時開始閱讀。她說我不妨採用其中幾篇，藉此節省一些體力來寫信給你。這番說詞比先前有說服力多了，她先前只勸我節省體力，我若眞的認爲自己沒辦法寫講道辭，我就會卸下牧師之職，但一想到多留點時間給你，那就完全不同了。

其中一篇講道辭的主題是「寬恕」，日期是一九四七年六月。我不曉得爲什麼以此爲題，說不定當時正想到馬歇爾計畫[36]，但我認爲講得頗有道理。我按照摩西律法來詮釋「免我們的債，如同我們免了人的債」[37]。也就是說，人若賣身給你，你到第七年就得還他自由；等到第五十年來臨時，土地必須歸還原主。我認爲經文所強調的是，對方雖然欠下債務，我們依然必須寬恕他、原諒他，這一點正象徵著神的恩慈，就像浪子恢復了他在他父親家中的地位，儘管他既不要求恢復他作爲兒子的地位，也不爲他自己曾惹父親傷心失望而痛悔。

我相信我做了一個相當令人信服的結論。在這個故事中，主耶穌將聽衆比喻爲滿心寬容的父親。這麼說吧，如果我們是所謂的債主（我們也當然是），這代表我們裡面沒有恩典。而恩典是偉大的恩賜。所以光是被原諒還不夠，我們還必須原諒、釋放他人，這樣我們才能完全感受到上帝的旨意通過我們而展現，而這正是我們使自己得享的最偉大的安息。

我至今仍認爲如此，也覺得應該這樣詮釋經文。一九四七年那年，我已將近七十，想法也已相當成熟。現在想想，你母親說不定聽過那場講道。那年五旬節她第一次來到我的教堂，我想大概是在五月。從那之後，除了一次之外，她每星期天都來做禮拜。

我先前說過，那年的五旬節下了雨，教堂中點了許多蠟燭。如果負擔得起，我們五旬節做禮拜時總是點上許多蠟燭，教堂裡還擺了好多鮮花。我看到臺下多了一個陌生人，心中感到相當欣慰，因爲我覺得教堂看起來很漂亮，感覺也很舒適，尤其是外面下雨，走進裡面感覺更加溫暖。我想我那天講述了光或是祂的光，她八成沒找到那篇講道辭，或是不記得了，要不然就是覺得不怎麼樣，我自己倒是想再看看。

我眞的很喜歡回想那天早晨。確切而言，當時我已六十七歲，自覺還不算老。我眞希望能讓你瞧瞧那天我眼中的她，我好希望能把這些影像留給你，它們眞是太美了，我實在不願意它們隨著我的辭世而消失。但話又說回來，人雖難免一死，人生依然美麗，更何況回憶也不那麼容易消逝。儘管那個時刻已經消失，也幾乎不再是「現實」，我們依然可以一再回到過去，想來著實神奇。時刻本身微不足道，綿延的記憶卻暫時解除了我們的傷痛，實爲最宏大的恩慈。

有次我跟葛洛莉一起帶了些東西給那個小女嬰。那家人住在西尼什納博特納河（West Nishnabotna）對岸，行過橋邊時，我們看到小寶寶和小母親在河邊嬉戲；我們繼續開到她家，幾隻猛犬在她家門口繞來繞去，屋中似乎也沒有人出聲喝止，於是我們把帶來的食物擺在圍籬旁——我們通常送去罐頭火腿、罐頭奶粉等狗群無法入口的食物。小母親一定聽到了車聲和狗叫聲，那天又是星期一，所以她一定曉得我們來了。但就算曉得，她也不予理會，眞實地反映出她父親對我們的觀感。我們的協助與關切顯然冒犯了她，她一逮到機會就表示輕蔑。老實說，我覺得這沒什麼奇怪，她父親顯然認爲我們花這麼多時間和金錢，目的只在於幫傑克脫罪。雖然大家從來沒有這麼說，甚至連暗示都沒有，但老實說，他所想的或許不無道理。我也得說，傑克多少也給人這種印象，他知道可憐的老鮑頓會如何處理這種狀況，所以才對老鮑頓說出實情，這也能解釋他爲什麼留下那部敞篷車。

葛洛莉和我把車停在離橋邊一百公尺的路旁，走回去站在橋上看看那兩個孩子。小寶寶剛學會走路，全身光溜溜，小母親身上是一襲鬆垮垮的洋裝。時值晚夏，每年這個時候，河水通常很淺，河床幾乎半露，河水編辮子似的流過河床。河流對岸有幾處沙洲，面積較大的沙洲上長滿了野花，成群的蝴蝶與蜻蜓在花叢中嬉戲，小母親彷彿玩家家酒似的不時擺出媽媽的架式，說不定她曉得我們正專心聆聽。她想用泥土和樹枝在小河中築堤，小寶寶努力想幫媽媽一臂之力，不時送過來一些泥巴和水，小母親看了則說：「得了，別踩在上面，你會把我的心血搞砸！」

過了一會兒，小寶寶掬起水，潑在小母親的手臂上，高興得咯咯發笑，小母親也曲掌掬水，潑在小寶寶的肚皮上，小寶寶邊笑邊用雙手潑水回去，小母親也對著小寶寶潑水，把小寶寶惹哭了。小母親見狀說道：「好了，別哭了！你敢搗蛋，還指望我怎樣？」說完就一把抱起小寶寶放在大腿上，跪了下來，空著的那隻手繼續修補堤防。小寶寶輕哼幾聲，彷彿想說話，小母親慢慢地說「那是葉子，一片從樹上掉下來的葉子，葉子」，然後把葉片放在小寶寶的手中。陽光輕洩在河面上，樹木擋住了大部分的光影，河面上僅有點點陽光；蟬聲齊鳴，垂楊拖曳過水面，三角葉楊飄送出晚夏最後的棉絮，沙沙、沙沙地作響。

一會兒之後我們回到車上、開車回家。葛洛莉說：「這世上我一件事都不了解，一件都沒有。」

回憶與寬恕可能是兩回事，因此我才想起了這件往事。無疑地，回憶和寬恕通常不相容。

其實原不原諒傑克·鮑頓與我無關，他沒有直接傷害到我，對我的影響也非常渺小。或者這麼說吧，不管他做何打算，最起碼他從未打算傷害我，但一個男人失去了孩子，另一個男人卻不屑當個父親，彷彿當父親沒什麼了不起……儘管如此，這並不表示後者冒犯了前者。

我不原諒他，我不曉得打哪兒原諒起。

你和托比亞斯在院子裡玩耍，你把道奇隊的球帽掛在一根籬笆柱子上，兩個人對著球帽丟小石頭，丟著丟著總會擊中目標。「哎呀！」托比亞斯小臉一皺，緊握雙拳，做出沮喪的模樣，好像差一點就會打中。好了，你們這下跑去撿更多小石頭，「小滑頭」保持距離、尾隨在後，好像剛好也有事要辦，勉強跟著你們一起走。

我試圖回想架設起這些電話線之前，鳥兒駐足何處；小鳥顯然喜歡棲息在陽光下，少了電話線，想必很難。

後來傑克·鮑頓帶著他的球棒和手套過來，你和托比亞斯衝到街頭迎接。他把手套放在你頭上，你顯然覺得很有趣。你抬起雙手護住球套，光著腳丫子，小肚子露出一角，像個原始人小王子似的趾高氣揚跟在他身旁。我雖沒親眼看見，但我曉得冰棒已經滴到你的小肚子上；托比亞斯提著球棒。傑克看來向來不自在，看到他有點緊張的模樣，我也不覺得奇怪。他朝著家裡走過來，我聽到他跟你母親在前廊說話，聽起來相當親切。我想爲了我的心臟好，我最好還是坐在椅子上休息，最起碼再坐一會兒。

你們三個已經跑到院子的一側，他擊出高飛球，你和托比亞斯到處跑，好像忙著接球。一靠近球，你就套上手套保護自己，球總是撲的一聲落在附近的地上，但你已慢慢學會投過肩球的技巧。看到你們三人，眞是賞心悅目。我想我會出去看看他做何打算，我知道他一定有事。

他想知道我明天會不會在教堂的書房，我說明天早上會在，他說他想過來跟我聊聊。

我眞希望手邊能多幾張自己年輕時的照片；我眞希望你讀這封信時，不覺得我是個老人；我也希望當你走到人生的盡頭，我倆再度相逢時，我們父子都不是老邁之人，而是像兄弟一樣——在我的想像中就是如此。你有時爬到我大腿上，倚偎在我身上，我感覺到你敏捷的活力以及小腦袋的重量。你的身子因爲在外面玩水而發冷，或是因爲剛洗完澡而發熱；你躺在我臂彎中，把玩我的鬍鬚、跟我說你想些什麼，那種感覺實在美好。我想像小孩般的你在天堂裡看到我，高興地一把跳到我懷中，思及至此，我總感到萬分歡喜。但另一幅景象也不錯，我相信我倆最終也比較像是兄弟。我們對天堂一無所知，或是所知極爲有限，加爾文勸我們不要擅自猜想，逕自假設主會讓我們看見什麼，他說的一點都沒錯。

成年歲月很美好也很短暫。你一定得充分把握、盡情享受。我相信人們在天堂一定永遠精力旺盛，非常類似成年時期，而非人生的其他階段，最起碼我希望如此。天堂不會令我們失望，在飽頓的想像中，天堂充滿了人間最美好的樂事，這樣倒也別有趣味。我當然樂意想像你母親在天堂與我重逢時，她將看到一個強壯的年輕人。我們不是男性，也不是女性；沒有結婚，也不受婚姻束縛，但有必要的話，還是可以做些變通。那是多麼美好啊！「必要之變通」，這個字句承受多大的壓力啊！

賜予我世上最美好之事，
直到死亡和天堂揭示出其餘。
——以撒．華滋

約翰・艾姆斯也贊同。

今天早上我起得早，其實這是我昨晚幾乎沒睡的另一種說法。我想我最近不太注重穿著，應該稍微改進。我的頭髮相當濃密，雖然分布得或許不是很均勻，但有頭髮的地方依然濃密，而且呈現漂亮的銀白色。我的眉毛銀白而濃密，眉毛很長，朝不同的方向捲曲。瞳孔周圍有點褪色，我的雙眼向來看不出是哪種顏色，現在只是稍微變淡；我的鼻子和耳朵絕對比壯年時大。不管如何，我絕對是個長相不錯的老傢伙，但上了年紀的感覺確實奇怪。昨天你站在我椅子旁邊把玩我的眉毛，你把眉毛拉直，然後看著它捲回去，你覺得那樣很好玩，確實也很有趣。

我小心地刮了鬍子，穿上白襯衫，稍微擦了一下鞋子。我想經過這樣打點之後，看起來就像個老紳士，而不只是個普通老人。我知道前者才配得上你母親，但有時我會忘了這些必要的麻煩，我知道這樣是不對的，我會改進。

打點妥當之後，我走去教堂，坐在裡面等著天亮，坐著坐著卻睡著了。幸好我坐姿筆直，因爲傑克・鮑頓過來找我時，我人不在書房，而是在長椅上打盹。我想像可憐的撒母耳被女巫從陰間拉上來的感覺，那種感覺一定跟我那時一樣。「你為什麼攪擾我，招我上來呢？」[38]其實我早上已在黑暗中祈禱，請求賜予我智慧，好好協助傑克．鮑頓。後來他叫醒我，我馬上明白自己積習難改，搞不好會為了多睡幾分鐘，把他送交給非利士人。我真不喜歡被人看見在不尋常的地方或是奇怪的時刻打瞌睡。你母親總是告訴別人我不過是整晚醒著閱讀寫作，有時確實如此，但有時我只是徹夜未眠，衷心希望睡得著。

（我建議在這種時刻祈禱，因為通常是心中有問題尚待解決才會睡不著。黑暗令我備感安寧，正因如此，我才能入眠，問題是有時一睡就睡得太熟。每個人都曉得，我們的肉體非常需要睡眠，睡眠若受到干擾，通常會勃然大怒，我若不是先前已經祈求賜予安寧，想必也會非常生氣，但祈禱時，我卻不敢說心中一片安詳。）

好了，傑克．鮑頓首先開口：「我實在很抱歉。」說完就坐到長椅上，讓我有時間集中精神，他還算滿好心的。我注意到他也特意打扮，穿了西裝、打了領帶，皮鞋也擦得很亮。他仔細打量四周，彷彿在欣賞簡樸的陳設。我很清楚教堂裡幾近簡陋，不如其他一些老教堂雅緻，大家對這座教堂向來沒有長久之計。

「你父親曾在這裡佈道。」他說。

「沒錯，而且待了好多年，這裡一直沒有什麼改變。」

「我從小到大去的那座教堂跟這裡很像。」

長老教會以前確實有座教堂跟這裡很像，但教區人士幾年前拆了重建，新教堂係由磚塊與石頭所砌成，相當氣派，外牆爬著不少常春蔓藤。鮑頓說如果他能說服教區人士稍微擴充一下鐘塔，整座教堂將更形古色古香。他還建議將來翻修我這座老教堂時，應該以羅馬時期的地下墓地作爲範本，翻修之後才更有古意。我想我會跟教區人士提議。

傑克說：「你能承襲父業，實在令人羨慕。」

我向來不習慣一早就跟人說話，我不喜歡也不期望從中獲得什麼啟發，更不認爲能達到什麼效果，所以這時我不抱太大希望。「我的職業確實跟我父親一樣，但即使我父親從事其他行業，我也會受到主的呼召。」我承認他這話令我有點不悅。

傑克沉默了一會兒之後說：「我似乎總惹你生氣，我絕對不是故意的。」他接著又說：「牧師先生，我希望你曉得我無意冒犯你。」

我說：「我會記住的。」

他說：「謝謝。」片刻之後又說：「我眞希望我能像我父親一樣。」說完抬頭看著我，好像以爲我聽了會大笑。

我說：「你父親一直是我們大家的榜樣。」

他看了我一眼，然後用手遮住雙眼，姿態中帶著一絲哀傷與挫折，似乎也有點疲倦。我知道這表示什麼，於是我對他說：「我想我冒犯了你。」

「不、不，但我希望我們講話能夠……直接一點。」

接著又是一片沉默，然後他說：「謝謝你花時間跟我說話。」說完便起身準備離開。

我說：「小伙子，坐下、坐下，讓我們再試一次。」

我們就這麼靜靜地坐了好一會兒，他取下領帶纏繞在手上，然後拿給我看，彷彿這樣很有趣。把玩了一會兒之後，他把領帶收進口袋裡，最後終於開口：「我小時候以爲主就住在閣樓上，出錢幫我們家買菜，我的宗教信仰只到這種程度，自此之後再也不信主。」他接著又說：「我無意講話不禮貌。」

「我了解。」

「你想我怎麼會這樣？我的意思是說，我那可憐老爸爸所說的話，我向來一句也不相信，甚至從小就是這樣。但我所認識的人都是虔誠的教徒，大家都相信主的福音。」

「你現在相信嗎？」

他搖搖頭說：「只怕不能說是。」他抬頭看看我。「我試著跟你實話實說。」

「我看得出來。」

他說：「我再跟你說一件奇怪的事。每當我說謊，大家總是相信我，所以我經常說謊。說實話才會讓我惹上麻煩。」他笑著聳聳肩。「我很清楚我現在有點冒險。」他接著又說：「其實說謊也讓我惹上麻煩。」

我問他到底想跟我說什麼。

「嗯，我先前曾請教你一個問題。」

他有權提到這一點，他確實問了一個問題，而我避而不答，這是眞的。雖然他似乎努力保持禮貌，但我無法不注意到他口氣中的不悅。

我說：「我只是不曉得該如何回答，我眞的希望我能。」

他雙臂交抱，靠在椅背上，一隻腳抽動了一會兒。「你覺得這樣對嗎？我們之間講不通？我們其中一人在烈焰中受苦，另一人卻連一滴水也懶得施捨？我們若不互相幫忙，還能靠誰？你究竟怎麼想？我們之間存有難以塡補的鴻溝嗎？爲什麼不能跟對方說眞話呢？我實在想不通。」

「我不確定我跟你想法一致，我只是講述上帝的恩典罷了。」我說。

「啊，你向來不違背上帝的恩典，問題似乎就出在這裡。對不起，我無意冒犯。」

「我了解你的意思。」我說。

「這麼說來……」他沉默了一會兒之後說：「關於那個議題，你果真無可奉告？」

我說：「在這種情況下，我真的不曉得該怎麼說。你要我跟你講述基督教的眞理，勸你信教嗎？」

他笑笑。「如果我聽得進去，我就曉得感恩了，據我所知，一般人通常如此。」

「嗯，那我還幫得上什麼忙呢？」

他靜靜坐了一會兒，然後說：「我有個朋友——不，稱不上是個朋友，只是我在田納西州碰到的一名男子，他知道我們這個地方，也聽說過你祖父。他跟我說了一些堪薩斯州的往事，這些事情是他爸爸跟他說的。他說在南北戰爭時代，愛荷華州有個黑人軍團。」

「沒錯，我們確實有這種軍團。我們也有所謂的老人軍團、衛理教徒軍團等等，他們都百分之百滴酒不沾。」

「這裡出現一個黑人軍團，我聽了覺得很有趣。我以爲這個州沒有太多黑人。」

「噢，其實不少。戰爭之前，不少黑人從密蘇里州遷居到此，我想也有不少人搬到密西西比河谷。」

他說：「我記得以前鎮上有些黑人家庭。」

我說：「沒錯，但他們多年之前就搬走了。」

「我記得曾聽過有人放火燒了他們的教堂。」

「是啊，那是好多年前的事了，當時我還是個小孩，火勢不大，損失也不重。」

「所以他們都不在了。」

「沒錯，他們全都遷走了，實在可惜。鎮上有幾戶新搬來的立陶宛人，他們當然都是路德教徒。」

他笑笑說：「很可惜他們都離開了。」說完便沉默不語，似乎深思了好一會兒。

他接著又說：「你尊崇卡爾．巴特。」從這時開始，他明確地表達出怒意，而我始終不知道如何對付他那種陰沉的憤怒。他向來跟魔鬼一樣聰明，也跟魔鬼一樣嚴肅，我應該曉得他已經讀過卡爾．巴特。

我說：「沒錯，我確實非常敬仰他。」

「但他似乎看不起美國宗教，你難道不認爲如此嗎？他自己倒是相當坦誠。」

「他也嚴詞批判歐洲宗教。」這話雖然屬實，但在說話的同時，我也很淸楚自己的答覆有點含混，傑克．鮑頓也曉得，因爲我看得出他一臉半笑不笑的表情。

他說：「但他認眞看待，也認爲值得爲此論辯。」

「沒錯。」確實也是如此。

他接著又說：「爲什麼美國的基督徒總是等待其他地方的學者提出眞知灼見，你難道不覺得奇怪嗎？」

「我倒不這麼想。」話一出口，我自己有點驚訝，因爲這個問題我已經想了好多次。好了，談話進行到這裡，我的確覺得傑克．鮑頓似乎占了上風。更奇怪的是，他跟我一樣不高興，甚至有點沮喪。我再度發現自己處境尷尬，我想辯稱自己上了年紀，是以落到這種處境，但我正坐在自己的教堂裡，溫暖而美妙的日光從窗外投射而入。更何況，我向來認爲即使我解釋不出眞理，眞理本身依然爲眞，眞理的價值絕不會因爲我或是其他人而有所改變。我心頭忽然一震（我確實感到如此），隨即對他說：「我這輩子聽過許多精采的講道，也認識好多虔誠的教徒。我知道人們總喜歡挑毛病，但在我看來，判定別人的信仰是否眞誠，似乎非常放肆，我們只能判定自己是否眞誠——而我這樣說也顯得放肆。」

我接著又說：「當這個老教堂寂靜無聲充滿了默禱，卡爾．巴特筆下任何一本書都比不上這種莊嚴肅穆。我相信卡爾．巴特了解也尊重這一點，不然的話我絕不會採信他。」

我累了，而且覺得受到攻詰，遠超過我這種年紀的人所能承受的，我也只能用這個理由來解釋我爲什麼掉淚。我跟傑克．鮑頓一樣驚訝。

他說：「我實在難以表達心裡的歉意。」語氣聽來眞誠。

我坐在那裡，用衣袖抹去臉上的淚水，就跟你哭泣時一模一樣。請相信我，當下場面非常尷尬。他喃喃說了一句，聽起來像是「請原諒我」，然後就走了。

接下來該怎麼辦？我目前的想法是寫封信給他，卻不曉得該寫些什麼。

這裡出過英雄，也出過聖人與烈士，我要你曉得這一點，雖然大家都忘了，但這依然是個事實。看看這一帶，你或許只看到沿著幾條街有些房子，一小排磚房，其中有幾家商店，還有一架穀物升降運輸機和旁邊寫著「基列」字樣的水塔。鎮上也有郵局、學校、操場和舊火車站，火車站卻早已雜草叢生。但主耶穌講道的加利利看來非得是哪種模樣嗎？你從一個地方的表面看不出什麼。

那些聖人上了年紀，時代也有所改變，聖人似乎變得古怪而惹人厭，沒人願意聆聽他們威風凜凜的講道或是荒誕不經的老故事。我必須不好意思地承認——我自己就是如此，到後來我眞的不喜歡與祖父爲伍。倒不只是因爲他衣衫襤褸，也不因爲每次有哪樣東西遺失，物主就到家裡來告狀，而是因爲他眼中似乎總是充滿期待與失望，到後來我看了就害怕。老傢伙們稱那些鄙棄偉大使命的人爲「同情南方的北方佬」，話中極爲不屑，他們評斷得毫不留情，而我相信其中自有道理。

我記得有次祖父受邀在國慶日慶典上說幾句話，家人想了就非常焦慮，焦慮中又帶點不好意思，弄得大家終日惶惶然，我也因此記得特別清楚。有些人認為祖父既是公認的創鎮元老，又是榮民，請他致詞合情合理。當年那個鎮長在基列只住了二十年，是瑞典人，信奉路德教，所以可能沒聽過那些陳年舊事。更何況祖父除了偷自己家裡的東西之外，很少動別人家的腦筋；就算真的動手，也僅限於我們的教區之內，僅有幾次偷了長老會和衛理教徒的東西。但這些人向來大方，再加上祖父年紀大又沒什麼惡意，所以他們也沒有張揚。我母親曾說，你只要看到倉庫門上掛著一把掛鎖，就曉得這戶人家是公理會教徒，這話確實不假。不管怎樣，鎮長送出邀請函時，很可能根本不曉得祖父是如此古怪。

祖父一讀到信，眼裡就閃爍著興奮的光芒，父親和母親則盡其所能地做好準備。母親翻箱倒櫃搜尋祖父的軍服，找了半天只找到軍帽。我猜軍帽八成沒什麼用，才存留至今。「那些軟骨、馬蹄、牲畜的鼻口喔！」母親總是這樣形容祖父手邊剩下的東西。母親在衣櫃找到那頂帽子，竭盡所能弄得像樣一點，但老傢伙說「我要講道」，然後把帽子放回衣櫃裡。我手邊有這篇講道的原文，父親曾把它和其他東西埋到花園裡，後來又挖了出來，所以我才保有原件。講道辭很短，所以我將整篇抄錄如下。我記得父親鼓勵祖父寫講道辭，或許是想藉此避免祖父亂說話。其實父親更希望他或母親說不定能先看看，若有必要也好先跟祖父討論。但祖父把講道辭看得很緊，他不但把草稿丟到廚房的爐子裡燒掉，還跟拿細耳人一樣看守原稿。

以下就是他所寫以及他說的內容：

孩子們：

我年輕的時候，主來到我面前，把祂的手放在我右肩上，到現在我依然感覺得到那股溫熱。祂跟我說得非常清楚，字字貫穿我的內心。祂說：釋放被俘擄的人，把好消息散布給貧窮的人，讓自由傳遍大地。《聖經》當然也這麼說，雖然那時我已經相當熟悉這些語句，但祂顯然認為必須再度強調，除非親自出面，否則沒人會遵循祂的旨意，直到祂站在我身旁、跟我說那番話之前，我自己也做不到。

我把那種體驗稱之為「異象」，以前那個時代有異象，我們很多人都曾見證。年輕人見證異象，老年人則作了夢。如果還活著，當年那些年輕人都成了老人，他們所看到的異象不過是一場夢，過去的日子也早就遭到遺忘。誠如一首古老的讚美詩所言：「我們在飛騰中遺忘，宛若一場夢。」我們的夢，早在眾人忘了我們之前就遭到遺忘。

總統格蘭特將軍曾稱愛荷華州為「激進主義的閃亮之星」，但如今愛荷華州還剩下什麼？基列還剩下什麼？塵土。塵土和灰燼。《聖經》說人不免一死，人們確實也是，實在是不平常。雖然如此，耶和華的怒氣還未轉消，祂的手仍伸不縮。39

願主賜福保佑你。

在場似乎只有幾個人專心聆聽。那段時期正鬧旱災，大旱害得許多人破產，甚至拖垮了整個城鎮。即使如此，那幾個注意聽講的民眾一聽到祖父說人不免一死，依然相當不高興，還有人輕笑幾聲，好像聽到什麼不可思議之事，那種反應才是最糟糕的。祖父身穿一襲古怪的黑色牧師袍站在臺上，狠狠地瞪著臺下的群眾，眼神宛如死神般淒厲。各色旗幟在他身邊飄揚，樂隊隨即奏起樂曲。父親走過去、搭著祖父的左肩，把他帶回我們身邊。母親說：「謝謝你，牧師先生。」祖父搖搖頭說：「我想這對大家八成沒什麼用。」

我經常想到這一點——時代變了，當年讓好些人投身荒野之中的那番話，現代人聽來卻覺得厭煩，甚至毫無意義。你或許認爲我有義務試圖「拯救」傑克．鮑頓，他之所以提出那些問題，就是爲了讓我履行義務。嗯，根據我的經驗，我不相信所謂的「拯救」，這種企圖最終只是徒勞無功，甚至可能造成大害。教區裡的年輕人把沙特的《嘔吐》或是紀德的《背德者》帶回家，書中不信神的主張總令他們困惑失措。其實我早就提過上千次人們可能不信神，他們卻被這些提出同樣主張的書籍所吸引，希望我爲宗教辯護，也希望我爲他們提出「證據」。我不會這麼做。我若這麼做，只會證實他們原先猜想的沒錯。若由辯護的觀點出發，絕對講不出上帝的眞理。

父親陸續收到來自德國的長信，從那時起他也愈來愈注意我的舉動，關切的程度遠超過從前。生平第一遭，我和父親在一起時感到不自在，我跟他說話必須特別謹慎，因爲他會留心我話語中是否帶有異端邪說的蛛絲馬跡，然後針對這些謬誤可能引發的後果義正詞嚴地訓我一頓。即使過了好多天，他還會提出新的見解，駁斥一些我根本沒有提到的觀點。毫無疑問，他教訓的對象是艾德華，但他對我說話的態度顯然已把我當作下一個艾德華。話又說回來，他顯然也利用這個機會爲自己的信念辯護，直到那一刻，我從未想過信念可能如此脆弱，我猜他也是如此。

後來他讀起那些我帶回家的書籍，像是試圖採信書中的觀點，也好像我對這些書所提出的批判只不過是對他的反叛。他使用「前瞻性」之類的字彙。一個拙劣的觀點只因爲很新奇，大家便盡信不疑，實在令人匪夷所思；但這些觀點其實一點都不新奇，古代的人早就提過了，他和我都知道得很淸楚。在那封他寫給我卻被我燒掉的信中，他提到「接受眞理所需要的勇氣」，我始終忘不了那些字句，因爲那讓我非常不高興。他認定他的觀點即是「眞理」，我則因爲怯懦才拒絕接受。但自始至終，我知道他只想設法了解艾德華。我也不能責怪他，他確實試圖帶著我同行。

提到信仰，我始終覺得爲自己的信仰辯護，跟回應對信仰的攻擊一樣不具意義。你若試圖辯護，只會動搖自己的信念，因爲關於終極的事物，我們總是找不出足夠的語彙說明。我們投身「存有」（Being）的行列，一絲鼻息、一個思緒、一個小疣或是一根小鬍鬚，都可稱爲「存有」，但沒有人說得出「存有」究竟是什麼。姑且不管它們是否「存在」，逕自描述「思緒」與「小鬍鬚」有何相同之處，或是颱風和股票高漲有何關聯，不過顯示我們曉得怎樣幫一些事物命名（卻僅能得出「存有」等於「存在」這樣的見解！），而它們正好名列其中。就算講出一番道理，依然非常狹隘。

這下講得離題了，我的大意是：即使你完全不曉得那是什麼，你也能夠確知它的存在，所謂的「存有」就是一例。上帝的層級更高——上帝若創造了萬物，那麼「上帝是存在的」是什麼意思？人類的語彙在此就出了問題。上帝若在萬物之前就存在，那我們必須能夠描繪出祂的特性，但我們連對「存在」都幾乎毫無所悉，顯然只是愈說愈困惑。我們需要另一個名詞來描述這個大家完全不了解的經驗或是狀態，也就是大家習稱的「存在」，但我們的體驗卻少得可憐。因此，若想從這種體驗中提出證據，等於是架設梯子登上月亮，雖然看起來似乎行得通，但等你駐足思考問題的本質，你就曉得不可行。

因此我的建議是，不要追尋證據，也不要爲了證據浪費精神，它們無法解答「上帝是否存在」的問題。我甚至認爲所謂的「證據」有點僭越，因爲一講到證據，就表示我們曉得什麼是上帝，即使你用這些「證據」說服了別人，讓別人相信上帝的存在，你說的可能大錯特錯，時間一長，對信仰造成的傷害更大。「讓人們目睹你的成果」云云，柯立芝[40]也曾說，基督教是種生活方式，而非教條，這話說得對極了。我不是說你不該心存疑念或是提出問題，主賜給你頭腦，你也該善加利用，我只是說你的疑點與問題應該發自內心，而不是跟著別人走，彷彿是某段時期剛好流行的小鬍鬚和手杖。

晚上沒睡好，我的心非常不安。一顆心又痛又哀傷，兩種感覺混雜在一起，感覺眞奇怪。

我分辨不出兩者有何差別。我向來習於評度哀傷。也就是說，我一路跟著它從心室到大動脈，找出它駐足於哪些地方。近來心情一直相當沉重，這表示我必須正視某個問題；我知道的太多，也必須自己學會面對——這個問題已經干擾了我好久。

但說眞的，雖然我能坦然地批評和苛責自己，卻無法誠實地面對自我。唉，上帝保佑吧！只要這些苛責不會置我於死地就好了。我確實希望平平靜靜地走，但我也知道不太可能。

得了，我閉上眼睛，傑克．鮑頓旋即出現在眼前，他比以前成熟或老了點，但給人的感覺卻比以前憂傷。我心想，我爲什麼總是防著這個哀傷而老成的年輕人呢？我怕他對我造成什麼傷害？

我不全然只是隨口問問。今天早晨，你母親遞給我一張他寫的字條，上面寫道：「眞抱歉昨天惹你生氣，我不會再麻煩你。」他的字跡相當漂亮，我看得出來你母親知道紙條背後的原委。雖然那只是一張對摺的小紙片，但除非他拿給她看，不然她絕不會擅自閱讀，說不定他告訴她紙條的內容，或許他只想說聲抱歉。她把紙條拿給我之前，我聽到他們在前廊說話，她看起來難過又擔心——對我，對他，或是對我們兩人。我知道他們確實交談，談得不多，也不常講話，但我感覺得出他們了解彼此。

「了解」一詞或許用得不對，因爲我從來沒有跟她談到他，但正因她對他知道得這麼少，我才格外擔心。說不定「了解」一詞用得沒錯，不管她知道或不知道，他們依然了解彼此。我無法判定哪種想法較令我擔心，說不定兩者都不值得掛慮。

我回了一張字條，上面說我才應該道歉，我最近身體不太好等等，還說我希望很快再跟他談談。你母親隨即把字條拿給他。

我想到他才十或十二歲時，有次他在我的信箱裡擺滿木屑，用一條浸在煤油裡的棉繩當引線，把信箱給燒了。當年信箱矗立在門邊柱子上，形狀像條麵包，跟一般鄉下人家用的一樣。冬天晚上一片漆黑，在教堂參加聚會之後，我摸黑走回家，聽到撲的一聲，趕緊抬頭看看，正好看到信箱中冒出火舌，嚇了一大跳，但我自始至終都曉得誰在搗鬼。

小傑克總是孤單一人，臉上帶著不懷好意的笑容，總是計畫做壞事。還不滿十歲，他看到街邊停了一部福特T型車，居然跳進去把車開走了。那個時候鎮上很少看到汽車，他對車子感興趣倒也情有可原。他朝西面前進，一直開了好幾英里，直到車子沒油才停下來，然後自己走路回家。兩個騎馬的年輕人經過剛好看到車，把車拖到威京斯堡，交換了一把獵槍。在車子不見的幾個月裡，我想這附近半數人都曾是那部車的主人。後來有戶人家用小牛換來這部汽車，國慶日的時候開到基列兜風，結果竟遭到逮捕。警方追查了半天，查出這部車因爲賭債、賒欠或是私下交換而多次易主，卻找不出最先偸車的竊賊是誰。太多人參與了買賣這部車的不法交易，警方沒有足夠的人手詳細追查，只好放棄偵辦。但這樁案件著實有趣，所以過了好久大家還記得這回事。大家顯然知道這是一部贓車，但依然忍不住想保有它，即使是一會兒也好。其實沒有人膽敢把車一直留在身邊，正因如此，車子的價格相當合理，卻也使它更誘人。

傑克自己告訴我他做了什麼，他把車裡手套盒的把手拆下來當作紀念品，而且秀給我看。但不管怎樣，我相信他確實做得出這種事。他從小就機伶，他曉得我不會跟任何人提起，我也確實沒有。我當然認爲他父母應該要知道這件事，但我依然說不出口。一個十歲大的孩子竟能讓半個鄉鎮的人犯下不法勾當，任何人都會大肆宣揚，但這個孩子卻能守住祕密，不免讓我感到有點害怕。

我必須坦白說，這整件事情有點悲哀。我的意思是，他其實是個悲傷的孩子。記得有天早上走出家門，我看到門前的階梯上塗滿了蜜糖，螞蟻多到隻隻相疊，密不透風。好，你得問問自己：一個小孩孤單到什麼程度，才有閒工夫做出這種討人厭的事？他還想出辦法打破我書房的玻璃，整片玻璃全都裂了，實在了不得。等到哪天我們言歸於好，能夠一笑置之，我得問他怎麼辦到的。

這就是他小時候搞的把戲，一般而言不是大錯，但卻幾乎件件傷人，我就是這麼想。我從來沒有把一些傷天害理的事情歸罪於他，私底下卻一直認爲他難辭其咎。比方說，有次穀倉著火，燒死了一些動物——我或許不該把這件事怪罪到他頭上。

他總是一個人行動，偷偷地犯下各種過錯，年紀愈大，益發變本加厲。我想我先前說過，就一般定義而言，他沒偷過東西，但這話的意思是，他偷的東西只有物主在乎，對其他人則沒有價值。這種作爲毫無意義，除非他有意盡量讓物主難堪，卻又想減低遭到責罵的風險。他十五、六歲時，有時趁我去教堂時跑到家裡，順手拿走一、兩樣東西，著實令人氣惱。有一次，他從我書桌上拿走了那本希臘文《聖經》，我實在不曉得誰會偷走這麼沒有價值的東西？又有一次，他偷走了我的眼鏡；還有一次，我回家時剛好看到他站在客廳裡，他只是笑笑說聲「嗨，爸爸」，看來跟往常一樣迷人而泰然。他像小大人似的和我閒聊，臉上還帶著「你知我知」的微笑。我花了好一會兒才搞清楚丟了什麼——原來他從天鵝絨盒子裡拿走了一張露易莎小時候的照片。我這輩子從來沒有如此憤怒，他簡直是惡毒，但我怎能告訴鮑頓他兒子做出這種事情呢？我怎麼說得出口？

東西早晚會回到我手邊，那本希臘文《聖經》被擱在大門口的地墊上，照片則神祕地出現在鮑頓家走廊的小桌上，後來被送回我家。那隻把手由彈殼製成、上面刻著「沙特爾

（Chartres）」[41]字樣的小刀則被留在廚房桌上，插入了一顆蘋果中央，當時我看了有點不安。

後來他開始偷酒、飆車等等，名字也開始上報。我認識好些鋃鐺入獄或是被送去當兵的年輕人，他們犯的錯不會比傑克嚴重。但鮑頓家備受尊崇，他也因而逃脫了所有刑責，換言之，他大可繼續闖禍，令他的家人蒙羞。

我先前說他顯得寂寞，這實在非常奇怪，因爲我也說過，鮑頓夫婦對他寵愛有加，全家人都很愛他。不管他做了什麼，兄弟姊妹都會站出來替他說話。他小時候偷溜出去或是蹺家時，他們慌張地跑過來找他，每個人都一臉正經，彷彿希望趕快找到他、訓他一頓，以免他惹出更多麻煩。我記得有年夏天，我沿著後院的籬笆種了一排向日葵，差不多有二十朵。有天下午，鮑頓家的其他小孩來到我家門口，問我有沒有看到強尼（他們那時叫他「強尼」），我跟他們出去找了一會兒，回來之後發現向日葵全都折彎了，花頭都垂到籬笆的另一端。葛洛莉說：「可能是被風吹的。」我說是啊，可能是起了風。

我若得選擇一個字眼來形容現在的他，我大概會說「寂寞」，但「疲憊」、「憤怒」也浮現腦際。遺失露易莎照片的那段時間，有次我到鮑頓家借本書，我和鮑頓坐在前廊聊了一會兒。

傑克坐在階梯上，我記得他一面把玩彈弓，一面仔細聽我們說話，還不時抬頭對我笑笑，臉上那種「你知我知」的表情，好像我和他之間有什麼密謀。我看了非常氣惱，幾乎當場問他照片的下落，最後我不得不告辭，免得自己眞的問出口。他說：「再見，爸爸。」我回家之後氣得發抖，這下你或許明白，當年我爲什麼氣他對那個年輕女孩如此惡毒了。

想起這些往事對我的心臟大概不太好。我的意思是，他這個人向來神祕，正因如此，他才特別讓我擔心。我知道不能以判斷一般人的標準來衡量他，換言之，我沒辦法對他的行爲做出道德判斷，他只是個惡毒的小人。我不曉得他現在有沒有改變，但我看得出他可能造成什麼傷害，這正是我最關切的。那天我站在講壇上，忽然覺得自己好像從墳墓裡探頭看，他坐在你身旁，抬頭對我齜牙咧嘴地一笑……

這樣想對我一點幫助也沒有，我還是祈禱吧。

今天早上在煎餅的香味中醒來，我眞喜歡這種感覺。我的心好像硬邦邦地哽在喉頭，大概是昨晚禱告得太認眞。你母親見到我坐在椅子上睡著了，便幫我脫下鞋子，在我身上蓋條毛毯。這些日子以來，我坐著反而比躺著睡得好，呼吸也較順暢。昨晚關燈之前，我特別把這本簿子收起來，關於傑克·鮑頓，我知道自己還得三思。

今天是我的生日，所以桌上擺了金盞花，我面前的煎餅上插了蠟燭，旁邊還有幾條美味的香腸，你朗誦了八福經文，從頭到尾幾無間斷，而且朗誦了兩次，臉上洋溢著得意的光芒，你也確實値得自豪。你母親給「小滑頭」一根香腸，「小滑頭」叼著那個油香四溢的東西跑了，天曉得牠把香腸藏到哪裡。這隻貓咪的祖先絕對是嗜食鼠類，但你看牠圓滾滾的德行，似乎生來就該受到豢養。

唉，我得付出多少代價，才能換得這樣一個早晨？還是兩、三個？我眞不願多想。你穿著你的紅襯衫，你母親穿著她的藍洋裝。

你母親找到那篇我正在想的講道辭，也就是那篇我在五旬節第一次見到她之時宣讀的那篇。講道辭用彩紙捲著擺在我的盤子旁邊，上面還綁著緞帶。「你可不許更改，那不需要更改。」她說，親了親我的頭頂，對她而言，此舉算是相當大膽。

這下我就七十七歲了。

昨天非常愉快，葛洛莉開車過來，載我們到河邊野餐，托比亞斯也一起來，他眞是乖巧。我們準備了氣球，甚至帶了鞭炮，還有一個塗了糖霜的巧克力蛋糕。河水低淺但相當清澈，秋日首批落下的黃葉緩緩隨著河水而下。眞遺憾我前個晚上沒睡好，也可惜我實在有太多心事，但大家還是玩得很開心。葛洛莉和你母親已成了好朋友，你和托比亞斯沿著河岸一直跑，不時在河水裡踏來踏去，快樂極了。

昨晚我睡得很好。

我簡直是庸人自擾，說不定會把自己給煩死了，你能了解我的意思嗎？傑克．鮑頓回家令我的老友非常欣喜，據我所知，他沒有造成任何傷害；據我所知，他也無意造成任何傷害。但他人在附近就足以讓我心煩。

你問他爲什麼不參加生日野餐，看來有點失望。葛洛莉編了個理由，你母親一言不發，我卻感覺出蹊蹺，忍不住猜想她們知道了什麼或是談了些什麼。她們怎能不同情他？我個人就很同情他。明明知道他心裡藏了這麼多事，我卻沒有站在牧師的角度開導他，我想了就深感懊惱，也感到羞恥。

好人總是對他們同情的人產生感情，這是好人的特色之一，好女人更是如此。正因如此，好人才會陷入困境，甚至受到傷害。這種情況已經發生了好多次，我卻總是不曉得該如何發出警告，因爲簡而言之，這種行徑具有基督教精神。

他沒有回覆我寫給他的字條。

我又寫了一張字條，告訴他我覺得一切都是我的錯等等，然後自己帶著字條去鮑頓家。我正想把它塞進信箱，但傑克剛好在花園裡，他看到我，我把字條直接交給他。他顯得有點不好意思，我告訴他這只是一張道歉的字條，字句比上一張更加斟酌。他說聲謝謝，這下我確定他眞的鬆了一口氣。我猜他還沒讀上一張字條，說不定以爲我寫了一些反駁他的話。這時他打開我交給他的字條，很快地讀一讀，然後再度道謝。

我說：「如果你想聊聊，隨時過來都可以。」

他說：「好，如果你還好的話，我確實想跟你聊聊。」我們就再看看接下來如何。

我很高興事情如此圓滿落幕，心裡也鬆了一口氣。我不想讓你母親因爲我先前的行徑而同情他，我也承認正因如此，才寫了第二張字條。儘管如此，我依然高興自己這麼做。看到他剛才表情的變化，我感到相當欣慰，在那一刻他看來年輕。

又是一夜無眠。今天早上我一直想著幫傑克．鮑頓施洗的那個早晨。我請教堂的執事幫我主持禮拜，好讓我過去鮑頓的教堂。我們先前討論過了，決定將嬰孩命名爲希爾多．杜艾．威爾德，我覺得這個名字好極了。我祖父曾經連續三星期，每天晚上聆聽威爾德講道。威爾德講得滔滔不絕，直到在場所有同情南方的北方佬全都受到感化，轉而支持解放奴隸，祖父說這是他畢生最震撼的經驗之一。但當我問鮑頓：「你希望將孩子取名叫做什麼？」他回答說：「約翰．艾姆斯。」我驚訝得不得了，他只得再把名字重複一次，說著說著，淚珠竟然滑過臉頰。鮑頓讓我置身這種處境，我眞的非常不悅，這實在不像長老會教徒。我還聽到臺下傳來啜泣聲。我花了好一陣子才原諒他。我僅是告訴你眞話。

我若事先有時間好好想想，就算是一小時也好，我的感覺必定相當不同。但當時我心口一陣緊縮，腦裡只想著：這不是我的孩子——說眞的，我對其他孩子從未產生這種念頭。我確實不曉得何謂「貪戀」，但根據我的經驗，那種感覺倒不是渴求別人所擁有的快樂，而是排拒它，因爲它的美好而感到不悅。

這點倒是有趣，肯定可以當作講道的主題。「凡不因我跌倒的，就有福了！」[42] 我希望有時間好好想想。

我再跟你說件傻事。過去這些年來，我常想這個孩子受洗時感受到我的冷漠，也曉得我根本沒有衷心祝福他。那當然只是奇想，甚至是個迷信，說了自己都不好意思。但我試著跟你說眞話。我對這個孩子，也就是那個與我同名的男人，確實有種罪惡感，我從來無法與他親近，一直都做不到。

§

我很高興說了出口，也很高興將之化爲文字，因爲我現在曉得那只是自己胡思亂想，心裡著實鬆了一口氣。

爲了自己好，我確實希望能再爲他施洗。當年我心中極爲哀憤，以致感受不到平日所體驗的聖潔與莊嚴，也感覺不到嬰孩賜福予我，這才令人遺憾。

約翰・艾姆斯・鮑頓是我的孩子，世上若有任何值得我信服的眞理，這便是其中之一。我所謂的「孩子」，其實說的是另一個更值得珍視的自我，這樣描繪或許不夠確實，卻是目前爲止所能想到的最佳形容詞。

我想起加爾文《基督教要義》的一段話：任何人身上都流露出主的身影，就因如此，我們就得尊崇對方。書中還說主等著把我們敵人的罪攬到祂自己身上，因此怪罪我們的敵人，等於是婉拒主的恩典。這番話絕對是眞的，我常覺得大家似乎忘了，我們之所以愛我們的敵人，原因不在於遵循某種行爲準則，而是因爲天父也愛他們。我已針對這點做了上百次講道。

我並不是說傑克・鮑頓是我的敵人，這點我淸楚得很，加爾文僅舉出最嚴重的例子。就我的情況而言，我應該思索的是：傑克的過失充其量不過是讓我生氣，甚至根本沒有危害到我，我該怎樣將之拋在腦後？傑克傷透了他父親的心，但他總是馬上得到寬恕。鮑頓若覺得我沒有原諒傑克，只是更加傷心，我還能如何？我相信老鮑頓多半因爲這個孩子很寂寞，所以特別關愛他。但鮑頓始終不了解這個孩子，我們也都不了解他。

這就說到了重點，我在主面前寫下這封信時，心裡正思索著這一點。生命是莊嚴的，如果主認爲我們的過失不算什麼，那麼過失就眞的不算什麼。就算眞的有些影響，相較於生命的莊嚴，過失也都微不足道，主當然會將之一掃而空，正如我從你臉上抹去灰塵或是淚珠。畢竟這些汙點在祂所創造的萬物中無足輕重，祂爲什麼要在乎？

唉，基於衆多理由，祂確實應該在乎。我們凡人造成了許多嚴重的傷害，連冷硬的石頭讀了歷史都會飲泣。言及至此，我察覺思緒混亂，我累了，而問題似乎就出在這裡。即使在我最虛弱的時刻，我也認爲不能隨口宣稱祂的寬容而罔顧了嚴重的罪行。傑克．鮑頓若是我的孩兒，他的小寶寶也是我的女兒，而她的遭遇實在太悽慘了。身爲基督徒，我永遠無法不在乎。

昨晚看看自己寫下的這些想法，讀了之後發現我迴避了最重要的問題：我總害怕傑克．鮑頓只因辦得到或秉性惡毒而傷害你和你母親。我該如何處理這種恐懼？你今天早上已問起他兩次了。

傷害到你和傷害到我是兩回事，而這正是問題所在。他大可把我從樓梯上推下來，我還沒跌到樓底下就想得出神爲何要我寬恕他；但他若傷到你一根寒毛，只怕神學也派不上用場。

現在想想，最讓我害怕的或許就是這一點。

§

得了，我聽到他在前廊跟你和你母親說話，你開懷大笑，你們都在笑，聽了確實讓我鬆了口氣。對我而言，他總像個靠火邊太近的人，默默承受著當下的痛苦，也曉得更可怕的折磨就在咫尺之外。他就算面帶笑容，看起來也是那副德行。雖然我總避開他，但他跟我說話時，看起來依然是那副德行。唉，我身子差，年紀又大，就算我歸爲塵土，他依然令人費解。

我曾屢次漫步到自己熟知之地的盡頭，荒野之地、何烈山、堪薩斯州，眼見所有的地標漸行遠去，心中充滿惶恐。然而我卻享受這種時刻，夜晚與光芒，寂靜與困境，這些似乎總是嚴謹而美好。我相信艾德華曾向我大力推崇，祖父最後一次走入荒野之時，想必有著同樣的感受。或許我曾想像自己也是個頑強的老傢伙，毅然決然地踏入荒原，走著走著消磨時間，直到大審之日來臨爲止。此時我可無法再這麼說，目前我已遭逢前所未有的迷惑，令我懷疑自己從前是否眞的曾經迷失。

但我還是得說，這一切帶給我新的體認。沒錯，我們在飛騰中遺忘，宛若一場夢；我們把這個丟三落四的世界拋在身後，忘卻所有我們曾經關切之事，事實就是如此，想來眞是了不得。

傑克帶來滿滿一堆瓠瓜，你母親讓他帶了一些綠番茄回去。南瓜個個圓滾滾，櫛瓜看來更是耀武揚威，這些晚夏的蔬果眞是豐美。一起風，橡實就如同冰雹般打在屋頂，但力道不是非常強勁。前一陣子蜘蛛四處築網，現在蜘蛛網都被吹散，因此我們可以想像那些飽食的蜘蛛躺在殘葉中，懶洋洋地想著牠們的網。

我記得有次父親和祖父坐在前廊，兩人一起剝黑核桃。他們不吵架的時候相處得還不錯——兩人不說話就不會吵架，而那天兩人就靜靜地坐著。

祖父說：「夏天快結束了，我們卻還沒得救。」

父親說：「那是主的旨意。」

然後又是一片沉默。他們從頭到尾埋頭工作，看也不看對方。兩人說的是旱災，當時乾旱才剛開始，後來持續了好幾年，造成一場大災禍。我記得那天微風輕拂，正如今天一樣安詳。再也沒有比剝黑核桃更瑣碎的事情，但他們每年秋天都接下這份工作。母親說黑核桃味同嚼蠟，我想大家都同意，但她一直不缺黑核桃，所以也一直加以利用。

你和托比亞斯坐在前廊階梯上，依據瓠瓜的尺寸、顏色、形狀排列出喜好順序，還幫它們取名，有些是潛水艇，有些是坦克車，還有一些是砲彈，我想托比亞斯的父親應該很快又會來找我談談。現在的小孩子都以戰爭為遊戲，大家都模仿飛機、砲彈與砲火隆隆的聲音，我們以前亦是如此，也把大砲砲彈和步槍當作遊戲。

那是我們絕對可以確定的事實。

世界有如奔騰的大河，想想什麼得以駐足等候。

我想起父親做過的一次講道，那時艾德華已正式跟父親決裂，父親花了點時間思考。父親通常很少提到私事，但那天早晨，他感謝主讓他略嘗背叛的滋味，也讓他了解自己當年對祖父的背棄。在那段戰後的日子裡，他跑去加入貴格會的行列，留下祖父獨自面對心中沉重的負擔。他說了一件我從沒聽過的事。當時祖母病痛纏身，已經好幾個月沒上教堂，但她聽說父親刻意逃避，馬上堅持要去做禮拜，姑姑們隨侍在祖母身旁，大伙攙扶著她，一步步走去，想見路途一定相當漫長。她們遲到了，因爲當天早上祖母才說要上教堂。天氣炎熱，大伙行動遲緩，心中雖然焦急，但祖母已經虛弱到一碰就痛，不得不慢慢來。祖母矮小瘦弱，姑姑們耐著性子幫她穿上洋裝，洋裝鬆垮垮的，顯得好大。講道進行到一半，她們才姍姍來遲，每個人都大汗淋漓，身上的洋裝全濕了，也沒有戴帽子。大姑姑艾蜜攙扶著祖母的手臂，好像抱著半大的小孩一樣牽引著祖母。父親說祖父停止講道，站定盯著她們，然後低頭檢視講道辭，衆人看在眼中，莫不覺得他承受著神祕的苦楚，他那段時期的佈道也給人同樣的感覺。他繼續講了幾分鐘，禱告了幾分鐘，爲衆人祝禱，然後走到祖母身邊，將她抱到懷中，在她前額上親一下，然後攙扶她回家，留下教友獨自面對漫長的安息日。

「我無法形容自己感到多麼羞愧。姊姊們擔心如果我再躲開，母親會堅持再上教堂，所以她們跟我說了此事。艾蜜告訴我：『你若讓我們再受這種罪，我到死都會恨你！』我當然沒有再讓她們受罪。」

父親跟他自己和我們大家說，相較於他所犯的錯，艾德華的過失根本不算什麼。他也對自己和我們大家說，目前的情況雖然令他窘困、失望，但也讓他學到寶貴的一課。這些似乎是主的安排，目的在於讓他更了解自己，這麼一來，他當然不應該責怪艾德華。人們通常欠缺考量，但我們若服膺主的安排，自然沒有理由生氣。

在必要的情況下，我曾多次運用這種思考邏輯。事實上，人們確實也爲自己的過錯付出代價。雖說如此，我們掙扎著控制自己的怒氣時，我懷疑這種思考邏輯能派上多少用場。目前顯然沒什麼用，但我依然繼續努力。

§

今天下午我從教堂回來——下午的聚會相當令人沮喪，只有少數人出席，完全達不到任何效果。這類事情令我身心俱疲，所以我打了個盹，錯過了晚餐，醒來之後已經天黑，屋裡空無一人。我走到前廊，你和你母親裹著毯子坐在長搖椅上，她說：「這說不定是今秋最後一個溫暖的夜晚。」她讓出一個位置給我，用毯子蓋著我的大腿，倚在我的肩頭，氣氛融洽極了。今年夏天，她栽種了一個所謂的「夜貓子花園」，「夜貓子」指的當然是我。她不知道從哪裡讀到白花在晚上最香，於是她在前院種滿各種白花，現在只剩下幾朵玫瑰、香雪球和矮牽牛。

我們就這麼在黑暗中坐著，你似乎睡著了，你母親輕輕摸著你的頭髮，然後我們聽到路上傳來腳步聲。沒錯，是傑克·鮑頓，我相信他只是順道經過、說聲晚安，但你母親卻請他坐一會兒，於是他走過前院，在階梯上坐了下來。我注意到他總是應允你母親的請求。

「我們正在享受夜晚的寧靜。」她說。

他說：「待在這兒再適合不過了。」然後他似乎生怕被誤解或者冒犯到我，趕緊加了一句：「回來住一會兒眞好。」他笑笑。「這裡有些人完全不認識我，眞好。」

說著說著，他雙手掩住了面孔。四下雖然黑暗，但我依然認得出這種手勢，我知道他一輩子都習慣這樣。

我說：「你父親非常高興你回來了。」

他說：「他是個聖人。」

「這話或許屬實，但你能回來眞是太好了。」

「哦。」他說，臉上的表情彷彿腳上被打了個大洞。

大伙沉默了一會兒，你母親站起來把你從毯子中抱起來，帶你回屋睡覺。

「我也很高興見到你。」我說，確實爲老鮑頓感到高興。

對此，他不置一詞。

「我是真心的。」

他伸展一下雙腿，身子靠在前廊的柱子上。

「或許吧！」他說。

「我對著一疊《聖經》發誓。」

他笑笑說：「多高的一疊？」

「一肘左右。」

「我猜這就行了。」

「兩肘會讓你安心嗎？」

「絕對可以。」然後他記起自己不可造次，趕緊補了一句：「我也很高興見到你、你太太和你的家人。」

接下來，兩人又沉默了一會兒。

我說：「你曉得卡爾．巴特，這倒令我佩服。」

「哦？我依然想要解開奧祕。」

「嗯，我佩服你的執著。」

他說：「你若知道我的動機，說不定就不會這麼說。」

世間衆人之中，他一定是最難溝通的一個。

於是我說：「沒關係，我還是佩服。」

他說：「謝謝。」

我們又沉默了一會兒，你母親端了一壺熱蘋果汁和幾個杯子出來，安靜地坐在我們身邊。啊！可愛的女子。沉靜之中，我心想傑克．鮑頓若眞是我的孩子，而且大老遠地從不曉得是哪個地方回家，跟我坐在這裡，共享寧靜的夜晚，思及至此，心中頓時感到欣喜。我最近一直想著感恩，感恩就如一把溫煦的火，讓我只看見事情最重要的一面。四下漆黑，我心中一片安寧，這下我可以忘掉所有瑣碎的嫌隙，安然享受他的陪伴。一股又愛又怕的情緒忽然湧上心頭，令我想起鮑頓對天使的懼怕。

此時，我的眼皮逐漸沉重，但心中忽然湧現一個念頭：我眞希望坐在永生的天使腳邊學習。在我眼中，那一刻的傑克似乎像個天使，臉上籠罩著生命的神祕與哀愁，思索著人世的奧祕。「除了在人裡頭的靈，誰知道人的事？」[43]從各個層面而言，我們在彼此眼中是如此神祕，而我確實相信人人都有自己的一套語言、審美觀與判斷標準，每個人皆爲不同的文明，也都擔著過去世代的包袱，每個人對於何謂美醜、對錯亦抱持不同的觀感。容我再擅加一句，世間的美醜、對錯或許不全然令人滿意，但我們也試圖勉強接受。偶爾看到別人跟自己略有同感，便以爲他們眞的跟自己一樣，但這只是因爲大家都承襲了同樣的風俗，接受了同樣的教育，遵循同樣的道德標準。事實上，人與人之間仍存有不可侵犯、不可跨越、遼闊無際的空間，上述的一切只不過是個微弱的聯繫。

或許我該說我們像是不同的星球，但「每個人皆爲不同的文明」代表著某些含義，光說我們像是星球不足以代表。星球或許都由同一個行星分裂而出，但這種比喻缺乏歷史層面，我們的確承擔著過去世代的包袱，世代之間也有些連續性。我年歲夠大，也記得以前那段困苦的日子，我們一大群人跑到草叢中，圍成一個大圓圈，慢慢朝中央逼近，我們一面逼近、一面追趕兔子，直到用棍棒把牠們打死。那時正値經濟大蕭條，大家飢腸轆轆，總得想辦法塡飽肚子，我也不怪任何人（我們沒有追捕長耳大野兔，只捉棉尾兔，大家都曉得長耳大野兔不太好，但我卻不記得誰說得出爲什麼）。有些人吃野鼠，孩子們帶著幾乎空蕩蕩的便當盒上學，便當盒裡只有一個水煮馬鈴薯和一片抹了豬油的麵包。在那段日子裡，教堂的窗戶經常積著一層厚重的沙塵，我得爬到梯子上用掃把撢去，教堂才明亮到能讓教友讀經。

那段日子相當艱苦，但大家習慣了，也照常過下去。環境就是如此，你可說那是充滿陰影的幽谷，現代人說不定將之視爲迦勒底的吾珥[44]。但我依然感謝上帝，因爲劫難若在所難免，我絕不後悔在這裡所經歷的一切，在那之後，你會從另一個角度看事情。我聽有些人說，他們由此得知生命中不單只是物質享受與經濟保障；但我也認識很多年紀比較大的人，他們都還記得那段苦日子，也都把錢看得非常重。正因如此，我們的教堂到現在依然破落，但我實在不能怪他們。「有施散的，卻更增添；有吝惜過度的，反致窮乏。」[45] 我們鎮上就應驗了這句箴言。話又說回來，或許基於同樣的道理，這座教堂才不至於廢棄，因此我實在不該抱怨。了解貧窮的滋味倒也不錯，若有人跟你一起過苦日子，那就更好了。

我相信他們以爲我睡著了，我也曉得自己經常打瞌睡。他們聊了起來，你母親低聲說：「你決定還要待多久？」

他說：「只怕已經夠久了，我自己倒覺得還好。」

兩人沉默了一會兒，然後她說：「你打算回去聖路易？」

「或許吧！」

又是一陣沉默，他劃了一根火柴，我聞到香菸的菸味。

「你也來一根嗎？」

「不，謝謝。」她笑笑。「我當然想，但抽菸不端莊，牧師太太不該如此。」

「『不端莊』！我猜他們把你看得很緊。」

「我不介意。某人遲早得說我兩句，我已經端莊了好久，幾乎習慣囉。」

他笑笑。

她說：「我確實花了一段時間才適應這個地方，這是眞的。」

「嗯，對我倒不成問題，這裡一切都很熟悉，感覺還好，有點像是回到犯罪現場。」

她過了一會兒之後說：「你知道的，每個人都說你很好。」

「眞的嗎？這倒有趣。我想我信得過你。」

她笑笑說：「我好多年沒說謊了。」

「嗯，聽起來滿費勁的。」

「他們說凡事久了都會習慣。」

他說：「艾姆斯牧師還沒警告你要提防我？」

她拉起我的一隻手，放在她溫暖的雙手間。「他不說人壞話，從來不會。」

兩人隨即一片沉默，你想像得到，我感到相當不自在，在這種情況下，我覺得自己簡直像是偷聽，所以我打算動兩下，好脫離這種不光彩的狀況。

但你母親說：「我去過聖路易一次，我們有些人到那裡找工作，結果沒成。」她笑笑。

他說：「你若身無分文，那可不是一個好地方。」
「倘若身無分文，哪裡都不是好地方，就算眞有個好地方，我確定我也找不到。我已經試過好多地方。」
他們都笑笑。
他說：「年輕的時候，我以爲一個人不小心才會安頓下來。」
她說：「我不這麼想，我嚮往安定的生活，我以前常在晚上看著別人家的窗戶，想像屋裡的情景。」
他笑笑說：「我今晚就打算這麼做。」
兩人又不說話。
「嗯，傑克，願主保佑你。」她說，語氣非常輕柔。
「謝謝你，萊拉。」他說，隨即起身。「請幫我向牧師先生說晚安。」然後轉身離去。
我整夜躺著沒睡，半夜起來在書桌前坐了一會兒，把這件事情寫下來，順便仔細想想。你母親自豪地說我從不說人壞話，我聽了當然很感動，我確實試圖避免道人之惡，但你也知道，就目前這件事而言，我的內心非常掙扎。

傑克．鮑頓得知我還沒警告你母親「多加提防」，似乎感到訝異，他的反應著實令我不安。他好像認爲我不夠小心，而誰又比他更有資格做此評斷？他或許以爲鮑頓跟我說了很多事，我知道的也比他告訴我的多，但事實並非如此，鮑頓根本沒跟我提起什麼。我對過分小心的人總是懷有戒心。

「犯罪現場」，我確定他只是開玩笑。但這話卻令我心想，說不定正因他回到了這裡，我才察覺到他內心的悲傷，這裡或許依然存在著一些令他難過甚至羞愧之事。

我眞希望我能將手放在他的眉際，輕輕地拂去所有過大的或是錯置的罪行與悔恨，然後我才能看清自己面對的是誰。

從神學的觀點而言，我絕對不能這麼想，這個念頭只是剛好浮現腦際，我眞是抱歉。

既然我打算跟你實話實說，不妨再提到另一點。他跟你母親說話時，語氣中不帶焦躁，我甚至可說他聽來輕鬆自若，彷彿跟朋友聊天，她也是。

我相信我已逐漸看出這事對我的啟示，我禱告了好一會兒，也睡了一下，我覺得心中已達至某些清明。

我從未去過聖路易，現在想了就後悔。

§

我看了一下最近親手寫的這些字句，赫然發現自己白擔心了好一會兒。我最初打算是跟你說說話，留給你一些誠實的告白，讓你了解我比較純良的一面，現在看來，你肯定只看到一個老人，掙扎著想要了解自身內心掙扎些什麼。

但我想我已經找到了方法，讓自己鑽出牛角尖，我這就不妨試試看。

昨晚坐在前廊有意無意地裝睡時，你母親拉起我的手握在她雙手間，令我感到非常幸福。我特別強調「她溫暖的雙手」，我也注意到她提到我的口氣非常溫柔，我根本不值得她對我這麼好。現在回想起來，我才了解她的話裡面表明了她多愛目前這種安定的生活，她說話的口氣似乎也認定永遠不會失去這種恬靜的日子，即使她明知這不是眞的。他們提到站在別人家的窗口想像屋內的生活情景，我也深有同感。主曉得，過去這些年來，我也曾站在別人家的窗口觀望。那時她說話的口氣，讓人覺得她的禱告似乎都已應驗，心中再無缺憾。倘若果眞如此，那眞是太好了，我想了就心安。

我曾夢見飽頓和我到河岸邊的淺水灘找東西——我們小時候常去那裡捉蝌蚪——我祖父從樹林中邁步而出，臉上帶著一貫的憤怒神情。他舀了一帽子的水朝我們潑過來，水直洩而來，如面紗一樣穿過空中落在我們身上；然後他把帽子戴回頭上，再度邁步走回樹林，留下我們站在亮晶晶的河水中，不可置信地互相觀望，兩人像使徒一樣閃爍著水光。我想說的是，現實生活中也會碰到這種突如其來的轉變，你不尋找也不抱期望時，它就出現在面前，而且帶給你遠超過預期的喜悅。首次遇見你母親的那個五旬節，那個蒙主賜福、甦醒我心的雨天，我就有此感受。

那天早上，我感覺彷彿靈魂出竅。我從未告訴你事情的始末，以及我跟你母親怎麼成婚。請相信我，我已經承受了太多苦楚，但生命中確有突如其來令人喜悅的轉變，光是這一點就足以讓我對未來再度充滿期望。說來或許奇怪，但這樣想想，我反倒比較不懼怕死亡。

我對自己謊稱那個早晨幾乎沒有注意到她，但接下來一整週，我每天都希望她會回來。我想我有義務拯救「迷途羔羊」或是「迷失靈魂」，因此不停責備自己忘了問她的姓名。其實我從來沒有用過這類字眼，當然更不會用來形容她。有趣的是，我就是沒辦法對自己坦誠，也無法欺騙自己，這種感覺眞糟，自覺像個笨蛋。但請你想想，我曉得我倆的年紀差距，更別說我對她一無所知，甚至連她已婚、未婚都不知道。因此，我無法對自己坦誠只想見到她、聽聽她的聲音。她只說：「牧師先生，早安。」但我好想把這個聲音留在腦海中，反覆聆聽。

我跟你說，我祖父若眞將衣缽傳給我，那他早在我出生之前就做好部署。我的聲譽來自於他，我也沾了他的光。終其一生，我總是小心翼翼地維護自己的名譽和人格，努力不懈地遵循並宣揚主的福音，但當時撰寫講道辭時，我心裡卻只想著一個年輕女子的容顏。

年紀還輕的時候碰到這種事，我說不定比較知道該怎麼處理，應對也更圓融。我始終不了解人們爲什麼罔顧常理、理性或是判斷力，跑到我面前說：「我曉得，我曉得。」我勸他們理智一點，他們卻說：「我不在乎，我眞的不在乎。」聖人和烈士也常這麼說。現在我才了解，此等舉動純粹出自熱情。我或許拿偉大聖潔的熱情與微小平凡的愛情來做比較，換言之，我把對上帝的大愛相較於凡間的感情，但我眞的看不出兩者有何不同。上帝賜給我們食糧，伸出手來祝福我們，我們若能感受到祂的恩慈，那麼某個臉龐所帶來的喜悅，必定也能讓我們想到上帝的大愛。虔誠的我對此不曾懷疑，即使在那段最黯淡的歲月中，我記得自己依然全心敬愛感謝上帝。我知道許多情緒無法言表，這些情緒當然會隨著歲月而淡化，倒也未嘗不是好事。

露易莎和我幾乎從小就曉得我們將來會結婚，因此當我發現自己竟然日夜思念一個陌生且年紀小我很多、甚至可能已婚的女子，我實在不知如何是好——生平第一遭我覺得自己的聲譽、信仰與人格受到挑戰，甚至有如塵土一樣從我手中滑落。身上的衣物、書架上的書以及其他生活瑣事全都失去了意義，只不過是些該盡的義務。這就好像嘗到了死亡的滋味，至少有如行將就木。但這有什麼好奇怪的呢？畢竟，這就是「熱情」。

後來變得更糟糕。她每個星期天都來做禮拜，僅缺席了一次。我必須承認，我寫的那些講道辭都是爲了取悅她，讓她對我產生好印象。我掙扎著不要太常看她或是盯她太久，但我總覺得她看起來似乎有點失望。於是接下來的一星期，我屈膝祈禱，祈求主再給我一次機會，我覺得好荒謬，我也懇求主賜給我力量，讓我善盡牧師的本分。但我說的沒有一個字是眞的，因爲我知道得很淸楚，跪在地上禱告的只是個愚蠢的老人，只求全能者縱容他愚蠢的念頭。但我的禱告居然應驗了：我有了妻子和孩兒，我眞是不敢相信。

有個星期天她沒來，那天早上眞是沉寂、哀傷、死氣沉沉，衆人也顯得無精打采。我那天講道的內容是「歡迎陌生人」，因爲受到歡迎的可能是位「未被察覺的天使」。我眞討厭朗讀講道辭，我覺得在場每個人都知道我坦承了心中的愚昧，她肯定不會回來了。接下來一星期，我強迫自己忙碌於各種瑣事，感謝主沒讓我出醜，也沒讓我在門邊拉起她的手，試圖跟她說話，即使我已在腦海中演練了這幅情景，甚至寫下了想說的話。在此同時，我也必須承認，我怪自己沒拉起她的手，跟她說幾句話，我眞是個笨蛋。整整一星期，我試圖理清她爲什麼如此吸引我，如果講得出道理，說不定就不會想她，吸引力也會消失。但我就是天天想念她，好像她是我世上唯一的朋友。（我也花了點時間想些實際的問題，比方說查出她的姓名或是找到她的住所，我可以藉口說這是出自牧師的關切，眞是丟人。）

到了下個星期天，她又出現了。鬆了一口氣之餘，心情卻相當紊亂，好怕自己會無緣無故笑出聲，好怕自己看她看得太久。我不停提醒自己她是個陌生人，儘管過去一整個星期，她無時無刻盤據在我的內心深處。我一定不可以露出難以解釋的親切，讓她受到驚嚇。我認定自己持續、熱切卻不足取的禱告必將應驗。爲了謹愼起見，上教堂之前我特別理了頭髮，穿上新襯衫，甚至灑了一些生髮水，生髮水是鮑頓買給我的，他外出洽公時經常幫我帶些東西。他若看到我這副德行，肯定咯咯笑，我心想：我眞是個一眼就讓人看穿的傻子。

那天她離開教堂時，我的確拉著她的手跟她說了幾句話：「我們上星期沒見到你，很高興你又來了。」

「喔。」她說，靦腆地把頭轉開，好像被我的好意嚇了一跳，但那不過是一些牧師常說的客氣話，在那種情況下，我也只允許自己這麼說。

§

經文中說：「我思愛成病。」[46]心緒混亂的我從《聖經》中尋求指引，向來都是如此。但現在想想，我選擇的經文竟是〈雅歌〉，不禁啞然失笑！經文的意思或許是，在主的眼中我所承受的苦楚也是美的，我若年輕幾歲或是曉得你母親依然未婚，說不定也會採信，但在當時的情況下，這些美麗的詩句只讓我心酸。

噢，但下個星期我又握著她的手，告訴她星期天晚上教堂有個查經班，非常歡迎她來參加。然後我回家禱告，希望主能應允我的不情之請，我又刮了一次鬍子，強迫自己讀書讀到傍晚。我提早過去教堂，她果眞站在階梯旁邊等著跟我說話，在那一刻，我心裡不禁懷疑主是否在某處大笑，我有時會有這種奇怪的念頭。她對我這個頭髮上抹了香水、不值得一顧的老傢伙說，希望我能爲她施洗。

「小時候沒有人幫我安排，我始終覺得有欠缺。」唉，她一臉虔敬，神情是如此哀傷而決然。

我說：「不要緊，我們幫你安排。」然後我故作無事地問她在這一帶有沒有家人。

她搖搖頭，非常輕柔地說：「我沒有任何親人。」我心中生起一股憐憫，但可鄙的我啊，卻暗自感謝主。

因此，我開始教授你母親基督教教義，時候一到，我也確實爲她施洗。我慢慢習慣了她的身影，心滿意足地看到她靜靜地坐在一旁。我也慶幸沒有被熱情沖昏頭，毀了自己的聲譽或是在大街上追著她跑。但有次我看到她從雜貨店走出來，眞的幾乎追了過去，把自己嚇出一身汗，可見那股衝動是多麼強烈，而我那時已經六十七歲了！但我非常尊重你母親，絕對沒有僭越，這點我可以跟你保證。我眞的很小心，我想最好是找一些親切的老婦人跟她一起上課，她卻害羞得不敢發言，令我懊惱不已。

兩、三個老婦人對教義抱持著既定觀點，特別是罪惡與地獄，我可從未傳授這些。我覺得這都是收音機的錯，收音機散播了許多令人困惑的神學觀點，電視更糟。你花了四十年教導人們領受主的奧妙，但某些對神學的了解還不及長耳野兔的傢伙在收音機上一傳教，你的心血馬上被拋在腦後。我實在不曉得這樣下去該怎麼辦。

但即使如此，最後的結果還算不錯。有個叫做薇達・垂爾的老太太講到地獄之火，愈說愈興奮，我不得不取下加爾文的《基督教要義》，把其中一段念給大家聽。文中提到所謂「無法澆熄的火焰」等等形容，不過是「以具體之物來比喻」被神所摒棄的人「無法敬拜上帝的痛苦」，這段話就攤開在我面前，聽來雖然令人不安，但並不荒謬。我告訴她們，她們若想知道地獄的眞面目，不要把手放在燭火之前，只要想想心田中最寂寥、最卑微之處就好了。

她們確實想了好一會兒，我聆聽晚風與蟬鳴，跟著大伙沉思。一想到未來終究只有我一人以及那種寂寥與痛苦，我幾乎感到驚慌。身爲牧師，我必須保守祕密，也必須放棄某些權利，我眞厭惡這些跟著職務而來的責任與義務。但當我抬頭一看，正好迎上你母親的目光，她羞怯地笑笑、碰碰我的手說：「你會沒事的。」

她的聲音是如此輕柔；世間竟有這種聲音，而我有幸聆聽，實在是深不可測的恩典。我當時認爲如此，現在亦然。

後來她跟著一些女教友到家裡，卸下窗簾淸洗，幫冰箱除霜等等。過了一陣子，她開始獨自前來打理花園，把花草照料得茂盛美觀。有天晚上，我看到她在站在漂亮的玫瑰花旁，我說：「我該怎樣回報這一切呢？」

她說：「你應該娶我。」我果眞娶了她。

我有個想法：我若把手放在她的眉梢，心無雜念地祝福她，表現得正如普通牧師爲教友祈福，那麼我希望她也跟我一樣，心中沒有其他念頭。噢，我知道她喜歡我，而且非常忠心，但我有時仍希望〈雅歌〉中的經文能令她悸動，彷彿道出她的心聲。我實在無法相信她的感情可能跟我一樣強烈。而這個傑克．鮑頓爲什麼如此令我擔心？愛情是神聖的，因爲它恰如主的恩典，對方究竟值不值得愛，其實根本無所謂。即使未來充滿了困難，我留給她的幸福說不定更勝以往，有時我覺得我已看出她的喜悅，倘若主允許我暫且見證祂所賜予她的恩典，我將在她的喜悅感受到祂最大的慈悲。

今天早晨，一片璀璨的晨曦飄過我們家，朝向堪薩斯。堪薩斯在沉睡中淸醒，迎向明亮的陽光，陽光灑滿了天際。這片古老草原被稱爲堪薩斯或愛荷華的時間並不長，今天不過是草原上的另一天；但每一天都是另一天，也都是嶄新的第一天。日光恆久不變，我們不過是在其中翻騰。我祖父的墳變成了光，長滿了雜草的小墳地上閃爍著露珠的光芒。

「你曾在伊甸上帝的園中，佩戴各樣寶石，就是紅寶石、紅壁璽、金鋼石。」[47]

思及至此，我不妨說：當你年紀跟我一樣大的時候，說不定也可以跟我一樣寫下生命的二三事。人年紀一大就難以言之成理，在某些方面也比較不靈光，這是經驗之談。

我怎麼喜歡想到你變老呢？那天你給我看一顆鬆動的牙齒，我卻想像你首度感覺到膝蓋風濕痛，心中不禁充滿憐愛。老傢伙，勤加禱告吧！我希望你比我見多識廣——我只得歸咎於自己，也希望你會閱讀我的一些書。願上帝保佑你的雙眼、你的聽力，當然還有你的心臟。我眞希望能夠繼續爲你承受重擔，但那種爲父的喜悅只有交給主了。

今天是奇怪而擾人的一日，葛洛莉打電話來邀請你和你母親去看電影。她開車來接你們，順便帶了老鮑頓一起來，扶他下車，攙著他走上階梯。鮑頓近來很少離開家裡，看到他出現在家門口，我感到相當驚訝。我們扶他到餐桌旁坐下，幫他倒了一杯水，然後你們三人就離開了。這一趟似乎讓他筋疲力盡，因爲他只是一臉木然地坐著，闔著眼，幾乎動也不動，偶爾清清喉嚨，彷彿有話要說，但想了想又沉默不語。我轉到收音機的一個節目，兩人靜靜聽了一會兒，他聽到有趣的地方就咯咯一笑，我想他大概在那裡坐了將近一小時才開口。

他說：「你知道的，傑克還是不太對勁，還是不太好。」然後搖搖頭。

我說：「我們談過了。」

「哦，沒錯，他也跟我們閒聊，但他從來沒跟我說他為什麼回來，也沒跟葛洛莉講。他好像在聖路易有份工作，我也不曉得那份工作怎麼了。我們以爲他說不定結婚了，有一陣子我相信他眞的娶了太太，但我也不曉得後來怎麼回事。他似乎有點錢，唉，我什麼都不曉得。我知道他跟你和艾姆斯太太聊過，我知道的。」

說完他又閉上雙眼。他說得相當吃力，我想那是因爲他很不想說剛才那番話，卻又非說不可。我將之視爲警訊，不然還能怎麼想？我想他親自來一趟，目的也在於強調剛才那番話，肯定是這樣的。這下我更堅信一定得跟你母親談談。

我們還坐在那裡時，傑克．鮑頓沿著前廊階梯走上來，我說請進，推了張椅子給他，但他在門邊站了幾分鐘，一語不發地端詳著我們。從他的表情看來，他八成已經判定我們在說些什麼。他似乎總懷疑人們聯手設計他，其實多半沒錯，現在更是如此。當他看穿人們的假面具時，神情中便帶著一絲挫折與慚愧，我看了總爲他遺憾，也因爲自己參上一腳而感到羞愧。他看來有點生氣，這倒令我擔心。

傑克說：「我回家發現屋裡沒半個人，有點嚇了一跳。」

鮑頓和藹地說：「對不起，傑克！女士們看電影去了！艾姆斯和我就跟彼此作伴，我們以爲你不會這麼快回來！」鮑頓每次想讓別人以爲他說的是眞話，就用這種口氣。

「好吧，沒關係。」傑克說。我再請他坐下時，他坐了下來，然後緊盯著我，臉上似笑不笑，一副他曉得實情卻不敢相信你仍想騙他的模樣。這時鮑頓幾乎已經睡著，他最近話一講不下去就打瞌睡，我不能怪他。但我也考慮自己的心臟狀況，我始終覺得跟傑克說話非常耗心力。說眞的，我很同情他，他似乎能看穿別人的心意，對我而言，這種能力幾乎像個詛咒。我當然無法跟他坦承，換言之，我不得不跟他說謊，而他坐在那裡盯著我，好像我是世界上最卑鄙的騙子，甚至刻意侮辱他，其實我也有這種感覺。

「你父親覺得需要出來透透氣。」我說。

他說：「這倒可以理解。」

其實我這麼說非常荒謬，這些日子，鮑頓能做的不過是由床邊走到前廊的椅子旁。

我說：「我猜他想趁天氣好的時候多走動。」

「我想也是。」

過了一分鐘後我說：「嗯，今年的橡實眞多！」聽來可笑極了，傑克聞言大笑。

「烏鴉也是一大群，瓠瓜又漂亮又豐盛。」他說話時一直瞪著我，意思似乎是：讓我們彼此說眞話吧。

我大可告訴自己，我根本不曉得怎麼回事，藉此原諒自己說謊搪塞。我確實認爲他父親過來警告我要提防他，但也不是百分之百確定。不管如何，我不能背叛鮑頓，特別是他冒著身體不好的危險過來一趟，更別說他就坐在一臂之遙，說不定正在聽我們說話。但不誠實就是不誠實，被逮到了就是不好意思，特別是你毫無選擇，只能在對方的怒視下不停地說。能騙到什麼程度，就騙到什麼程度吧。

從另一方面而言，我看來雖然比他父親健康，年紀卻比他父親大。因此，我覺得自己不該受到這種嘲弄，他若想惹我生氣，確實已經奏效。其實我的心臟負荷不了，已經發出了警訊，我得趕緊禱告。我懷疑他知不知道我心臟的狀況。

嗯，既然你母親曾請他幫忙把書房的東西搬到樓下，他當然曉得我心臟的狀況。

我為此事祈禱時，腦海中一直浮現他神情中的悲傷。他似乎承受了某種悲痛，為此他就應該受到寬恕。

你們三人很快就回來了，之後情況就好多了。葛洛莉乍看到傑克，似乎有點訝異，但你母親看來愉快，我相信她向來很高興看到他。

你喜歡那部電影，托比亞斯不准上電影院，所以你把半包焦糖花生爆米花留給他，你這樣做頗值得讚許。我原本也不曉得該不該讓你去看電影，但家裡既然有了電視，禁止這類娛樂活動似乎沒什麼意義。托比亞斯當然也不准看電視，你母親答應他母親，他過來玩的時候，家裡就不開電視，但你卻因此經常錯過了《西斯可小子》，難免有點不高興。你向來不善社交，我有點擔心你若是非得在電視或托比亞斯當中選擇其一，你最要好的朋友說不定會落單。結果托比亞斯經常在前廊等你，有時候實在不該讓他等這麼久。我們以前覺得你似乎很寂寞，幸好出現了乖巧的托比亞斯，我們的禱告得到應驗，你卻讓他枯坐在前廊直到影片結束。但這一陣子以來，我不想太禁止你。托比亞斯的父親還年輕，上帝若應許，他還有好多年能跟孩子相處。

好了，你們三人神情愉悅地走進來，身上飄著爆米花香，我心中的大石頭落了地，輕鬆得難以形容。聊了一會兒之後，你母親和葛洛莉把鮑頓扶進車裡，開車載他回家，他只有在自己家裡才會舒坦。她們隨後在鮑頓家幫大家準備晚餐，你跑去找托比亞斯，跟他說些槍擊手、聯邦探員之類的傻事，稍微汙染他純潔的路德教徒心靈。我跟傑克．鮑頓坐在桌邊，他一語不發，不到一會兒就起身離開。他沒有回家吃晚飯，大家雖然沒說什麼，但我知道大家都很擔心。你母親和葛洛莉清理碗盤之後出去散步，兩人說想享受一下寧靜的夜晚，回來之後，葛洛莉說見到了傑克，他跟她們說晚一點會回來。我看得出她們在酒吧裡找到他，她們沒說細節，鮑頓也沒問。

傑克．鮑頓有妻子和一個孩子。

他拿照片給我看，旋即又收了回去。我有點困惑，這肯定在他意料之中，但我看得出來他壓抑了怒氣——他的妻子是黑人，我確實大感驚訝。

我昨天早上去教堂整理舊文件，邊整理邊想，若把這些有趣的文件放在一旁，說不定就不會被當作廢紙丟掉。書房裡堆放了成箱的備忘錄、雜誌文章、傳單、帳單，我似乎從來不丟棄任何東西。只怕新來的牧師沒耐心逐項檢視，但這也只能怪我自己。

我就這麼待在書房裡，身上沾了蜘蛛網，覺得有點髒兮兮，心情也不太好。老實說，我不希望受到打擾，因爲我不曉得自己還能撐多久，我整理還不到半小時就已感到疲倦。

就在此時，傑克．鮑頓登門而入，身上又穿著西裝、打著領帶，鬍子刮得乾乾淨淨，儀容整齊但看來心神不寧，雙眼流露出疲態，願上帝保佑他。我必須承認我有點好奇他爲何上門，而不單是驚訝。我臉上和雙手都是灰塵，不能這樣跟他說話，所以我說聲抱歉便出去梳洗一番，回來之後見到他依然站在門口——我剛才忘了請他坐下，所以他一直站著。他看來非常蒼白，我居然如此不體貼，眞是慚愧。他生怕冒犯到我，所以堅守一般人學了就忘的禮節，但他那副模樣卻好像有意讓人感到慚愧，最起碼我的感覺是如此。唉，我知道這樣說實在不公平。

他坐定之後，我從桌上搬起幾個紙箱，他起身逕自從我手中接過一個。他是好意，但依然惹得我有點不高興，我寧願自己忙到倒地暴斃，也不願多過一天讓人認爲沒有用的日子。但他是好意，他把兩個紙箱搬到地上，雙手和外套都沾上了灰塵，他拿出手帕稍微擦拭一下。我建議到教堂裡坐坐，但他說書房就好，所以我們靜靜地坐了一會兒。

然後他說：「我離開這裡很久了，主要是爲了我父親好。我原以爲永遠不會回來。」

我問他什麼讓他改變主意，他想了好一會兒才回答。

「我有好些事情想跟我父親談談，但是……不曉得爲什麼，我卻壓根沒想到他會變得這麼老。」

「他最近這幾年撐得很苦。」

他雙手蒙住雙眼。

我說：「你回來了，對他頗有幫助。」

他搖搖頭說：「你昨天跟他談了。」

「沒錯，他確實有點擔心你。」

他笑笑。「葛洛莉前幾天跟我說：『他身子很弱，我們不想讓他喪命。』什麼叫做『我們』！但我倒是眞的不想害死他，所以我想先跟你談談，我保證自此之後再也不會叨擾你。」

我幾乎想提醒他，我身體也不好。幸好沒說，因爲我實在不曉得他會說些什麼讓我心臟病發作的大事。

他從胸前的口袋裡掏出一個小皮夾，打開皮夾舉到我面前，他的手發抖，我得戴上眼鏡才看得清楚。那張照片有點像是家庭照——他自己、一名年輕女子和一個五、六歲的小男孩，女人坐在椅子上，小孩站在她旁邊，傑克．鮑頓站在他們身後。照片上是傑克、一名黑人女子和一個膚色稍淺的黑人小男孩。

傑克看看照片，然後猛然闔上皮夾，塞回口袋裡，說道：「你瞧瞧。」他的語調是如此克制，聽起來幾乎尖酸。「你瞧瞧，我也有妻小。」然後目不轉睛地盯了我幾分鐘，顯然克制著不要動怒。

「看來是個端莊的家庭。」我說。

他點點頭。「她是個端莊的女人，小孩也很乖，我很幸運。」他露出微笑。

「你怕這件事會讓你父親喪命？」

他聳聳肩。「這件事幾乎讓她父母氣死，他們都詛咒怎麼會有我這種人。」他笑笑，伸手碰碰臉頰。「你曉得的，我很會惹人生氣，但這回的層次完全不同。」

我兀自沉思，於是他接著說：「或許不是吧！只是我覺得似乎如此……」說完便靜坐在一旁，檢視自己的雙手。

「你們結婚多久了？」話一出口我就後悔了。

他清清喉嚨。「誠如人們所言，在上帝的眼中我們已經成婚。祂雖沒發出一紙結婚證書，但祂也不堅持反種族通婚法。這不就是所謂『隱匿的上帝』嗎？對不起。」他笑笑。「在上帝眼中我們已經結婚八年，一起生活了十七個月兩星期又一天。」

我說愛荷華州從未有這種法律，他說：「沒錯，愛荷華州，激進主義的閃亮之星。」

我問他是不是打算回來這裡結婚。

他搖搖頭。「她父親不讓她嫁給我。對了，她父親也是牧師，我想這八成是命中注定。田納西州那邊有個篤信宗教的男人，人很好，跟她家裡也很熟，願意娶她，也同意收養我們的孩子。她的家人相當感激，也相信這樣對每個人都好，我想也是吧！說實話，我根本養不起這個家，手頭拮据的時候，他們母子倆時不時還得回田納西州待著。在這樣的情況下，我實在不能要求她跟她家人一刀兩斷。」他清清喉嚨。

我們默不作聲，然後他說：「你知道她父親最反對哪一點嗎？他說我是無神論者！黛拉說他認爲所有的白人都是無神論者，唯一的差別是一些人有此自覺。黛拉是我太太。」

我說：「嗯，從你說的某些事情來判定，我也以爲你是無神論者。」

他點頭。「我可以直接告訴你，我不信上帝，這樣講或許更眞切。我甚至不相信上帝不存在，你懂得我的意思吧？我太太很擔心，部分是爲了我，部分則是爲了我們的兒子。我騙了她好一陣子，後來才跟她實說，我想她以爲她能拯救我。我們剛認識的時候，她以爲我從事神職，很多人都犯了這個錯誤。」他笑笑。「我通常加以更正，對她也是。」

我實在不曉得老鮑頓將如何看待此事，思及至此，我感到有點訝異，這些年我們討論了大小事情，卻從未談起這個議題，我們只是從來沒碰過這種狀況。

我說：「你跟葛洛莉說了吧？」

「不，我不能，她聽了會再度心碎。她看得出我有心事，她說不定以爲我惹了麻煩，我猜我父親也這麼想。」

「我相信他是。」

他點點頭。「他昨天哭了。」他看了我一眼。「我又讓他失望了。」他嘆了口氣，克制著情緒。「離開聖路易之後，我就失去了黛拉的消息，我一直等著她的信，我已經寫了好幾封給她——那句箴言怎麼說來著？『所盼望的遲延未得，令人心憂。』[48]」他笑笑。「我甚至借酒澆愁。」

我說：「我曉得。」他聽了笑笑。

「『可以把濃酒給將亡的人喝，把清酒給苦心的人喝。』[49]不是嗎？」

確實沒錯。

他說：「她對我說的頭一句話是：『牧師先生，謝謝你。』那時下大雨，她正在回家路上，手裡抱了書本和文件——她是個老師。有些文件掉到路上，被風吹得滿街飛舞，我過去幫她收拾。我剛好帶著雨傘，就順便送她到家門口，我當時沒有多想，只覺得這是應該的。」

「你的家教很好。」

「沒錯。她父親跟我說，我若是個紳士，當初就不該招惹她，我了解他的感受。碰到我之前，她日子過得很好，而我卻不是個紳士。」他不讓我出言反對，逕自繼續說：「我曉得紳士是什麼意思。我太太確實給我帶來好的影響，最起碼有段時間。」

他又接著說：「我不想再煩勞你，我曉得我已經太叨擾了。但你如果想聽，我們可以再聊聊，我一直想跟你好好談談。」

我跟他說他想談多久就談多久，他說「你眞好心」，然後靜靜坐了一會兒。「我們若能想出法子一起生活，我想她會嫁給我。我相信她家人最反對的就是這一點，他們說我沒辦法養家，而到目前爲止，他們說的也沒錯。」

他清清喉嚨。「碰見黛拉時，我的人生正値低潮，細節我就不說了。黛拉對我非常好、非常親切，因此我偶爾特意走到她家附近，碰了面就聊聊，我發誓絕對沒有其他意圖，好壞念頭都沒有，我只想看看她。」他笑笑。「她總說：『午安，牧師先生。』那時很少人把我看在眼裡，這話聽了很順耳。後來我經常到她住的街上閒逛，倒不是想見到她，只是想感受她的存在，讓自己快活一點。有天晚上我眞的碰到她，我們聊了一會兒，她請我到家裡喝茶。她跟另外一個女孩同住，室友也在黑人學校教書。我們三人一起喝茶，氣氛相當融洽。我告訴她我不是牧師，她這才曉得眞相。我想她一定以爲我是牧師才邀請我，但我跟她實話實說，她聽了似乎不介意。

「我不曉得事情怎麼發生的——我買了一本書，只爲了把書借給她。我把書送到她家，我甚至摺了幾頁，好讓她以爲我讀過了。她邀請我感恩節一起吃飯，她知道我跟家人不親，說不能讓我一個人過節。我說我不太喜歡跟陌生人相處，她笑笑說沒關係。我過去之前喝了幾杯酒，結果比預期晚到。我以爲是要參加派對，但屋裡卻只有她一個人，看來非常不高興。

「我盡量道歉，還說我可以馬上離開，但她說：『你坐下吧！』於是我們坐下來吃飯，兩人皆一語不發。我稱讚說餐點很可口，她說：『早一點吃說不定味道更好。』然後又說：『你遲了兩個鐘頭，嘴裡還有酒味……』講話的口氣彷彿把我看成……嗯，我能怎麼說，我就是那副德行。我忽然想到我不該來，也不值得她尊重，想了竟然覺得難過，我自己都有點訝異。我站起來謝謝她，然後告辭離開。

「但走了幾條街之後，我發覺她一直跟在後面。她走到我旁邊說：『我只想告訴你，不必那麼難過。』

「我說：『這下我得送你回去了。』

「她笑笑說：『你當然得送我回家。』

「我依言照辦，後來她的室友羅蘭回來了。她們教堂舉辦了餐會，但黛拉藉口不舒服留在家裡。照理說那時我應該已離開，但我們兩人卻坐在那裡享用南瓜派，還有什麼比這個更尷尬的？」

他笑笑。「我們絕對沒有踰矩，但不曉得爲什麼話傳回了田納西，她姊姊甚至過來找她，顯然打算把我嚇走。晚上我經常帶本詩集過去，我們爲彼此朗讀，她姊姊則坐在旁邊瞪我，眞是又荒謬又好笑。學期結束之後，她的哥哥們把她帶回田納西，她留了一張紙條請羅蘭交給我，藉此跟我道別。她父親既然是個牧師，我曉得肯定不難找，於是我去了一趟孟斐斯，也找到他的教堂。那是一座規模龐大的黑人衛理公會教堂。隔天是星期日，我上教堂做禮拜，我當然曉得黛拉會來，我也希望跟她父親談談。我以爲，我若直截了當擺出男子氣概，說不定能讓他接納我，於是我把皮鞋擦得亮晶晶，頭髮也梳得整整齊齊。

「教堂座無虛席，我坐在幾乎最後方，但我是在場唯一的白人，大家都注意到我。黛拉的姊姊是唱詩班的一員，遠遠就看到了我。從她父親看我的神情，我知道他已猜想到我是誰，他在講道中提到有些人披著綿羊的外衣，內心卻像惡狼；他還講到粉飾的墳墓，裡面擺滿了死人的骨頭和汙穢等等，講話的同時當然一直瞪著我。

「但我依然強迫自己到門口跟他說話，我說：『我只想跟您保證，我跟您女兒之間絕對光明磊落。』他卻說：『你若是個光明磊落的男人，就不要再糾纏她。』

「我說：『好，我答應你，我來這裡就是爲了跟你保證我做得到。』那當然是個謊言。那天早上我走進他的教堂，看到了黛拉跟家人站在一起。我以爲我若留下好印象，讓他認爲我是個正直誠實的男子，情況將有所改觀，但我唯一的機會卻從眼前溜走。我看得出來她過得很好。老實說，我不確定自己爲什麼跑這一趟。我當然不願不告而別，但我什麼都沒跟她說就離開，當晚即刻返回聖路易。我不確定她父親是否稱許我的勇氣，但我確定黛拉大受感動。秋天到了，我剛好走到她家附近，其實我每星期都『剛好』到那裡走走。她看到我，我稍微舉起帽子打招呼，她頓時熱淚盈眶，從那時開始我們便視彼此爲伴侶。

「消息傳回田納西之後，她的家人幾乎跟她斷絕關係，後來她懷孕遭到學校解聘，我當時賣鞋，收入雖然微薄，但也不會因爲賣鞋子而被逮捕。小孩出生幾星期前，她母親過來看她。我們住在小旅舍裡，附近治安很差，而且家徒四壁，實在很丟人。我們當然不能住在好地區，我們還得多付點錢給旅舍員工，好讓他睜一隻眼閉一隻眼，好堵住他的嘴。他常說我們『惡意同居』？『淫亂同居』？反正就是犯法。他還說『淫蕩』吧？不曉得爲什麼，我老忘了這個字，你無法想像他們如何百般刁難。

「後來她父親和哥哥來找我，我們五個人坐下來商談，她父親先開口：『你應該很高興我是個基督徒。』他的氣勢相當嚇人，而且義正詞嚴地叫我勸黛拉跟他們回去。我依然照辦，她便跟他們回去了。唉！我又難過卻又鬆了一口氣，我一想到小寶寶就害怕了。悲觀的我總想著事情一定會出錯，大家也會怪我。我試圖隱瞞，但她看出我鬆了一口氣，很難過。我知道自己傷了她，跟她說我一存夠錢馬上到孟斐斯找她，但我欠了一些錢，債主也找上門，我花了好幾個星期才湊足錢。我本來就知道債主會上門，也因爲如此，我才慶幸她離開了，但我當然不能跟她明說。最後我寫信跟父親借錢——那時我最起碼已經一年沒跟他聯絡。他寄錢過來，而且數目是我要求的三倍，他還附了一張字條說你要結婚了。

「那段日子裡，河邊經常舉辦佈道大會，會場很熱鬧，人聲沸騰，而且很少人喝酒，所以我每晚都過去看看。有天晚上，一個站在我身旁的男人忽然倒下去，彷彿中槍似的。他跟我站得很近，就跟你我現在的距離一樣。他不久之後起身，伸出手臂環抱著我說：『我的重擔已經消失無蹤！我變成了一個孩子！』我當時想，我若朝左邊靠過去幾步，說這話的人可能就是我。這當然多少是玩笑話，但我若眞能跟他交換位置，我這一生或許就有所改觀，我說不定能坦然面對黛拉的父親，甚至我自己的父親，大家也不再認爲我會危害到自己的孩子。那個男人站在那裡，鬍鬚上沾滿了木屑，並且說：『我是最頑劣的罪人！』看來似乎也是眞的，然後他哭了起來，又是悔恨又是解脫。我則雙手扠在口袋裡冷眼旁觀，心裡感到些許焦慮和羞愧，但請恕我直言，也覺得有點好笑。隔天我接到父親的信，我買了一件像樣的大衣和車票，很快就忘了那個男人。

「我抵達孟斐斯的前一天，寶寶才剛出生，因此屋裡到處都是姑姑、阿姨以及教會的婦女。她們請我進去坐在角落，我想大家都不知道該拿我怎麼辦，只好把我晾在一旁，等黛拉的父親來了再說。在此同時，大家還是各忙各的。天氣若暖和一點，我想我會坐在外面的臺階上。有個女人對我說：『母子均安，兩人都在休息。』她還好心地拿了一份報紙給我，我有東西可讀，比較不會感到困窘。

「等到她父親終於回家之後，大伙一個個退下，家裡頓時安靜無聲。我起身，但他根本懶得跟我握手，劈頭就說：『我曉得你不是退役軍人。』我跟他說了一些謊話，當時一說就後悔，因爲我講得實在不具說服力。唉，其實沒什麼好擔心的，我看得出他根本不相信我，我怎麼說或是說什麼都沒用。我若沒記錯，〈申命記〉說人因怯懦而不參軍：『誰懼怕膽怯，他可以回家去，恐怕他弟兄的心消化，和他一樣。』[50]因此，我有《聖經》幫忙撐腰，但我還是不提爲妙。

「他說：『我曉得你是堪薩斯州約翰．艾姆斯的子孫。』他說的當然是你祖父，其他人肯定馬上更正，但我想他若相信如此，說不定對我比較有利。自從我們碰面以來，這是他頭一次對我稍表讚許。他說他認識一些從密蘇里州遷居至此的家庭，他們顯然跟他提到你祖父突襲、圍剿等英勇事蹟。我跟他說我小時候也聽過關於老先生的二三事——我沒說謊，我確實聽說他抱著乾淨的衣物跑了，但我沒跟黛拉的父親講這些。我記得我父親說，他小時候曾看過老先生來到我們的教堂，獨自坐在後面，當奉獻盤傳到他手中，他一把將錢倒進帽子裡。」

我祖父確實相信長老會教徒囤積財物，所以這事並非全然不可信，而他那頂帽子的確功用無窮。

他說：「我們認眞地聊了幾分鐘，但我必須謹愼，我對過去知道得不夠多，最好不要冒險多說。因此，我說家人戰後就成了和平主義者，也不喜歡討論這些，我相信我說的沒錯吧？」

絕對屬實。

「黛拉要以我的名字爲寶寶命名，所以她父親才知道我的全名，我聽了眞是鬆了一口氣。她父親說：『她一直在等你。』我整個下午都坐在她床邊，她想說話，我就陪她聊聊，順便看顧小寶寶。小寶寶一哭，女人們就把他抱走，她們還送來晚餐。我以爲情況已有轉機，但大伙只是善盡基督教精神。當天晚上，她父親叫我趕緊離開，他說：『這回我就不訴諸你的榮譽感了。』我想他有權這麼說。她受到家人悉心照顧，我不曉得還能做什麼，所以我決定回聖路易，找份好工作、存點錢，試圖想出個辦法。她跟我提過想把小寶寶帶回家，她所謂的『家』就是聖路易。

「我把父親給的錢全留給她，三個月之後，她、她姊姊和小寶寶回到她原來住的地方，也就是那棟跟羅蘭合租的房子，我們剛認識的時候她就住在那裡。我在別處有個小房間，乾淨、便宜而且環境不錯，但我若把黑人太太和小孩帶回去，只怕會被趕回街上。我若打算存錢，我們也不能搬回那個破舊的小旅舍。日子就這麼過下去，我一直沒還我父親錢，一毛都沒有。

「這些年來，他們母子始終來來去去，日子一過不下去，爲了小孩好，她就回孟斐斯去。小孩非常乖，我相信他從未缺過什麼，他有舅舅、表兄妹，外祖父也很疼他。

「我兒子叫做羅勃．鮑頓．麥爾斯，他非常尊敬我，很有禮貌，但你兒子跟我相處得比較自在。

「大約兩年前，我終於找到一份收入微薄的工作，我在一個黑白人混居地區買了一棟房子，羅勃和黛拉隨即搬了過來。房子相當簡陋，但我重新粉刷，還買了幾張地毯和椅子，我們在那裡住了將近八個月。但後來我們太大意，有天全家人一起到公園散步，我老闆跟他家人剛好也在那裡。隔天早上，老闆把我叫進辦公室，跟我說他得顧及聲譽，言下之意是叫我走路。我揍了他，明知這麼做非常愚蠢，但我還是出手了。還揍了兩次。他撞到桌子，摔斷了肋骨，我答應支付醫藥費以及其他損失，以爲這樣做他就不會報案，但當天晚上警察就上門，說同居是犯法的。我雖然覺得很丟臉，但依然保持冷靜，我想自己既然已爲人夫和人父，最好盡量避免牢獄之災。最後我將家人送上回孟斐斯的巴士，把房子租出去，把狗送給了鄰居。

「我覺得我得把事情想清楚，於是決定回家一趟，我想我說不定可以帶著家人搬回來，你知道的，黛拉和羅勃。我甚至想讓羅勃跟我父親見見面，我想讓他知道，我的生命中總算有了足以自豪的事。羅勃非常清秀也很聰明，請相信我，他自小受到信仰薰陶，還說長大之後想當牧師。但看到父親身子這麼弱，我不想讓他太難過，我眞的不想讓他喪命，我自己的麻煩已經夠多了。」

他說：「你不會說這是上天的報應吧。」

「我從來沒有這麼想。」

「我想我信得過你。」

「謝謝。」我說。

他沉重地嘆了一口氣，然後說：「你非常了解我父親。」

「關於此事，我可不敢做出任何擔保，我不想擅自猜測，你得讓我好好想想。」

然後他說：「若換作是你，而不是我父親……」

唉，我曉得他爲什麼提出這個問題，因爲鮑頓和我通常想法極爲一致，但這個問題不如他想像中這麼單純，我猶豫了一會兒。

他盯著我，然後笑說：「你的婚姻也不太尋常，應該也略知被捲入醜聞的感受，你知道的，不夠匹配等等。我的黛拉是個有教養的女人。」這番話字字句句全是他親口說的。這正是他的一貫作風。這話講得惡毒而刻薄，更何況跟目前討論的事情也沒關聯。我從不覺得自己的婚姻沾惹上任何醜聞，你母親相當獨特，也是個高尚的女子，就算有幾個人說閒話，我也很快原諒他們；他們不該評斷他人，我深知這一點，他們也該明瞭。

但他臉上又露出倦容，整個人似乎極度疲憊，他用雙手遮住臉，我也只能原諒他。先前猶豫之時，我心裡有個想法：許久以來，我已經習慣將他所有行徑視爲惡意，因此，我說不定懷疑他對這名不能迎娶的女子、以及他跟我提到的這個小男孩，懷有另外的企圖。不，他不是這種人，我絕對想錯了。但他先前的問題是：對於此事我可能做何感想？而非我應該怎麼想。鮑頓就不同，他眼中的傑克始終相當高尚，最起碼我一直相信他這麼想。

我說：「我想見見這個孩子，特別是聽了你的描述之後，我更想看看他。」我接著又說：「他顯然比另一個孩子受寵。」

傑克瞪了我一眼，我這輩子從未見過他露出這種神情。他臉上血色盡失，勉強笑笑說：「『孩子們的子孫都是老人家的心肝寶貝。』」

我說：「請原諒我剛才說的蠢話，對不起，我累了，我畢竟年紀大了。」

「沒關係。」他說，語調中充滿自制。「我已經占用你太多時間，謝謝你。你是個牧師，我相信你能為我保守祕密吧。」

我說：「我們不能就此打住。」但我好疲倦，心情又不好，能做的也不過是從椅子上站起來。他在門口停步，我走過去伸出雙臂抱住他，在那短短的一刻，他真的把頭靠在我肩上。

「我累了。」他說，而我也感到他心中的孤獨。我應該是他的義父，也打算像個義父一樣跟他說幾句話，但這似乎太複雜，我也累得不曉得該怎麼說，我若表達得不夠好，他說不定以為我跟他都曾犯下某些錯誤；但其實我只想說，他遠比我想像的正直多了，所以我僅說：「你是個好人。」他質疑地看了我一眼，然後笑笑說：「牧師先生，請相信我，比我糟糕的大有人在。」

後來他又說：「我們鎮上如何？我們若到這裡結婚，一家人能住在一起嗎？大伙會讓我們安然過日子嗎？」

嗯，我不知道該如何回答這個問題，我想會吧。

他說：「以前有人放火燒了黑人教堂。」

「那只是一場小火，而且是好多年前的事情了。」

「但是多年以來，鎭上再也沒有黑人教堂。」

對此，我當然也無法置評。

「你在這裡頗有影響力。」

我說，或許沒錯，但我只怕來日不多，不曉得到時是否發揮得了影響力。我提了一下我心臟的狀況。

他說：「我無權讓你爲我的問題煩心。」我想他沒有其他意思，只是一番客氣話。我覺得我們聊得還不錯，聊出了一些結果，我跟他這麼說，他點頭表示同意，然後起身告辭。過了一會兒之後又說：「爸爸，無所謂，反正我想我已經失去他們了。」

我靜靜地坐在桌前，再三思量、祈禱，直到你母親過來找我。她以爲我發生了什麼事，我也不能怪她多想，事實上，我覺得自己似乎經歷了某種衝擊，但無論如何我都不能跟她多說。

我寫下了一切，你或許會質疑：身爲牧師的我不是應該守密嗎？但我經常利用書寫來幫助自己思考，更何況，你今後或許聽不到任何關於他的好評，我只是不曉得該用什麼其他方式讓你明瞭，其實他也有善良的一面。

那是兩天前的事了，今天又是星期日，對從事神職工作的人而言，每天似乎都是星期日或是星期六晚上，剛準備好這星期的講道，下星期馬上接踵而至。今天早上，我用了一篇你母親頻頻擺在我面前的講道辭，講道辭出自〈羅馬書〉第一章：「因爲，他們雖然知道上帝，卻不當作上帝榮耀祂，也不感謝祂。他們的思念變爲虛妄，無知的心就昏暗了。自稱爲聰明，反成了愚拙。」另外，舊約經文出自〈出埃及記〉，描述悲慘的災禍。我在講道中批評理性主義和非理性主義，因爲兩者皆頌揚萬物，而非造物者。講道之前我曾稍微瞄了一下，逐字念誦時卻感到有點驚訝，因爲講道辭念來有時言之成理，有時卻錯得讓人難爲情。更令人驚訝的是，整篇講道辭感覺上像是別人寫的。傑克．鮑頓身穿同一套西裝領帶坐在你旁邊，你看來很開心，我相信你母親也很高興。

我站在講壇上，逐字念誦一疊發黃的舊紙張，紙上盡是我曾經堅信的想法。大半輩子之前，我在漫漫長夜中寫下這些念頭，現在我卻試圖讓自己聽起來不是那麼信誓旦旦，這實在不是我理想中的講道辭。傑克．鮑頓好端端地坐在第二排，似乎總能一眼看穿我。我最近才相信雖然他心中依然存疑，但說不定願意試著上教堂尋求眞理，此時我卻念誦著這些老舊的話語，他則面帶微笑地看著我。我確實認爲理性和非理性主義有所關聯，誠如物質主義和偶像崇拜，如果我精神稍佳，我會放下講道辭，針對這點再做闡述；但我累了，於是匆匆念完講道辭，跟大家握手，回家在沙發上打了個盹。我在講道中沒有提及傑克跟我談論的事情，整篇講道跟他一點關係也沒有，我確實感到他鬆了一口氣，願神保佑這個可憐的傢伙。事實上，站在講壇上的時候，我明白自己對他已不再記恨，心中頗感訝異。我覺得自己似乎已安撫了他失去妻小的痛苦。

今晨醒來，我想到這個小鎮的種種。有時待在小鎮裡，倒不如置身地獄中算了，而這不全是我的錯，其他人也必須承擔責任。我想到僅在我這輩子所發生的種種事情——乾旱、流行性感冒、經濟大蕭條以及三次可怕的戰爭。儘管經歷了這些劫難，但我們似乎從未回頭想想一個顯而易見的問題，也就是主究竟想讓我們得到哪些領悟？「牧師」（preacher）一字來自古老的法文字「prédicateur」，意思是先知，而先知的職責不就是在劫難中尋求意義嗎？

我們既然沒有提出問題，答案也就從我們手中溜去，我們成了一群無法可循的人，連左右手都分不清，進退維谷，陌生人說不定質疑這裡爲什麼竟然有個小鎮，我們自己的孩子也會這麼問，而誰能回答呢？此處不過是坐落在沙丘旁的屯墾區，離堪薩斯還有好一段距離，但小鎮就是因爲這樣才存在的。當年約翰．布朗和吉姆．蘭恩需要藏身之所，而此處正是他們歇息與療傷之地。這一帶當初肯定有上百個此類小鎮在緊急中設立，現在卻早已遭到遺忘。狹小簡陋的城鎮，當初象徵著建鎮先民的勇氣與熱情，現在看來卻顯得古怪、土氣、可笑；連在這裡住得夠久、應該較有智識的居民都看不下去，我就是其中之一。我確實想過，自己若離開，可能永遠不會回來。我猜或許因爲如此，我一直沒有離開。

我先前提過，父母親終究還是離開了。沒錯，他們確實拋下了基列。艾德華在墨西哥灣邊買了一塊地，幫他的家人和我們父母蓋了一棟小屋，主要是想讓母親遠離氣候嚴寒的中西部。母親年紀愈大，風濕病愈嚴重，他實在很有孝心。父母親本來打算花一年的時間安頓下來，然後返回基列，之後只有深冬才到南方避寒，直到父親退休爲止。因此在那一年中，我初次接管了他的教區，但他們從那之後就一直留在南方，僅回來過兩次，頭一次是露易莎過世之時，第二次則是回來勸我跟他們一起離開。他們第二次返家時，我請父親佈道，他搖搖頭說：「我眞的做不來了。」

他跟我說，他無意讓我困在這裡，事實上，他希望我能多出去看看，追尋更寬廣的生活。

他和艾德華都堅信，出去見見世面對我絕對有幫助。他告訴我，離開基列之後回頭看，他才了解基列早就跟不上時代潮流。我提起鎮上久遠的歷史，他笑笑說：「那些古老的戰爭和令人不悅的陳年舊事啊！」我聽了相當不高興，他又說：「你看看這裡，每次樹一長到某個高度，大風就來折斷。」他不停頌揚外面的世界是多麼寬廣，我卻暗自下定決心留下來。他說：「我已經曉得這裡的格局有限，早就跟不上時代，甚至可說狹隘，我也希望讓你了解，你不必固守在此。」

他以爲他能幫我找個藉口，讓我放棄自己的忠誠；他以爲我必須對他負責，他只要稍微說兩句就能更正我的錯誤心態。但我怎能放棄對主的忠誠？那時的我早已領悟，主超越了所有我對祂的了解。換言之，我對祂的忠誠，絕非出自於習慣、訓示、教條或是我對祂的記憶。多年以來我一直有這種領悟，過去如此，現在亦然。父親以爲我是多麼無知？我讀過歐文[51]、詹姆斯[52]、赫胥黎[53]、斯維登堡[54]，天啊，甚至勃拉瓦茨基[55]，這些他都曉得，因爲他始終緊盯著我，他自己也都讀過，我還訂閱《國家》雜誌。我雖然永遠成不了艾德華，但我也不笨，當時我差點這麼說。

我當時又氣又怒，不太記得說了什麼。父親那番話卻只讓我對一個從未離開過的地方產生眷戀。我不敢相信他居然這樣對我說話，彷彿我不曉得該對誰表達忠誠。這人如此看輕我，我怎能聽從他的勸告？我當時就是這麼想，那天眞是糟透了。過了幾星期之後，我接到他那封信。我曾跟你提過孤寂與黯淡，我以為我已經了解那種感受，但那天彷彿有陣刺骨寒風吹過心頭，自此之後終年縈繞不去。父親讓我不得不靠自己、靠主，那是事實，因此我沒什麼抱憾。那些往事雖然為我帶來許多傷痛，但我已從中學到一課。

我究竟爲什麼想到這些？或許因爲我記起了生命中的挫折與失望，而我這輩子確實遭逢了許多感傷的時刻，我還沒老實地跟你說。

今天早晨我到銀行領了一些錢，我想幫傑克一點小忙，他或許需要錢回去孟斐斯，不一定是現在，或許是過一陣子。我過去鮑頓家，跟大伙漫無目的地閒聊，浪費了不少寶貴的時間，最後終於逮到機會跟他單獨說話。我把錢拿給他，他把錢塞回我的外套口袋，笑笑地說：「爸爸，你這是幹麼？你也沒什麼錢。」然後神情黯淡地說：「我要走了，別擔心。」我支領了屬於你和你母親的錢，試圖給他這筆少得可憐的援助，結果卻得到這種反應。

我說：「這麼說，你打算去孟斐斯囉？」

「不。」他清清喉嚨、笑笑說：「我接到了那封等候多時的信。」

我的心情相當沉重。老鮑頓坐在他那張安樂椅上，呆呆地瞪著前方。葛洛莉告訴我，老鮑頓今天只是不斷重複：「主耶穌永遠不會老！」葛洛莉不太高興，傑克悶悶不樂，他們客氣地跟我閒扯，心裡說不定想著我爲什麼還不走。其實我也很想回家，我來此只是爲了表達對傑克的關懷，終於等到機會時，我的好意卻冒犯了他。

回家之後，你母親叫我躺下休息，還叫你跟托比亞斯出去玩，她拉下百葉窗跪在我旁邊輕撫我的頭髮，安撫了我好一陣子。休息一會兒後，我起來寫下這些，現在我正重讀著。

傑克要走了，葛洛莉氣得不得了，跑過來跟我商量。她已經通知了兄姊，請大家放下救世濟人的大業，馬上回家。她相信老鮑頓已不久於人世。「他怎麼可以在這個時候離開！」她說。這個問題相當公允，但我想我知道答案。不久之後，鮑頓家將擠滿有頭有臉的人以及大伙的先生、太太和漂亮的小孩，但他心中卻懷藏著一個悲傷的祕密，他將情何以堪？——我自己也有太太小孩，我曉得的。

我跟你這麼說吧，就算我娶了某位美麗的名門閨秀，她幫我生了十個小孩，十個孩子又各自給了我十個孫兒，但在平安夜、世上最寒冷的深夜，我也會拋下他們，走過數千里的路程，就爲了看看你和你母親的臉龐。即使永遠找不到你，我心中依然抱著一絲希望，光是如此就足以帶來慰藉。這個單純而孤寂的希望永遠存在我和主的心中，其他人都無法體會。換言之，上帝為我埋藏了寶藏——你母親當然是其中之一，而在你甜美的小臉上我也看到了上帝的寶藏，我實在不知如何表達對祂的感激。鮑頓家的孩子眼見傑克似乎一無所有，也許會因自己的富足而不好意思，但滿腹辛酸的傑克只想要他已失去的，而不要他們的富足。這種想法不太寬容，我自己也能理解。

老鮑頓啊！他若能從椅子上站起來，走出自己的沮喪、脆弱與哀傷，他一定會拋下他那幾位典雅、溫和而信心十足的孩子，反倒緊跟著那個他從不曾了解、傷透他的心，卻深受他寵愛的孩子；雖然心有餘而力不足，老鮑頓依然將善盡父責，保護那個孩子，為那個孩子辯護，即使自己幾近一無所有，他也將毫無保留地傾囊相授。鮑頓若是昔日的他，一定會原諒傑克過去、現在以及未來所有的罪，不管那些是不是罪，或是他是否有權寬恕，完全都無所謂。他會如此義無反顧，我倒想親眼瞧瞧。

誠如我先前跟你說的，我稱得上是個好兒子——即使父親遠走他方，我仍固守此地，從未離開父親的家。也因如此，沒有人質疑我的操守。我大概是那種即使上了天堂卻依然放不開的正經人，但也無所謂，愛沒有公平可言，也沒有平衡可言；事實上，也沒有必要。因為愛只不過是廣垠無邊的現實中的浮光掠影，僅在永恆的洪流中留下短暫缺口，根本毫無道理可言。因此，你又怎能解釋愛的前因後果？

長壽有其價值，活得夠久，你才能活得比委屈不平更長久。正因如此，你得好好注意自己的健康。

我想這封信已近尾聲。我約略重讀了一次，發現了某些有趣之處。大體而言，寫著寫著，我彷彿重新投入了這個世界，信的開頭提到死亡，現在讀來卻感受到一絲朝氣，這點倒是新奇，我當然覺得非常有趣。

今天早晨，我看到傑克．鮑頓走向公車站，一身衣服鬆垮垮的，手上的皮箱似乎毫無重量。他看起來比實際年齡老多了，彷彿是個你絕不會把女兒嫁給他的男人，但神情依然帶點優雅和膽識。

我叫住他，他停下來等我，我跟他一起走去公車站。我隨身帶著一本《基督教的本質》，先前我特意擺在門邊桌上，希望有機會拿給他。他拿起書在手中翻了翻，笑說這書真是破舊，隨後又補了一句：「我記得好久以前就有這本書！」說不定這書讓他想起從前經常順手牽羊的那些物品。思及至此，我甚至覺得這書其實就是他的，想了倒令我開心。我在第二十頁摺角做了記號——「僅有在我之外的存在，我才能對其產生懷疑；上帝即是我，我怎能懷疑祂？懷疑上帝，就等於懷疑自己。」當年我默記了這番話，原本打算跟艾德華討論，但那天我們玩傳接球相當盡興，我不想破壞氣氛，自此之後卻再無機會提起。

還有兩點我早先就應該跟他說明，一點是：教義並非信仰，而只是表達信仰的一種方式；另一點則是：「sozo」這個希臘文，我們通常譯爲「得到拯救」，但它也有治癒、救贖之類的意思，因此，一般的譯法限制了字義，也引發了不實的期許。我想他應該明瞭主不吝於賜予恩典，我們也可藉由不同的方式領受。嗯，其實我只是在找話題，他肯定從老鮑頓口中聽了好多次同樣的話。但我心想，他看來如此形影孤單，眞不該一個人獨行，於是我陪他走一段，他不時點點頭，表情相當恭謹。

我倆同行時，他隨意瀏覽那些雖然身居此處卻從未眞正留意的景象——山形牆上的裂縫、空地上踏出的小徑、一張懸掛在柳樹和曬衣杆之間的吊床。我們經過教堂，他說：「我再也見不到這個地方了。」我聽得出他語調中帶著一絲悲傷與眷戀，心中不禁一驚，於是我說：「你好好保重，他們將來總會需要你。」他遲疑了片刻之後點點頭，勉強表示贊同。

然後他停下來看看我說：「你知道嗎？我現在又做了件最不該做的事，我在這時候一走了之，葛洛莉永遠不會原諒我，她說：『這就得了，只有你做得出這種事。』」他雖面帶微笑，眼中確實帶著懼意，我看了有點訝異，但他真的不應該在這時離去，讓鮑頓在臨終之際看不到他，只有他的老父親才會原諒他這種行徑。

我說：「葛洛莉都跟我說了，我請她不要妄下評斷，情況或許不如她想像中簡單。」

「謝謝你。」

「我知道你爲什麼必須離開，我眞的了解。」我從未跟他如此坦誠。我跟你說，聽來或許不可置信，但在那個時刻，我確實感謝自己曾對他心懷舊怨。

他清清喉嚨說：「這麼說來，你不介意替我向我父親道別？」

「當然不介意，我會代你跟他說再見。」

講到這裡，我不知道還能說什麼，但我不想就此道別，更何況爲了健康，我必須坐著休息一下，因此我們一起坐在板凳上。我說：「你若肯收下我給你的一點錢，我會很開心的。」

他笑笑說：「我想我應付得來。」

我還是遞給他四十元，他收下二十元，把剩下的二十元還我，我們靜靜坐了一會兒。

我說：「其實我想爲你祈福。」

他聳聳肩說：「我們得怎麼做？」

「嗯，我想我得把手放在你的眉間，請求上帝保護你，但這可能讓你不自在……」街上還有其他人。

「不，不，沒關係。」他脫下帽子，放在腿上，閉上雙眼、低下頭。他的頭幾乎垂到我的手邊，而我也確實全心爲他祈福，我眞的默念了〈民數記〉的祝禱：「願耶和華使祂的臉光照你，賜恩給你。願耶和華向你仰臉，賜你平安。」[56]再也沒有比這段更美、更能表達我心中感情的經文，在目前這種情況下，它更是發揮了最大的功效。待他還未睜開雙眼或是抬起頭來之時，我又說：「主啊，請賜福給約翰．艾姆斯．鮑頓，這位受人鍾愛的兒子、兄弟、丈夫以及父親。」然後他坐直，彷彿剛從夢中醒來似的看著我。

「謝謝你，牧師先生。」他說，但口氣卻彷彿認定我覺得他已經不再具有我所說的那些身分，實情是，我完全沒有這樣的意思，他完全想反了。唉，不管如何，我告訴他，爲他祈福是我的榮幸。這話百分之百屬實，我這些年來研讀神學、爲人祝禱，期待的就是這一刻。他跟往常一樣靜靜地觀察我，過了一會兒，巴士開進車站，我說：「我們都愛你，你知道的。」然後他笑了笑，說「你們都是聖人」，並在門口停步，舉起帽子致意，轉身離開了。願上帝保佑他。

我撐著走回教堂，走進去裡面休息了好久。跟傑克同行時，我想我察覺出他的辛酸與失落，他原本期望在這個破舊的小鎮安頓下來，卻又不得不放棄這個打算；我了解那種期望，他只想找到一個鼓舞他的地方，過著與世無爭、不受干擾的生活。「將來必有年老的男女坐在耶路撒冷街上，因爲年紀老邁就手拿枴杖。城中街上必滿有男孩女孩玩耍。」[57]這是先知撒迦利亞的預言，他說衆人看了將驚嘆不已，所謂的「衆人」，或許也指這個哀傷世界的衆生吧。夜幕低垂時玩傳接球，嗅著河水的氣息，聆聽火車駛過，這些曾經是防衛據點的小鎮，原本就是爲了保衛此等安寧。

你母親似乎打算每晚都讓我享用最喜愛的餐點，餐桌上經常有烤肉塊，而且一定有甜點。最近天黑得早，所以她在桌上點了蠟燭，我猜蠟燭是從教堂拿過來的，這也沒關係。她常穿那件藍色的洋裝，而你那件紅襯衫已經太小了。老鮑頓的孩子都回來了，只缺他心中最掛念的那一個。他們到家裡看我，邀請我們過去吃晚飯，但最近我們一家三口喜歡待在家裡。你帶著一身晚風的氣息跑進來，雙眼發亮，臉頰和手指凍得通紅，燭光中的你眞是漂亮，讓我這個老頭子幾乎不敢直視。寒氣驅走了所有小蟲，黑夜似乎讓大家降低了音量，好像一群低語的同謀。

你母親輕誦飯前禱詞，幫你在麵包上抹上奶油。我眞希望老鮑頓能看到他兒子低頭領受祝福的模樣，我若跟他說，他若聽得進去，他一定嫉妒我目睹了這一幕，更會嫉妒我是授予祝福的人。我幾乎感覺得到他把手放在我手上，也能想像他在另外一個世界看著我，欣喜而了然於心地說：「這就是爲什麼我們過了這輩子！」我們有千百個理由度過此生，每個理由皆百般充足。

我答應傑克代他跟老鮑頓說再見，因此，晚餐之後，我信步走去鮑頓家。我知道這時老鮑頓應該已經睡著，我可以趁屋裡無人時，悄悄在他耳邊說幾句話。唉，我的好友幾乎已走到生命的盡頭，頭上已籠罩著死亡的陰影，近年來他聽力愈來愈不行，我曉得我若在他清醒時提到那個名字，他一定會掙扎起身，急著了解我想說什麼，他會激動得不得了。我窮盡畢生之力都無法安撫他，但我說得再多也沒辦法讓他解除心中的困惑，他只會一個人不停地想，想得滿心悲傷，我實在不忍心目睹。

他若能像雅各一樣，該有多好。他那失落的愛子把淸秀聰明的羅勃·鮑頓·麥爾斯帶到他面前，請他賜福：「我想不到得見你的面，不料，上帝又使我得見你的兒子。」[58]那將是多麼愉悅、多麼美好，天使現身都不過如此。對我而言，你若相信某事必定屬實，那它必將成眞，這點又讓我想到天堂。唉，你知道的，我最近老想到天堂。

葛洛莉幫我搬張椅子到鮑頓的床邊，我在他身旁坐了好一會兒。以前我常在清晨時分天還沒亮的時候，從窗戶爬進屋裡把他叫醒，兩人一起去釣魚。我們若吵醒了他母親，她會相當生氣，所以我們得偷偷摸摸。有時他不想起來，我就拉他的頭髮和耳朵，在他耳邊說悄悄話，我若說了什麼好笑的事，他就笑得醒過來。唉，那是好久之前的事了。昨晚他睡得好安詳，如同往常一樣側身右睡，我堅信他已在主的懷抱中，但我曉得我若叫醒他，他就會回到客西馬尼園，所以我讓他繼續沉睡。親愛的老友，我已替你賜福了你鍾愛的孩子，我手心中依然感覺到他眉宇間的溫熱，我說我愛他，正如你向來的期望；因此，老友啊，你的禱告終於應驗了。我的也是，我的也是。我們都等了好久，不是嗎？

我離開時看到葛洛莉站在走廊上，靜靜地觀看客廳裡的家人，她的兄姊、大伙的先生、太太以及孩子在客廳裡輕聲聊天，討論政治、玩牌；有些家人則在廚房和樓上，我正要離開時，還碰到五、六人從外面散步回來。想來慚愧，我到現在才明瞭她一定很難接受傑克的離去，她得獨自面對這群和樂融融的家人，獨自承受大家委婉的好意，覺得受不了的時候，甚至沒人能分享她的苦笑。她也不能爲誰辯護了，這無疑是最可怕的遺棄，只有主才撫慰得了她。

我有時覺得主似乎對著萬物的餘燼吹了一口氣，灰白的萬物隨即發出光芒——光芒延續一時、一年或許一生，然後再度恢復原狀，讓人看不出有無任何光彩或是火花。我在五旬節曾以此來講道，我想了想那篇講道辭，其中確實有些道理，但主遠比我描述的大度。放眼所及，你眼中的萬物皆如耶穌變容[59]般光彩奪目，呈現出百般風貌，你什麼都不必做，只須你有心觀看。問題是：誰有勇氣一睹？

我想我會請你母親焚毀那些舊講道辭，執事們可以幫忙安排，紙張應該多得足以生把溫暖的火，我還想到熱狗棉花糖烤串，那些慶祝初雪的小玩意兒。她當然可以留下任何她想保留的，但我不希望她爲此浪費太多時間，它們要不要緊都無所謂，該說的都說了。

在兩種情況下，萬物的聖潔之美顯而易見、光彩耀目，而這兩種情況可說是一體兩面。對世間而言，我們的生命不算什麼；對我們而言，世間的生命亦顯得微不足道。奧古斯丁說，主像愛祂唯一的孩子一樣愛每個人，那一定得是眞的。「主耶和華必擦去各人臉上的眼淚」[60]，雖然這樣必須付出代價，但仍無損這句經文之美。

神學家提到「神恩先惠論」，也就是說，一個人在尚未尋獲主時，主就先施恩。我想我們心中必然預存著一股氣度，讓我們坦然地感念世間之美遠超過人們所見，也讓我們正視自己懷中的寶物，若不善加珍惜，損失必將慘重。誠如前人所言，這股氣度令我們寬宏大量，也令我們有些貢獻，而這兩者說的其實是同一回事。唉，除了殘餘的氣度和一些陳舊往事之外，我還爲你留下什麼呢？誠如先前所言，這一切都已成了餘燼，但慈愛的主未來必定會重新爲之注入火光。

我愛極了大草原！旭日東升，陽光流洩大地，萬物同時泛發出光影，我已經見證了好多次這種美景，「美好」一詞自此深深烙印在心中，我眞有點訝異居然能夠親眼目睹這種景象。「那時，晨星一同歌唱；上帝的衆子也都歡呼。」[61]或許有比這更美的時刻，但我所知道的卻剛好相反。晨星依然歌唱，衆人也都歡呼，他們當然會的。大草原之上，黑夜與白晝幾乎沒有間隙，地平線上無所阻隔，也不見耽擱，從這個角度來看，山脈幾乎顯得唐突。

對我而言，基督就像這地方一樣樸素無飾，不爲人注意。我不禁想像你遲早會離開此地；你或許已經離去，說不定正打算走，那也都沒關係。小鎮當初確實有希望，而後逐漸消沉，沉悶乏味。但遲延的希望依然是希望。我愛這個小鎮，有時我心想，於此入土爲安等於表達了我對此地最終瘋狂愛戀的姿態——我亦將在時光中悶燒燃盡，直到化爲巨大而普遍的熾熱。

我將祈求你成爲一個勇敢國度中的勇敢之人；我將祈求你能夠尋獲貢獻自己之處。

我將祈禱，然後我將入睡。

注釋

1 〈雅各書〉第三章第五、六節。（編按：全書聖經中譯採用新標點和合本上帝版。）

2 〈馬太福音〉第十三章十四節。

3 Ludwig Andreas Feuerbach（1804-1872）：德國哲學家，批判宗教和唯心主義，建立了自己的唯物主義體系，把神的本質還原爲人的本質，認爲是人創造了上帝。主要著作有《黑格爾哲學批判》、《基督教的本質》等。

4 艾德華故意引用〈哥林多前書〉第十三章第十一節。

5 〈約伯記〉第一章第二十一節。

6 Advent，有「即將來臨」的意思，是耶誕節前一段迎接耶穌出生的預備期，從耶誕節前的第四個主日開始。

7 〈馬太福音〉第七章第一節。

8 〈箴言〉第二十七章第七節。

9 蜜拉貝爾是教區裡的老太太；本丟・彼拉多在《聖經》中掌管猶太地；威爾遜則是美國總統。艾姆斯牧師在此重申先前的觀點：到教堂做禮拜的是普通民衆，不是顯赫的大官，他沒有必要長篇大論地講述戰爭之惡。

10 John Brown：反對蓄奴的大將。

11 Jim Lane：南北戰爭時期，堪薩斯州的游擊勇士。

12 〈啟示錄〉第八章第一節。

13 〈箴言〉第十五章第三十節。

14 這是美國小孩的字母口訣。小孩不准說 Hell 等字眼，所以把這些不該說的字眼隱藏在口訣中。口訣如下：「AB, CD goldfish? L, MNO goldfish! OSAR! CMPN?」意思是：「Abie, see de (the) goldfish? Hell, them ain't no goldfish! Oh yes they are! See'em peeing?」整段句子念快一點就變成了前面那段口訣。

15 原文爲「I have ong fet that etter ought to be excuded from the aphabet」。鮑頓在此也玩起字母遊戲，把字母「L」從句中刪除。若把「L」加回去，便可看出他的意思：「I have long felt that letter ought to be excluded from the alphabet.（我早認爲那個字母該從字母表中去除）」

16 〈約伯記〉第五章第七節。

17 正確用法應該是「either」。

18 安息日：主日。基督徒大都以星期日爲安息日，猶太教徒和某些基督徒則以星期六爲安息日。這部小說的主人公以星期日爲安息日，母親在星期六爲第二天的飯菜做準備，故有下文的「所以我們在星期六就能提前知道星期日的飯菜是什麼……」

19 〈路加福音〉第十二章第二十七節。

20 〈馬太福音〉第五章第四十四節。

21 艾森豪生於信仰深厚的德裔移民家庭，是共和黨員，為第三十四任美國總統（1953-1961），於一九五七年簽署通過《民權法案》，禁止學校實施種族隔離制度。作者在此暗示艾姆斯牧師對政治的傾向。

22 位於耶路撒冷的果園，耶穌在上十字架的前夜，和門徒在最後的晚餐之後前往此處禱告。客西馬尼園也是門徒猶大出賣耶穌的地方。

23 夏甲：基督教《聖經》故事人物，亞伯拉罕之妻撒拉的婢女，她與亞伯拉罕生有一子，名為以實瑪利。因受撒拉的虐待，攜子逃入沙漠。

24 古代希伯來人中一批經過潔身歸聖的人，他們一般不剪髮、不飲酒。

25 Charles Lindbergh（1902-1974）：美國飛行員。一九二七年獨自一人完成從紐約至巴黎、橫越大西洋不著陸飛行，聞名全世界。

26 〈馬太福音〉第七章第九節。

27 〈路加福音〉第十七章第二節。

28 〈羅馬書〉第十二章第十五節。

29 〈羅馬書〉第十二章第十節。

30 〈彼得前書〉第二章第十七節。

31 〈以賽亞書〉第三章第十五節。

32 〈羅馬書〉第七章第二十四節。

33 〈哥林多前書〉第十五章第五十一、五十二節。

34 當年大部頭書籍多以二十五冊成套，艾姆斯在此藉以嘲諷。從鮑頓跟葛洛莉佯裝不認同的反應，也可看出鮑頓與艾姆斯性格的差異。

35 〈馬太福音〉第十八章第十節。

36 二戰後，美國爲協助西歐重建的經濟援助計畫，以時任國務卿的喬治．馬歇爾爲名。此計畫分四年（1947-1951）挹注一百六十億美元予十六國，影響後續二十年西歐與世界局勢的發展甚巨。

37 〈馬太福音〉第六章第十二節。

38 〈撒母耳記上〉第二十八章第十五節。

39 〈以賽亞書〉第五章、第九章。

40 Samuel Taylor Coleridge（1772-1834）：英國詩人、評論家，著名詩作有〈忽必烈汗〉、〈古舟子詠〉和評論著作《文學傳記》。

41 位於法國中北部、巴黎西南方約九十公里的城市，以十三世紀建成的哥德式建築「沙特爾大教堂」聞名，傳說聖母曾在此顯靈，彩繪玻璃上的藍色獨特珍貴，有「沙特爾藍」之稱。二戰期間，美軍懷疑德軍占據大教堂，原欲炸毀，幸得格里菲斯上校（Welborn Barton Griffith Jr.）潛入確認，終得保全。沙特爾大教堂已列入世界文化遺產。

42 〈馬太福音〉第十一章第六節。

43 〈哥林多前書〉第二章第十一節。

44 亞伯拉罕的家鄉。

45 〈箴言〉第十一章第二十四節。

46 〈雅歌〉第五章第八節。

47 〈以西結書〉第二十八章第十三節。

48 〈箴言〉第十三章第十二節。

49 〈箴言〉第三十一章第六節。

50 〈申命記〉第二十章第八節。

51 Richard Owen（1804-1892）：英國解剖學家暨古生物學家，大英博物館自然歷史部的負責人（1856-1884），也是早期的達爾文進化論的反對者。

52 Henry James（1811-1882）：美國哲學神學家。

53 Thomas Henry Huxley（1825-1895）：英國博物學家、教育改革家，支持達爾文學說，首先提出人類起源問題，並首次提出「不可知論」一詞。著有《人在自然界中的地位》、《進化論與倫理學》等。

54 Emanuel Swedenborg（1688-1772）：瑞典科學家暨神學家，他的通靈幻象及著作啟發他的信徒在他死後建立了新耶路撒冷教會。

55 Helena Petrovna Blavatsky（1831-1891）：俄國通神學者、著作家，一八七五年在紐約與他人共同創立通神學會，著有超自然學說相關書籍，如《揭開面紗的伊希斯》。

56 〈民數記〉第六章第二十五至二十六節。

57 〈撒迦利亞書〉第八章第四、五節。

58 〈創世記〉第四十八章第十一節。

59 《聖經》故事中，耶穌在山上於信徒面前改變容貌，他的面容發光，衣服也潔白光亮。

60 〈以賽亞書〉第二十五章第八節。

61 〈約伯記〉第三十八章第七節。

木馬文學 159

遺愛基列：基列系列第一部

Gilead

作　　者　瑪莉蓮・羅賓遜 Marilynne Robinson
譯　　者　施清眞
社　　長　陳蕙慧
總 編 輯　陳瀅如
責任編輯　陳瀅如
行銷業務　陳雅雯、汪佳穎、余一霞、林芳如

讀書共和國集團社長　郭重興
發行人兼出版總監　曾大福
出　　版　木馬文化事業股份有限公司
發　　行　遠足文化事業股份有限公司
地　　址　231023新北市新店區民權路108之4號8樓
電　　話　02-2218-1417
傳　　眞　02-8667-1065
客服信箱　service@bookrep.com.tw
客服專線　0800-221-029
郵撥帳號　19588272木馬文化事業股份有限公司
法律顧問　華陽國際專利商標事務所　蘇文生律師
封面設計　朱疋
內頁排版　Sunline Design
印　　刷　前進彩藝有限公司

初版一刷　2022年11月
定　　價　NT$370

ISBN　978-626-314-308-1
978-626-314-332-6（EPUB）978-626-314-330-2（PDF）

國家圖書館出版品預行編目（CIP）資料

遺愛基列：基列系列第一部/瑪莉蓮.羅賓遜
(Marilynne Robinson)作；施清眞譯. -- 初版.
-- 新北市：木馬文化事業股份有限公司出版：
遠足文化事業股份有限公司發行, 2022.11
面；公分. -- (木馬文學；159)
譯自：Gilead.
ISBN 978-626-314-308-1(平裝)
874.57　　　　　　　　111016026